HANNES SCHOLLY
Bye Bye Heiopei

AF205923

DAS BUCH

Heinz-Peter »HP« Vollwert war noch nie so der angesagte Typ. Auch mit Mitte Vierzig nimmt ihn keiner richtig ernst. Weder seine Kollegen bei der Arbeitsagentur noch der greise Vorstand der Schützengilde, geschweige denn seine demente Mutter oder sein renitenter Dackel Nero. Doch dann taucht bei der Arbeit plötzlich sein alter Klassenkamerad Gonzo auf und reißt HP aus seinem soliden Leben als Heiopei.

Im Fahrwasser des chaotischen Gonzo erlebt der ordentliche HP plötzlich jede Menge Abenteuer, von denen er früher nur träumen konnte. Schließlich gründen die beiden ungleichen Freunde sogar eine gemeinsame Firma. Ob das funktionieren kann?

DER AUTOR

Hannes Scholly, geboren 1969 in Flensburg, ist Journalist und Historiker. Er hat als Redakteur bei einer Tageszeitung, als Pressesprecher in einem Ministerium gearbeitet und macht heute Öffentlichkeitsarbeit für ein IT-Unternehmen. Die einschlägigen Erfahrungen mit Verwaltung in großen Organisationen führten zwangsläufig zu seinem Debütroman »Der Tod & andere Komplikationen«. Nun folgt der zweite Roman »Bye Bye Heiopei«.

Hannes Scholly
Bye Bye Heiopei

Roman

Hannes Scholly
Bye Bye Heiopei
1. Auflage 2018

© 2018 Hannes Scholly

Herstellung und Verlag:
BoD – Books on Demand, Norderstedt

ISBN 9 783746 042862

»Zum Geburtstag viel Glück, zum Geburtstag viel Glück, zum Geburtstag alter Kumpel, zum Geburtstag viel Glück«, summte HP leise, als das Wasser über seinen Körper rieselte. Großzügig zählte er heute bis 45 statt wie sonst bis 30, ehe er die Dusche abstellte und sich einseifte. Auch dafür gönnte er sich heute etwas mehr Zeit als sonst. Er überlegte kurz, ob er sich zur Feier des Tages unter der Dusche einen runterholen sollte. Aber das ließ er dann doch lieber, es war schließlich ein normaler Arbeitstag, an dem er ins Büro musste.

Also stellte HP lieber das Wasser wieder an und zählte wieder bis 45. Er zählte ausgerechnet bis 45 an seinem 45. Geburtstag. Das war lässig. Oder es wäre lässig gewesen, wenn er das mit Absicht getan hätte. Aber ihm fiel das erst jetzt auf. Solche beiläufige Lässigkeit war noch nie seine Stärke gewesen. Leider.

HP rubbelte sich mit dem brettharten Handtuch ab. Dabei warf er immer wieder Seitenblicke auf den Spiegel im Alibertschrank. War eigentlich klar, dass man das mit Mitte Vierzig lieber nicht mehr tun sollte. Aber wegucken konnte man irgendwie auch nicht. In Sekundenbruchteilen brannten sich die Fakten ins Gedächtnis ein: Auf dem birnenförmigen Kopf waren die Haare eindeutig auf dem Rückzug. Da musste man aufpassen, nicht den richtigen Zeitpunkt zu verpassen, wann es Zeit für einen Kahlschlag war. Fleischmütze hatten sie früher in der Schule ihren Deutschlehrer mit der blanken Platte genannt. Das heißt, die coolen Typen aus der Klasse hatten ihn so genannt.

Dass der Körper mit Mitte Vierzig an Spannkraft verlor, war nicht ungewöhnlich. Wenn er denn mal Spannkraft besessen hatte. HP konnte sich nicht mehr daran erinnern, ob er mal drahtiger gewesen war. Wahrscheinlich wollte er sich auch nicht mehr daran erinnern. War ja auch verständlich, wenn man wie HP nie zu den Testosteronbombern gehörte hatte, die ständig die Frauen beeindruckten. In jedem Fall nervten ihn jetzt die kleine Wampe und die leicht hervortretenden Herrentitten. Wenn man sich entscheiden musste, ob man den Gürtel über oder unter der Plauze schnallt, war die Lage ernst. Seine Mutter hätte HP die Hose wie früher bis zum Anschlag hochgezogen und ihm Hosenträger gegeben. Dafür müsste er sie eigentlich hassen, aber das traute er sich nicht. Die eigene Mutter konnte man nicht hassen, auch wenn sie einen als Kind wie den letzten Heiopei angezogen hatte.

HP zog sich an. Kurzärmeliges kariertes Hemd zu Stretchjeans, Hemd selbstverständlich in der Hose. Ideal Standard eben.

Als er 40 geworden war, hatte er die Schnauze voll gehabt und sich für enormes Geld von einer dieser einparfümierten Esprit-Miezen etwas modischer einkleiden lassen. Angezogen hatte er die ausgefallenen Klamotten allerdings nie, weil er sich schon zuhause wie ein verkleideter Affe vorgekommen war.

Im Flur wartete Nero schon. Aber nicht mit einem freudigen Schwanzwedeln, wie es normale Hunde tun würden. Stattdessen hatte der verdammte Rauhaardackel mal wieder in den Flur gekotzt und lag nun in seinem Korb, sein Herrchen misstrauisch beäugend.

Genervt holte HP Küchentücher und wischte die Dackelkotze weg. »Herzlichen Glückwunsch zum Geburtstag«, knurrte HP vor sich hin, was Nero mit einem mürrischen Grunzen quittierte.

Es wäre passender gewesen, wenn Nero als Ratte zur Welt gekommen wäre, fand HP. Er konnte den Köter nicht leiden und der Köter ihn nicht. Wenn HP mit ihm rausging, musste er ihn an der Leine hinter sich herziehen, weil Nero sich betont nur der größeren Körperkraft seines Herrchens beugte und ihn missmutig anknurrte. Das mit dem ständigen Kotzen war Absicht, sozusagen Neros Rache, da war sich HP sicher. Aber was sollte er machen? Den blöden Köter einfach irgendwo entsorgen, das brachte er auch nicht fertig. Und es hätte ja auch etwas gefehlt, wenn die falsche Ratte plötzlich nicht mehr da gewesen wäre. Schließlich war Nero so ziemlich das einzige Lebewesen, dem HP zumindest gelegentlich seinen Willen aufzwingen konnte.

Bekommen hatte er Nero von seiner Mutter, damals nach dem Fiasko mit Caligula. Caligula war ein richtiger Hund gewesen: groß und kräftig, so einer zum Vorzeigen. Blöd war nur gewesen, dass Caligula schon am ersten Tag, nachdem HP ihn aus dem Tierheim geholt hatte, zeigte, wer das Sagen hatten. Beim Spazierengehen schleifte der kräftige Köter seinen Besitzer hinter sich her und machte was er wollte. Und am zweiten Tag abends hatte sich HP in seinem Wohnzimmer verschanzt, weil er solchen Schiss vor Caligula hatte, der im Flur wütete und vier Paar Schuhe zerfetzte. Also hatte er die Bestie mühsam wieder ins Tierheim zurück verfrachtet, nicht ohne zweimal heftig von ihm gebissen worden zu sein.

Tja, und dann hatte seine Mutter vor der Tür gestanden mit Nero, der damals noch Traudl hieß. Mutter hatte die kurzbeinige Fußhupe von einer verstorbenen Nachbarin übernommen. Wahrscheinlich war die Alte aus Kummer über ihren hinterhältigen Kläffer abgekratzt. HPs Mutter meinte, dass so ein kleiner Hund doch viel besser zu ihm passen würde als ein Großer.

Jedenfalls stand HP nun mit dem Dackel da. Und dabei hatte er immer einen Hund gewollt. Dass er ihn in Nero umgetauft hatte, half da auch nur wenig. Schönen Dank auch, Mama!

HP überlegte einen Moment, ob er sich zur Feier des Tages durchsetzen und zuerst frühstücken und dann erst Nero füttern sollte. Aber der Köter saß schon vor seinem Fressnapf und schaute ihn vorwurfsvoll an. Nero war wahrscheinlich der einzige Hund auf der Welt, der sogar genervt gucken konnte. Und um seiner Forderung Nachdruck zu verleihen, gab er schon wieder Grunzlaute von sich: Wenn du mir nicht sofort was gibst, göbel ich dir auf den Teppich.

Also gab HP mal wieder nach. Aber nur, weil er an seinem Geburtstag nicht zweimal Hundekotze wegmachen wollte. Und weil er, wenn er ganz ehrlich zu sich war, selbst vor diesem kleinen Kläffer ein bisschen Angst hatte.

Wenn er Nero erst etwas essen ließ, hatte das allerdings den Nachteil, dass man dann während des eigenen Frühstücks die ekelhaften Würgegeräusche hörte, die der Köter beim Fressen von sich gab.

HP füllte sich ein bisschen Müsli ein - so wie jeden Tag. Eigentlich hatte er sich zum Geburtstagsfrühstück mal zwei Stücke Weißbrot mit Nutella gönnen wollen. Mit richtigem Nutella und nicht mit dieser ätzenden braun Aldi-Pampe, die seine Mutter früher immer gekauft hatte, und die ihm wahrscheinlich die Freundschaft von Stefan Kröger gekostet hatte. Stefan war der einzige Schulkamerad gewesen, der mal bei HP übernachtet hatte. Und der dann offenbar so geschockt gewesen war, dass es zum Frühstück nur dieses Nutella für Arme gab, dass er anschließend nicht mal mehr zum Spielen vorbeigekommen war.

Aber nach dem Blick in den Spiegel war HP die Lust auf Nutellabrot vergangen. Doch lieber etwas Gesundes, um den Körper mal wieder in Form zu bekommen. Aber wegen des Geburtstags nahm er immerhin eine Müslischüssel von dem guten Service, das er sich mal für besondere Anlässe gekauft hatte. 12 komplette Garnituren, noch nie benutzt.

Nero hatte sein Fressen fertig runtergewürgt und kam zum Frühstückstisch getrottet. Er setzte sich und guckte HP mit seinen Dackelaugen an. Sein Schwanz wischte über den Boden. Wenn der Köter satt war, konnte er für kurze Momente sogar ganz nett sein. HP brummte unwillig, konnte dann aber doch nicht anders und tätschelte dem Dackel den Kopf.

Nach dem Frühstück spülte HP mit geübten Griffen das Geschirr ab und stellte es zurück in den Schrank. Gerade am Geburtstag musste man in der Wohnung Ordnung halten, falls unangemeldeter Besuch kam. Das war auch so eine Scheiß-Weisheit von seiner Mutter, die er nie wieder aus seiner Persönlichkeit bekam. In den fast 17 Jahren, die er jetzt schon hier wohnte, hatte ihn noch nie jemand unangemeldet besucht. Angemeldet auch nicht.

#

Für den Weg zum Arbeitsamt - ja, HP sagte immer noch Arbeitsamt, nicht Arbeitsagentur - brauchte HP 17 Minuten und 34 Sekunden. Durchschnittlich. Das hatte er über die vielen Jahre genau ermittelt. Damit er exakt um 8.15 Uhr einstempelte, musste er also spätestens bis 7.55 Uhr Nero vor die Tür zum Pinkeln geschleift haben. Das klappte auch ganz gut, wenn der hinterhältige Köter ihm nicht wieder einen Strich durch die Rechnung machte und irgendwo hinschiss. Dann warf ihn das Aufsammeln und Entsorgen der Hundescheiße um mindestens eine Minute zurück. Aber heute klappte alles perfekt und HP war pünktlich in seinem Büro im Erdgeschoss des großen Arbeitsagenturkomplexes.

Als erstes fiel HP wieder ein, dass die olle Hinrichs ja im Urlaub war. Also brauchte er sich diese Woche kein Gelaber von dem nervigen Tratschweib anzuhören. Obwohl er zugeben musste, dass er mit Elfriede Hinrichs als eine der wenigen Kollegen ganz gut klarkam. Und dass er durch sie immerhin up-to-date war, was die Gerüchteküche beim Amt anging. Wie auch immer: Das Büro für sich allein zu haben, war in jedem Fall schon mal ein korrektes Geburtstagsgeschenk und für einen Montag ein guter Start. Und weil er erst letzte Woche Antragsannahme gemacht und sich dabei mit den ganzen Pennern und Alkis rumgeschlagen hatte, konnte er davon ausgehen, heute mal ganz in Ruhe vor sich hinarbeiten zu können.

HP kramte aus seinem Rucksack die Tüten mit den Süßigkeiten und schüttete sie in eine kitschige Porzellanschüssel, die die olle Hinrichs für solche Anlässe stehen hatte. Und er packte sogar noch eine von den Weihnachtsservietten drunter, die neben der Schüssel lagen. HP nickte zufrieden und angelte sich - Plauze und Herrentitten hin oder her - gleich mal ein Hanuta. Argwöhnisch musterte er die dicke Akte in seinem Posteingang. Dicke Akte bedeutete meistens komplizierter Fall und/oder anstrengender »Kunde«, wie man sie heute so nannte. In den 28 Jahren, die HP nun schon beim Arbeitsamt war, hatte er die feste Überzeugung gewonnen, dass sich unter den Leuten, deren Nachname mit S oder T anfing das meiste Gesocks befand. Natürlich war er für S und T zuständig. Und selbstverständlich ließen seine Kollegen, die ebenfalls für S und T zuständig waren, die schwierigen Sachen immer für ihn liegen. Weil er sich ja so gut auskennen würde. Alles Arschlöcher. Ganz besonders Becker, der Gruppenleiter. Der aalglatte Schleimer hatte von nichts eine Ahnung und ließ HP immer die Kohlen aus dem Feuer holen, bevor er der Abteilungsleiterin in den Arsch kroch. Aber bei Beförderungen ließ man HP immer links liegen. Inzwischen regte er sich auch nicht mehr darüber auf, dass ihn schon Generationen von ehemaligen Azubis auf der Karriereleiter überholt hatten. Nein, sowas hatte er nicht nötig. Erbärmliches Statusdenken. Klar war Sachbearbeiter beim Arbeitsamt jetzt nichts, mit dem man bei Partys auftrumpfen konnte. Aber HP war eh nicht der große Partygänger. Und dass seine Mutter früher immer bei ihrer Nachbarin damit geprahlt hatte, dass ihr Heinz-Peter es ja zu etwas gebracht hätte, war ihm schon etwas unangenehm gewesen. Aber das tat sie inzwischen ja auch nicht mehr. Jedenfalls war ihm das alles scheißegal. Alles Idioten.

HP nahm die Akte aus dem Eingangskorb und schlug sie auf. Heino Tramsen. Na herzlichen Glückwunsch, besser kann eine Woche nicht anfangen. Tramsen war dieser tätowierte Vollhonk, der ihm in der Antragsannahme mal fast was aufs Maul gehauen hatte. Der hatte zwar 10.000 Watt in den Armen, aber kein Licht im Kopf. Und jetzt lag mal wieder so ein handschriftliches Gekrickel dieses Analphabeten in der Akte, mit dem man wieder nur Nerverei haben würde. HP seufzte. Wahrscheinlich hatten ihm seine beiden Kollegenschweine Schröder und Forck die Akte hingelegt und feixten jetzt im Nebenzimmer. Denn der Brief von Tramsen hatte das Eingangsdatum vom letzten Donnerstag.

HP grummelte vor sich hin und schraubte seine Thermoskanne auf. Gerade als er den Kaffee in den Becher schüttete, flog mit einem lauten Scheppern die Bürotür auf. HP kriegte so einen Schreck, dass er mit seinem Kaffee die Akte bekleckerte.

»Guten Morgen Heinzi, alter Wichser!«, rief Siggi Hansen bestens gelaunt und trug pfeifend einen großen Stapel Akten herein.

»Verdammte Scheiße!«, fluchte HP und tupfte mit einem Taschentuch den Kaffeefleck auf der Akte trocken.

»Nee, Siggi heiß ich«, lachte Hansen und nahm die Akten aus dem Ausgangskorb.

»Kannst du nicht mal wie ein normaler Mensch die Tür aufmachen?« HP wurde rot. Er wurde fast immer rot, wenn er mit anderen Leuten sprach. Und er ärgerte sich. Denn Siggi Hansen, dieser ewig braungebrannte und ewig gut gelaunte Aktenhiwi machte das immer wieder bei ihm. Seit Jahren riss er unvermittelt die Tür auf und erschreckte HP. Und seit Jahren ärgerte sich

HP darüber - sehr zum Spaß von Siggi.

Siggi war eigentlich ein ganz netter Kerl, der mit jedem gut konnte. Aber HP wusste bei ihm nie, woran er war. Er nannte ihn schon immer Heinzi, obwohl er ihm schon tausendmal gesagt hatte, dass er HP genannt werden wollte. Aber Siggi ignorierte das einfach und bohrte damit in einer empfindlichen Stelle. Denn mit seinem Namen war HP nicht ganz so zufrieden. Genau genommen war er damit todunglücklich. Jedenfalls früher. Wenn man Heinz-Peter Vollwert hieß, konnte sich jeder ausmalen, was das als Jugendlicher bedeutet hatte. Damit war man nicht unbedingt in der ersten Reihe der coolsten Jungs vertreten, wenn andere Typen aus der Klasse Dennis oder Patrick hießen und sich lässig als Pat und Danny anreden ließen.

Mit 15 oder 16 hätte er seine Eltern für seinen Namen erwürgen können. Wie konnte man seinem Sohn sowas antun? Wie konnte man mitten in der spannenden 68er Bewegung sein Kind mit einem Asbach-Uralt-Namen strafen? Wahrscheinlich war das Ganze auf dem Mist seines Vaters gewachsen. Der war von den 68ern so weit entfernt wie der Saturn von der Erde. Ein schlichter Patriarch, der seine Familie ernährte und mit seiner Schlosserpranke auch mal hinlangte, wenn ihm was nicht passte. So einem fiel nichts Besseres ein als Heinz-Peter.

»Oh, was haben wir denn da?«, sagte Siggi Hansen und guckte lachend auf die Schüssel mit den Süßigkeiten. »Hast du heute etwa auch Geburtstag?«

»Wieso auch?«, fragte HP, der missmutig den großen Kaffeefleck auf Tramsens Akte begutachtete.

»Na, Eileen hat heute auch Geburtstag. Da sind die anderen gerade eingekehrt.«

HP wurde noch einmal rot. Eileen Petersen war eine Auszubildende, die seit zwei Monaten in ihrer Gruppe arbeitete. Da waren sie also alle hingeschleimt. Klar, Eileen war ja auch jung und weiblich und tat immer so schutzbedürftig. Dabei hatte sie eine ziemlich breite Kiste, fand HP. Er hatte das nicht nötig, er war nicht so ein geiler Bock. War schon okay, dass sie ihn nicht mitgenommen hatten. Alles Penner. Und warum hätten sie auch ausgerechnet in diesem Jahr an seinen Geburtstag denken sollen?

Siggi hatte inzwischen hemmungslos die Naschischüssel geplündert. »Und? Gibt's heute Abend die Riesensause?«, fragte er munter.

»Nee, ich lass das mal eher ruhig angehen. 45 ist ja auch nichts Besonderes.« HP ärgerte sich, dass er schon wieder rot wurde. Er kriegte das einfach nicht in den Griff. »Osram« hatten sie ihn früher in der Schule eine Zeitlang genannt.

»45?«, fragte Siggi erstaunt. »Ich dachte eher, du wärst so in meiner Liga.«

»Arschloch«, brummelte HP. Siggi war schon Mitte Fünfzig, hatte im Gegensatz zu ihm aber eine sportliche Figur und volles schwarzes Haar.

»Nee, Hansen ist mein Name«, sagte Siggi lachend und nahm nochmal drei Teile aus der Schüssel. Er schnappte sich die Ausgangsakten und ging zur Tür. »Mensch Heinzi. Ich weiß gar nicht, was die anderen alle haben. Bist doch eigentlich ganz nett.« Er zwinkerte HP lachend zu.

Ha ha, guter Witz. HP grinste gequält. Auch wenn er sich nicht sicher war, ob Siggi das wirklich nur als Witz gemeint hatte.

Als Siggis Pfeifen langsam auf dem Flur verklang, ärgerte sich HP erstmal kräftig darüber, dass er sich überhaupt ärgerte. Wie immer war er ein bisschen neidisch auf den gut gelaunten Siggi mit seinem frechen Witz. War irgendwie ein lässiger Typ, den nichts ärgerte. Und er, HP, ärgerte sich immer über alles und war kein bisschen lässig. Er wurde immer rot, wenn ihn jemand ansprach. Jeder Praktikant konnte ihm die peinliche Röte ins Gesicht treiben. Darüber musste man sich einfach ärgern. Alles Arschlöcher.

Am späten Vormittag kamen dann doch noch ein paar Kollegen zum Gratulieren vorbei. Weil sie aber schon so viel Zeit bei der blöden Petersen verquatscht hatten, nahmen sie bei HP nur noch schnell was Süßes mit. Nichts für ungut, lieber Kollege. Konnte HP nur Recht sein. Er hasste ohnehin diese Geburtstagsfolklore mit gequältem Smalltalk. Konnte er gut drauf verzichten. Was sollte er schon mit den Pennern reden, wenn sie schon so viel Spaß mit der doofen Petersen gehabt hatten.

Irgendwann kam auch Gruppenleiter Becker vorbei gehastet. »Herzlichen Glückwunsch, mein lieber Herr Vollwert. Er schüttelte HP ganz intensiv die Hand. »Übrigens nochmal vielen Dank, dass sie gestern die Vollmer-Sache bearbeitet haben. Sehr komplexe Materie, aber ich wusste ja, dass ich mich auf Sie verlassen kann.«

»Ach ...«, sagte HP abwehrend.

Blöder Schleimer, dachte HP. Die Vollmer-Sache war ein komplizierter Fall, bei dem der zuständige Bearbeiter nicht mehr weitergewusst hatte. Und da Becker noch viel weniger wusste als der neueste Azubi, hatte er mal wieder HP um Hilfe gebeten. Und HP hatte die Vorschriften ganz genau gelesen, abgeglichen und bewertet und daraus eine saubere Begründung geschrieben, die sein Kollege nur noch in den Bescheid übernehmen brauchte.

»Keine falsche Bescheidenheit, Herr Vollwert. Sie liefern wirklich tadellose Arbeit«, versicherte Becker.

Das Lob trieb HP wieder Röte ins Gesicht. Er hasste das, wenn Becker sich bei ihm einschleimte und ihn letztlich doch nicht für voll nahm. Elender Heuchler. HP war froh, als der Gruppenleiter wieder draußen war.

Zum Mittagessen packte HP seine Brote aus. Ein Mischbrot mit Salami und ein Schwarzbrot mit jungem Gouda, dazu Gurkenscheiben. Seit seiner Grundschulzeit war das sein Standard zum Mittag. Bei seiner Mutter hatte es nie etwas anderes gegeben, und noch heute kaufte er die gleiche Salami und den Käse von Aldi. Und aufgegessen wurde auch immer, sonst gab's von seinem Vater eins an die Backen.

Auch für seine Brote hatten sie ihn damals in der Schule aufgezogen. Wer hipp sein wollte, holte sich natürlich fette Croissants vom Bäcker neben der Schule, wo man eigentlich nicht hingehen durfte. Das hatte HP nie nötig gehabt. Das heißt, einmal hatte er sich sozusagen als Mutprobe dazu hinreißen lassen, auch in der großen Pause zum Bäcker zu schleichen. Aber er war erwischt worden und hatte eine Rüge bekommen. Und statt ihn zu bedauern hatten die anderen ihn mit Verachtung gestraft, weil er sich hatte erwischen lassen. Mal ganz abgesehen von der Tracht Prügel, die ihm sein Alter verpasst hatte.

Jedenfalls konnte HP nicht anders, als seit 35 Jahren mittags seine Brote zu fressen. Wenn er es nicht tat, bekam er Kopfschmerzen und meistens schlechte Laune. Und außerdem war er schon lange aus dem Alter raus, dass er sich für seinen Geschmack rechtfertigen musste. In der Kantine wurde eh nur über andere rumgelabert, wahrscheinlich auch viel über ihn. Und da stand er nun wirklich drüber.

Am Nachmittag berief Becker eine Besprechung ein. Wollte der Gruppenleiter ihm etwa vor versammelter Mannschaft nochmal gratulieren? Hatten sie ihm am Ende ein kleines Geschenk besorgt? HP hatte kein gutes Gefühl, als er zum Besprechungsraum ging. Er mochte es nicht, im Mittelpunkt zu stehen. Klar, ein bisschen mehr Aufmerksamkeit hätte er sich schon gewünscht, aber die Hauptrolle - nein danke. Er setzte sich an den langen Tisch, wo schon die anderen Kollegen locker plaudernd saßen. Na, zum Glück hat er keinen Blumenstrauß oder sowas Kitschiges dabei, dachte HP, als Becker in den Raum kam und die Tür schloss.

»Tag Leute«, sagte er und nickte mit seinem blasiertfreundlichen Gesicht in die Runde. »Fast hätte ich vergessen, die Sache anzusprechen, aber Frau Krambeck hat mich zum Glück drauf aufmerksam gemacht.« Er zwinkerte Wiebke Krambeck zu, der einzig halbwegs gutaussehenden Kollegin der Abteilung. Krambeck war nicht so fett wie die anderen und hatte ein ganz nettes schmales Gesicht, fand HP.

»Also, Frau Jansch hat sich krankgemeldet. Wird die ganze Woche ausfallen. Und sie hat diese Woche Annahme. Also müsste jemand anderes so nett sein, für sie einzuspringen.« Becker schaute aufmunternd in die

Runde, wo alle entweder starr vor sich hin stierten oder das Muster der Raufasertapete an der gegenüberliegenden Wand eindringlich studierten. Jetzt hieß es Nerven bewahren, wusste HP. Nur nicht Beckers Blick begegnen, nur nicht als Erster bewegen. Aber auch die anderen in der Gruppe hatten viel Übung in dieser Disziplin. Und die olle Hinrichs, die manchmal als erstes die Nerven verlor, war heute nicht da.

HP merkte, dass er schon wieder rot wurde und leicht schwitzte. Je länger das Schweigen dauerte, desto anstrengender wurde es.

»Na, Herr Vollwert? Wie sieht's bei Ihnen aus?«, hörte er Becker. Dem stillen Druck standhalten, das konnte HP inzwischen einigermaßen. Aber gegen frontale Angriffe war er machtlos.

Sein Kopf glühte. »Leck mich am Arsch. Ich hatte schon letzte Woche Annahme und habe heute außerdem Geburtstag«, hätte er schreien müssen. Aber er brummte nur ein missmutiges »Wenn es sein muss ...«.

Schlagartig löste sich die Anspannung der Runde und die leisen Plaudereien wurden wiederaufgenommen.

»Wunderbar, dann hätten wir das ja geklärt«, sagte Becker zufrieden und stand eilig auf. »Das war's dann Leute. Schönen weiteren Tag.« Geschäftig und scherzend löste sich die Runde auf.

#

Als HP am späten Nachmittag mit dem Bus auf die Ostseite des Hafens fuhr, ärgerte er sich noch mehr als sonst über die frechen, lauten Jugendlichen in den letzten Reihen und die Bratzen mit ihren plärrenden Blagen weiter vorn. Er war bedient von diesem Montag, an dem wie jeden Montag in der Sprechzeit die besonders lästigen Fälle aufgetaucht waren, nach Geld fragten, eine Fahne hatten, ihn aggressiv anpampten. Und nun stand noch der Besuch bei seiner Mutter auf dem Programm, obwohl er erst Samstag da gewesen war. Aber es nützte ja nichts, schließlich war sein Geburtstag und da gehörte es sich, dass man bei seiner alten Mutter vorbeischaute. Auch wenn man sich nicht sicher sein konnte, ob sie das überhaupt noch mitbekam und ihm gratulieren würde. Und natürlich war es völlig bekloppt, dass er an seinem Geburtstag losfuhr, um sich Glückwünsche abzuholen und auch noch die bescheuerten Klatschzeitschriften als kleines Geschenk für seine Mutter mitnahm. Aber so herum war es immer noch besser, als wenn sie ihm wie früher karierte Geschirrtücher und kitischige Vasen schenkte. Man muss immer das Positive sehen, auch bei einem Schlaganfall, dachte HP grimmig.

Quer vor ihm saßen zwei besonders freche Pickelgesichter von vielleicht 14 Jahren, die besonders laut auf dicke Hose machten. Eine links und eine rechts sollte man denen geben, wie sie sich da hinlümmelten und mit ihren Heldentaten prahlten, dachte HP. Solche Rotzlöffel machten ihn immer besonders wütend, weil sie ihn schmerzlich an das einzige Mal erinnerten, wo er auch mal im Bus ein bisschen auf cool gemacht hatte, um sich ein klitzekleines bisschen Respekt zu verschaffen. Muss mit 15 oder so gewesen sein. Noch heute konnte er sich genau an das empörte Gesicht des älteren Herren erinnern, der sich umgedreht und ihm wortlos eine gescheuert hatte. Und an das Gefeixe der anderen Jungs. Und an seinen Vater, der ihm nochmal eine verpasste, als er ihm von dem bösen älteren Herrn erzählte.

Der Bus hielt fast direkt vor dem Altersheim. Fast wäre HP nicht rechtzeitig ausgestiegen, weil er sich mühsam an einer laut telefonierenden jungen Frau vorbeizwängen musste, die ihren Kinderwagen quer vor die Tür gestellt hatte. Die tätowierte Schlampe machte keine Anstalten, ihm Platz zu machen, und HP bekam auch in dieser Situation wieder eine hochrote Bombe. Obwohl er im Recht war und außerdem Geburtstag hatte.

Seine Mutter saß wie immer auf dem abgewetzten Zweiersofa in ihrem Zimmer. Ihre grauen drahtigen Haare waren zu einem nachlässigen Zopf gebunden. Über dem ganzen Zimmer lag dieser muffige Alte-Leute-Geruch aus Mottenkugeln und pappigen Keksen.

»Hallo Mutti«, rief HP laut, obwohl seine Mutter ja nicht schwerhörig war.

Ihre Augen verengten sich kurz, dann blickte sie wieder ernst und teilnahmslos vor sich hin. HP fasste diese kurze Regung immer als Gruß auf. Er hatte sich damit arrangiert, dass seine Mutter auf fast nichts mehr reagierte, außer auf Bilder in Klatschzeitschriften. Früher hatte sie ihn sowieso immer nur gegängelt und war verbiestert gewesen. Jetzt saß sie nur noch abwesend da, und insgeheim fand HP das gar nicht so schlecht. Aber man durfte natürlich niemandem sagen, dass man solche bösen Sachen dachte.

»Ich hab heute Geburtstag«, sagte er. Seine Mutter reagierte nicht.

»45«, ergänzte er.

Sie ließ ein gequältes Seufzen hören.

HP schüttelte den Kopf. »Danke.«

Er holte die Klatschzeitschriften aus der Tasche und legte sie auf den Tisch. Seine Mutter beugte sich etwas vor und nahm mit der zittrigen linken Hand eine der Zeitschriften. Ihr rechter Arm lag nur schlapp auf dem Bein. Den hatte sie nur noch, damit es nicht komisch aussah. HP musste bei diesem Witz immer noch grinsen, auch wenn er den natürlich nie jemandem erzählen würde. Über seine eigene Mutter konnte man ja schlecht sowas sagen. Sein Sportlehrer hatte den Spruch früher mal zu einem Mitschüler gesagt. »Torsten, du hast dein linkes Bein wohl auch nur, damit es mit einem Bein nicht komisch aussieht.« Das Geniale an dem Spruch war nicht nur der Witz an sich gewesen, sondern vor allem die Tatsache, dass der Joke ausnahmsweise mal nicht ihm, HP, gegolten hatte.

HP betrachtete einen Moment seine Mutter, die sich ihre schiefe Brille aufgesetzt hatte und das »Goldene Blatt« studierte. Die herabhängenden, tief eingegrabenen Mundwinkel hatte sie schon, als er noch ein kleiner Junge war. Als sein Vater noch lebte. Wahrscheinlich musste man so einen Mund haben, wenn man mit so einem humorlosen strengen Typen verheiratet war.

Plötzlich blickte sie verwundert auf, so als hätte sie HP erst jetzt entdeckt. Ihr Mund verzog sich zu etwas, was wohl in früheren Lebensphasen sowas wie ein Lächeln gewesen sein musste. »Papa kommt bald«, sagte sie mit einer leicht verwaschenen Stimme.

»Ist gut, Mama«, sagte HP und nickte verständnisvoll. Der Schlaganfall hatte nicht nur Synapsen in ihrem Hirn gekappt, sondern offenbar auch wirre neue Verbindungen hergestellt. Sein Vater war schon seit über 15 Jahren tot. Herzinfarkt mit Anfang 60 - und Zack, weg war er. Das hatte seine Mutter auch klar gehabt, aber jetzt faselte sie immer wieder mal ganz unvermittelt von ihrem Mann.

Als Kind war die Ankündigung, dass der Alte bald nach Hause kommen würde, für ihn und seinen großen Bruder Klaus immer eher eine Drohung gewesen. Denn der Alte, muskulöser Schlosser mit Vollbart und strengem Seitenscheitel, redete nicht viel und wollte mit Familiendingen nicht belästigt werden. Und wenn es zur Erziehung der Söhne mal etwas zu sagen gab, ließ er auch gern mal seine klodeckelgroße Hand sprechen. Auseinandersetzungen, ob man die blöden Hosenträger nicht mehr anhaben wollte, wurden so beendet und Fragen geklärt, ob es bei »Um 20 Uhr seid ihr zu Hause« eine Toleranz von drei Minuten gab oder nicht. Gegen den Alten konnte man nichts ausrichten. Außer man machte es wie der zwei Jahre ältere Klaus, dem verschrobenen Waffenfreak, der an seinem 18. Geburtstag seine Landserhefte in eine Tasche gestopft hatte und einfach abgehauen war. Zur Fremdenlegion wollte er gehen, hatte er seinem kleinen Bruder verraten. Ob er es gemacht hatte, wusste HP nicht. Klaus hatte sich nie wieder gemeldet und für seine Eltern existierte er nicht mehr.

HP guckte auf die Uhr. Eine halbe Stunde hatte er jetzt pflichtschuldig bei seiner Mutter abgesessen, die ihn eh kaum beachtete und wirres Zeug faselte. Eigentlich konnte er sich die Besuche auch schenken, besonders an seinem Geburtstag. Aber dann hätte er irgendwie doch ein schlechtes Gewissen gehabt.

»Tschüss Mama, ich muss dann mal wieder ...«, sagte HP und legte ihr eine Hand auf den Arm. Sie blickte kurz fragend auf.

»Ich komm die nächsten Tage mal wieder vorbei«, fügte er noch eine weitere von diesen dämlichen Floskeln an, die man immer sagt, wenn man nicht weiß, was man sagen soll.

HP öffnete die Tür und spähte auf den Flur. Er hatte keinen Bock, auf dem Rückzug jetzt auch noch die olle Pflegerin mit den großen Hängetitten zu treffen. Aber eben, als er um die Ecke entschwinden wollte, kreischte sie hinter ihm: »Oh, gehen Sie schon wieder, Herr Vollwert?«

Und da stand er wieder mit roter Bombe, schwitzend, und stammelte was von wichtigen Terminen, bla bla.

»Ihre Mutter freut sich immer so, wenn sie vorbeikommen«, behauptete die Pflegerin. Woher will die blöde Tussi das denn wissen, dachte HP grimmig. War kaum anzunehmen, dass seine Mutter nachher jubelnd durch das Zimmer hinkte, weil er da gewesen war.

Scheißspiel, dachte HP, als er endlich das Seniorenheim hinter sich hatte und auf den Bus wartete. Er hatte doch heute Geburtstag. Und dann verlief der Tag so beschissen. Jetzt auch nicht total beschissen, aber genauso beschissen wie die meisten Montage der letzten 25 Jahre. Sicher waren seine früheren Geburtstage auch nicht die totalen Kracher gewesen, aber man erwartete an seinem Geburtstag doch irgendwas Besonderes, außer der Reihe.

HP beschloss, zur Feier des Tages mal in die Videothek drei Straßen weiter zu gehen, für die er schon seit Jahren eine Karte besaß, die er aber erst einmal benutzt hatte. Der junge Typ mit dem Baseballcap an der Kasse beachtete ihn gar nicht, als er eintrat. Bemüht gelangweilt schlenderte HP an den Familienfilmen vorbei in die Ecke mit den brutalen Ab-18-Scheiben, die er sich nie und nimmer angucken würde, weil er wie als kleiner Junge Spannung und Gewalt schlecht aushalten konnte. Und am Ende der Gewalt-Ecke war der dünne Vorhang, der in die Porno-Abteilung führte. HP schoss schon wieder das Blut ins Gesicht, als er durch den Vorhang schlüpfte. Zum Glück war niemand in der Porno-Abteilung und er konnte seinen Blick ungestört über die DVD-Hüllen wandern lassen: »Megalutscher in Action«, »Jung und Heiß, Teil 18«. Obwohl er die meistens primitiven Fickfilme total niveaulos fand, konnte er nicht verhindern, dass er langsam einen Ständer bekam. Verdammter Mist. Ob man das wohl sah? Er konnte ja schlecht mit einer Latte zur Kasse gehen.

HP griff sich wahllos die Nummernkarte eines Films: »Das wilde Mädcheninternat«. Dann huschte er schnell wieder durch den Vorhang und guckte noch eine Weile angestrengt die Regale mit den normalen Spielfilmen an.

Gerade, als er auf die Kasse mit dem jungen Typen zusteuerte, stellte sich eine junge blondierte Frau an den Kassentresen und trank eine Dose Red Bull. Dabei quatschte und lachte sie mit dem Kassierer.

HP erstarrte. Als sie lachend in seine Richtung guckte, bekam er sofort wieder eine rote Bombe der ersten Kategorie. Als hätte sie sofort erkannt, dass er gerade im Begriff war, sich einen billigen Fickfilm auszuleihen. Obwohl das natürlich Quatsch war und HP wusste, dass man die Filme diskret in einer neutralen Hülle mitbekam, drehte er um und brachte den Abschnitt wieder zurück. Als er hastig die Videothek verließ, war er sich sicher, dass die Blondierte und der coole Kassierer ihm amüsiert hinterherguckten und ärgerte sich.

Statt des wilden Mädcheninternats gab es am Abend seines Geburtstags nur eine unsägliche Folge von »Hart aber fair« und dazu ein fades Dosenbier, bei dem auch nicht so recht Freude aufkommen wollte. Immerhin kotzte Nero nicht nochmal.

2

»Nein, ich brauche ihren Ausweis und die Bescheinigung der Ausländerbehörde«, wiederholte HP zum zehnten Mal und immer noch sah ihn der schwarzhaarige ältere Mann verständnislos an und redete in einer fremden Sprache auf ihn ein. Dabei hielt er ihm immer wieder ein Schreiben der Ausländerbehörde hin, das aber nicht weiterhalf.

»Ausweis - Passport«, sagte HP verzweifelt und schwitzte. Immer wieder hob er bedauernd die Schultern.

Schließlich stand der Mann ruckartig auf und am Tonfall erkannte HP, dass er ihn offenbar gerade wüst beschimpfte. Als er ging, ließ er einfach die Tür zum Büro offenstehen.

HP schloss die Tür und ließ sich seufzend auf den Stuhl fallen. Dass Antrangsannahme kein Spaß war, wusste er ja. Aber immer wieder beschlich ihn das Gefühl, dass gerade er besonders viele Scheißfälle mit hilflosen Ausländern, aggressiven Schnorrern und weinerlichen Loosern abbekam. Gerade heute hatte er mal wieder gar kein Glück. Er schaute auf die Uhr: 10:50. über eine Stunde noch. Wenn es gut lief, waren das noch vier »Kunden«, wenn er Pech hatte, standen noch Dutzende vor der Tür, die er bis in den Nachmittag abfrühstücken musste. Er rief die nächste Nummer auf.

Ein langhaariger Typ kam herein. Er trug ein abgewetztes schwarzes Sakko zu Jeans und T-Shirt, unter dem sich eine typische Mittvierziger-Wampe abzeichnete.

»Moin«, grüßte der Langhaarige freundlich und setzte sich. »Ich wollte gern meinen Mitgliedsausweis erneuern.« Er sah HP offen grinsend an.

HP war zwar überhaupt nicht nach Scherzen zu Mute, ein Spaßvogel fehlte ihm noch. Deshalb lächelte er nur kurz und nahm dann die Antragsunterlagen an.

Andreas Kählert stand auf dem Antrag. Andreas Kählert - der Name kam HP bekannt vor. Kählert durchsuchte die Taschen seines Sakkos, dann holte er ein ramponiertes Smartphone heraus und las eine Nachricht.

Jetzt fiel es HP ein: Andreas Kählert, zwei Jahre älter als HP, ging damals in der 9. und 10. Klasse mit ihm in die Realschulklasse. »Gonzo« wurde Kählert damals genannt. Er war damals im Halbjahr der Neunten vom Gymnasium gekommen. Ein Chaot und respektierter Außenseiter, der sich mit Mädchen, Sprit und angeblich sogar mit Drogen auskannte. Spielte in einer ganz anderen Liga als der Rest der Klasse. Er hatte sich nicht daran beteiligt, wenn die anderen Jungs mal wieder den Klassenspastie verarschten. Er hatte aber auch nichts dagegen getan.

HP sah kurz hoch und begegnete Andreas »Gonzo« Kählerts prüfendem Blick.

»Sag mal, kennen wir uns nicht?«, fragte Kählert, als HP gerade beschlossen hatte, dass er diese alte Bekanntschaft lieber nicht aufwärmen wollte.

»Wieso?«, fragte HP betont gelangweilt.

Kählert rutschte auf seinem Stuhl nach vorn und klopfte nachdenklich mit seinem Handy auf den Tisch. »Ach, warte mal, gleich hab ich's. Wo war das denn noch?« Er lachte.

»Wüsste ich nicht«, erwiderte HP trocken.

»Ach genau! In der Schule war das. Waren wir damals nicht in der gleichen Klasse?«

HP tat so, als müsste er nachdenken.

»Ja genau, an der Realschule. Zehnte Klasse. Mit ... Stefan, Rainer und so.«

HP tat so, als fiele es ihm auch langsam wieder ein. »Stimmt. Das kann sein.«

Kählert grinste breit und freute sich offenbar über seine Entdeckung. »Aber dein Name fällt mir gar nicht ein.« Er erblickte das Namensschild auf der Ecke des Schreibtischs. »Na klar. Heinz-Peter«, sagte er anerkennend und runzelte dann die Stirn. »War mir völlig entfallen, Sorry.«

»Macht nichts«, sagte HP. War ja auch kein Wunder, weil Gonzo damals eindeutig im ersten Drittel des Klassenrankings angesiedelt war, während HP im unsichtbaren Nirvana knapp vor dem Klassen-Spastie Torsten Andresen seinen Platz in der Hierarchie hatte. »Und du wurdest Gonzo genannt, weiß ich noch«, schob HP nach, obwohl er das Thema eigentlich nicht vertiefen wollte.

»Ja, so nennen mich immer noch alle. Kannst du auch ruhig machen.« Gonzo lümmelte sich entspannt auf den Stuhl. »War schon 'ne geile Zeit damals. Wie hieß noch die heiße Flamme damals, mit der Guido was hatte. Komm nicht drauf.«

»Gabi«, antwortete HP zu schnell.

»Ja stimmt. Weiter als bis unter das T-Shirt bin ich da nie gekommen«, lachte Gonzo. HP dachte griesgrämig daran, wie viele Planeten entfernt Gabis T-Shirt für ihn damals gewesen war.

»Schöne Zeit, echt schöne Zeit«, schmunzelte Gonzo. »Und wie hieß noch der Klassen-Spastie, den die Jungs damals immer verarscht haben. Haben die den nicht auch mal bis zum Knie in die Regentonne gesteckt?« Gonzo lachte herzlich.

»Kann ich mich nicht mehr dran erinnern«, erwiderte HP gequält lächelnd. Er erinnerte sich nur zu gut an das schlechte Gewissen, das er hatte, weil er Andresen nicht geholfen hatte und stattdessen mitgelacht hatte, um nicht blöd aufzufallen.

»Ich komm auch nicht mehr drauf. War jedenfalls eine arme Sau.« Gonzo schüttelte mitleidig den Kopf. HP hatte bei der Erinnerung eine rote Bombe bekommen.

»Alles klar mit dir?«, fragte Gonzo.

»Wieso?«

»Siehst aus, als wenn du gleich mit einem Herzklabaster umkippst.«

»Nee, alles in Ordnung. Ich amüsiere mich nur über die alten Geschichten«, log HP.

»Ach so.« Gonzo lachte. Er lachte so offen und freundlich, dass es HP irritierte. Die meisten Menschen, die er kannte, feixten über ihn. Sie lachten ihn aus oder grinsten mit Hintergedanken. Aber bei Gonzos Lachen war keine hintergründige Missgunst zu erkennen.

»Weißt du was? Wir müssten mal ein Klassentreffen machen. Das ist doch bestimmt schon 20 Jahre her, oder so.« Gonzo guckte schmunzelnd aus dem Fenster.

»28 Jahre«, verbesserte HP im Reflex.

»Echt? Schon so lange? Hammer. So ein Klassentreffen müssten wir echt mal machen, oder?«

»Ja ja, wäre bestimmt nett.«

»Weißt du was? Ich kümmere mich mal darum. Hast du noch Kontakt zu ein paar von den Leuten?«

»Wenig«, sagte HP und das war gelogen. Den einzigen, den er mal wiedergesehen hatte, war Andresen gewesen, der als Arbeitsloser vor ihm gesessen hatte. Und das war schon zehn Jahre her. HP hatte auch überhaupt keine Lust, irgendjemanden wiederzusehen. Nicht mal Gabi, die wahrscheinlich inzwischen verheiratete Muster-Mutter von drei Muster-Kindern war und mit einem gut aussehenden Muster-Geschäftsmann in einer Villa im Grünen lebte.

Gonzo freute sich immer noch über seine Idee. »Macht nichts. Ich schieb das mal an und sag dir dann Bescheid. Okay?«

»Okay.« HP gab sich wenig Mühe, seinen Widerwillen zu verbergen. Das hätte ihm ja noch gefehlt: Die ganzen Arschgeigen von früher wiedersehen. Na herzlichen Glückwunsch.

HP tippte eilig Gonzos Antragsdaten ein und ließ ihn die üblichen Papiere unterschreiben.

»So viel Papierkram. Wie man das alles im Griff behalten kann«, meinte Gonzo schmunzelnd.

HP sah ihn stirnrunzelnd an.

»Nein, ehrlich. Für mich wäre das gar nichts«, beteuerte Gonzo lachend.

»Dein Handy!«, rief HP, als Gonzo schon bei der Tür war. Er hielt seinem ehemaligen Schulkameraden das Smartphone hin.

»Oh, danke«, meinte Gonzo und schüttelte lachend den Kopf.

Als er gegangen war, las HP ein wenig in Gonzos Lebenslauf. Er war offenbar immer der leicht durchgeknallte Chaot geblieben, der er schon als Jugendlicher war. Sein Lebenslauf war ein Flickenteppich von kurzen Zeiten, in denen er als Steinsetzer, Autoverkäufer, Finanzberater, Selbständiger in drei verschiedenen Branchen, Rausschmeißer, Taxifahrer und sogar Bodyguard gearbeitet hatte. HP schüttelte verdrossen den Kopf. Vielleicht war er als Jugendlicher nicht so eine coole Type gewesen wie Gonzo und vielleicht war sein Leben ein wenig langweiliger verlaufen, aber er war immerhin ein zuverlässiges Mitglied der Gesellschaft geworden. Er ging seit 28 Jahren einer geregelten Arbeit nach und hatte sich eine gesicherte Existenz aufgebaut. Und Typen wie Gonzo? Heute hier, morgen dort und jetzt mit Mitte Vierzig mal wieder arbeitslos.

Es klopfte und Frau Weber trat ein. HP seufzte. Claudia Weber war so ziemlich die unattraktivste und nervigste Mitarbeiterin der Arbeitsagentur. Und als wenn das nicht schlimm genug war, hatte sie ein Auge auf HP geworfen. Aber so verzweifelt konnte er gar nicht sein, dass er sich auf die doofe Weber einließ. Er hatte sich ja eh noch nie so viel aus den Weibern gemacht. Okay, gelegentlich hatte er mal per Kontaktanzeige die Angel ausgeworfen, aber es war jetzt nicht total dringend. Sein Beuteschema sah schlanke Frauen mit mittleren bis kleinen Brüsten und langen zum Zopf gebundenen Haaren vor. Claudia Weber war unförmig, hatte ein Doppelkinn und trug kurze Dauerwellenlocken, wie man sie in den frühen 90ern getragen hatte.

»Hallo Heinz-Peter. Ich dachte mir, ich bringe dir mal einen Kaffee vorbei. Wenn du Armer schon wieder Antragsannahme machen musst ...«, sagte sie etwas verlegen und stellte ihm den Kaffeebecher mit einem Keks auf den Schreibtisch.

»Danke, das ist nett«, brummte HP. Bei jedem anderen Kollegen, und besonders bei jeder anderen Kollegin, wären HP vor Rührung die Tränen gekommen. Aber bei Claudia Weber war er eher genervt. Und dann bekam er sofort wieder ein schlechtes Gewissen, dass er diese nette Geste von dem Schwabbel nicht annehmen konnte.

»Und? Viel los?«, fragte Claudia mit Anteilnahme, die in ihrem breiten, pickeligen Gesicht lächerlich aussah.

»Geht so, das Übliche«, sagte HP knapp und seufzte theatralisch.

»Ja, man muss bei der Antragsannahme echt ganz schon tough sein«, sagte Claudia und lächelte schräg.

»Klar, so wie ich halt«, rutschte es HP etwas zu freundlich heraus.

»Genau«, erwiderte sie kichernd.

HP wurde rot und ärgerte sich. Dummer Fehler, sich auf Smalltalk einzulassen. Jetzt wurde er sie wochenlang nicht los. Er trank einen Schluck Kaffee und tippte scheinbar konzentriert in den Computer. Es dauerte noch ein paar Momente, bis die doofe Weber das Signal verstand, ie sich seufzend umdrehte und ging. »Mach's gut.«

»Danke«, brummte HP noch einmal. Endlich war sie wieder draußen und HP rief den nächsten »Kunden« herein.

#

Willy Bahnsen klopfte HP mit seiner knorrigen Hand auf die Schulter. »Schön, dass du mal wieder da bist, Rudi«, sagte er und schob sich seine grüne Jagdmütze mit den ganzen Schützenabzeichen aus der Stirn.

»Heinz-Peter«, sagte HP genervt. Seit ewigen Jahren nannte ihn Willy Bahnsen wie seinen Vater: Rudi. Dabei war es eigentlich nicht zu viel verlangt, dass sich der greise 1. Vorsitzende der Schützengilde von 1957 sich trotz seiner fortschreitenden Verkalkung endlich mal seinen Namen merkte und ihn nicht immer mit seinem Vater verwechselte. Schließlich war HP quasi seit seiner Geburt Mitglied der Schützengilde.

Willy winkte zum Tresen des Vereinsheims, wo die Vereinswirtin Barbara sofort mit zwei gezapften Bieren in ihre Richtung startete.

»Ich muss da was mit dir besprechen«, sagte HP und holte einen Ordner raus. Willy brummte enttäuscht, denn er ahnte, was jetzt kam. HP war seit fünf Jahren in Personalunion Kassen- und Schriftwart der Schützengilde, obwohl er schon seit seiner Jugend nicht mehr aktiv schoss. Mit 14 war ihm aufgegangen, dass ein Schützenverein bei seinen Altersgenossen ungefähr so cool war wie Feinripp-Unterwäsche oder Hosenträger. Und deshalb hatte er mit dem Schießen aufgehört, war aber immer Mitglied geblieben. Schließlich war sein Vater Gründungsmitglied der Schützengilde. Und später hatte er es einfach nicht fertiggebracht, den total überalterten Verein zu verlassen. Er ging sogar immer noch einmal im Jahr zum Schützenfest, sang bekloppte altertümliche Lieder und trank Bier und Korn. Mit seinen 45 Jahren riss er immer noch regelmäßig den Altersschnitt weit herunter.

Als die Gilde wegen der chaotischen Buchführung des senilen alten Kassenwartes fast in die Insolvenz gerutscht wäre, hatte HP sich breitschlagen lassen, den Kassenwart zu machen und den Schriftwart noch dazu. Dann hatte er mit dem ihm eigenen Ordnungssinn erst mal die Buchführung in Ordnung gebracht und mit dem Finanzamt eine Abmachung getroffen, wie die Steuerschulden abgestottert werden konnten. Und er hatte als Neuerung im Verein eingeführt, dass sich der Vorstand gefälligst an protokollierte Beschlüsse zu halten hatte - besonders wenn es ums Geld ging.

HP zog eine Rechnung vom Getränkevertrieb aus dem Ordner. »Ich habe die Rechnung hier gekriegt. Zwei Fässer Bier außer der Reihe. Was hat das zu bedeuten?«, fragte er.

Willy Bahnsen seufzte schwer. »Ach ... das war bestimmt neulich ... als wir ... ja, da haben wir ein Ringschießen mit der Seniorenklasse gehabt.«

HP runzelte die Stirn. »Willy. Wir haben erst vor zwei Monaten im Vorstand beschlossen, dass bei Veranstaltungen keine Freigetränke mehr ausgeschenkt werden. Das können wir uns nicht leisten.«

Willy zuckte entschuldigend die Schultern. »Ich weiß. Aber die Mitglieder ... die liegen mir in den Ohren.«

HP zog die Stirn noch weiter in Falten. »Willy!«

Der alte Vorsitzende lächelte beschwichtigend. »Es geht doch um das Vereinsleben.«

»Nee, es geht um zwei Fässer Bier, die du einfach gegen jede Absprache bestellt hast und die der Verein eigentlich nicht bezahlen sollte.«

Die vollbusige Barbara kam vorbei und stellte zwei Korn auf den Tisch. »Na na na. Nu schimpf mal nich so mit unserm Willy.«

HP wurde ziemlich rot, aber nicht nur vor Scham, weil ihn die Wirtin gemaßregelt hatte, sondern auch vor Ärger über den versoffenen Tattergreis, der den Verein in den Ruin steuerte.

Willy guckte HP ratlos und bemüht bestürzt an und schwieg.

HP warf entnervt die Rechnung auf den Tisch. »Also gut. Ein letztes Mal mach ich das mit und bezahl die Rechnung. Aber beim nächsten Mal schmeiß ich die Klotzen hin. Dann kannst du dir einen anderen suchen, der den Kram hier regelt.«

Sofort hellte sich Willys Gesicht wieder auf. »Versprochen. Du weißt ja gar nicht, wie dankbar wir dir alle sind, dass du dich so toll um die Vereinsgeschäfte kümmerst.«

HP schnaubte nur und trank einen Schluck Bier. Den Korn schob er wortlos zu Willy rüber. Er wusste auch nicht, warum er sich den Quatsch hier antat. Eigentlich hatte er mit der Tattergreis-Bande von der Schützengilde nicht das geringste gemeinsam und in den wichtigen Dingen nahmen sie ihn auch nicht ernst. Andererseits hatte er ja nicht so schrecklich viele Hobbys. Und hier bekam er für seine Ordentlichkeit und Zuverlässigkeit immer eine gewisse Anerkennung und Dankbarkeit, die ihm ganz gut tat.

#

Noch vier Minuten, dann würde der Rinderbraten perfekt sein. HP guckte zufrieden in den Bräter und schaltete dann die Kartoffeln zwei Stufen runter. Die Küchenuhr zeigte 19.23 Uhr. Da hatte er mal wieder eine präzise Punktlandung hingelegt. Er huschte schnell ins Wohnzimmer und ließ noch einmal den Blick wandern. Es war ordentlich und sauber. Die Zeit und der Spiegel, die er heute extra noch gekauft hatte, lagen rechtwinklig auf dem Wohnzimmertisch. Auf dem kleinen Esstisch standen zwei Gedecke vom guten Service, in der Mitte eine dicke weiße Kerze, die einzige die er hatte und die er zu Weihnachten manchmal anzündete.

HP nickte zufrieden. Man konnte sagen was man will, aber Ordnung halten und Kochen konnte er wirklich gut. Die Ordnung hatte ihm seine Mutter eingebläut und das Kochen hatte er irgendwann aus Langeweile gelernt. Seine zehn rustikalen Standardgerichte waren sehr gut. Das wusste er, obwohl sie außer seiner Mutter noch nie jemand anderes probiert hatte. Es ärgerte ihn ein bisschen, dass er keine Kreativität für neue Gerichte besaß und die Ideen aus Kochzeitschriften stellten ihn auch nie zufrieden. Für den besonderen Tag heute hatte er die sichere Variante gewählt: Rinderbraten mit Salzkartoffeln, Apfelrotkohl und Rosenkohl. Er inspizierte noch einmal die Töpfe und die Uhr. Es sah hervorragend aus. Seine Kartoffeln waren nie matschig, sein Rotkohl war dank des frischen Rote-Beete-Saftes immer lecker und beim Braten von Rind machte ihm keiner was vor.

19:27 Uhr. Wenn sie pünktlich in drei Minuten klingelte, würde er sie um spätestens 19:35 Uhr an den

Tisch bitten und die Kartoffeln und den Rosenkohl abgießen.

HP liebte das Kochen. Gerade jetzt, weil das Werkeln mit Töpfen und Gewürzen seine Hypernervosität im Zaume hielt. Denn »Sie« hieß Tanja und war eine 35-jährige Frau, die HP über eine Kontaktanzeige in der Zeitung kennengelernt hatte. Von den 17 Zuschriften auf seine Anzeige, in der er sich als »lebenslustigen Junggesellen mit gesicherter Existenz« beschrieben hatte, waren 16 gleich in die Tonne gewandert, weil die Weiber entweder potthässlich waren, manchmal halbe Analphabeten, sich schon drei Kinder von drei Männern hatten andrehen lassen, und so weiter. Nur Tanja war akzeptabel: Sicher keine Schönheit, aber halbwegs normal und ihr Brief verriet keine sonderlich dunklen Geheimnisse. Sie hatten sich erst ein paar altmodische Briefe geschickt, sein Foto hatte sie akzeptiert und auch das Telefonieren klappte seit zwei Wochen schon. Sie hatte eine etwas hohe Stimme und neigte zu einem reflexhaften hysterischen Lachen, wenn sie verlegen war. Und bei den Telefonaten waren sie oft verlegen.

Aber irgendwann hatte HP all seinen Mut zusammengenommen und sie zum Essen zu sich nach Hause eingeladen. Als er das gesagt hatte, glühte sein Kopf und sein Herz raste, dass er fast eine Ohnmacht fürchtete. Sie hatte minutenlang hysterisch gelacht, immer wieder »Äh-häääää-häääää« gemacht und dann zugesagt.

HP inspizierte nochmal das tip-top saubere Badezimmer und das penibel aufgeräumte Schlafzimmer, wo Nero ihn vorwurfsvoll aus seinem Korb anschaute. Den Köter hatte er aus dem Flur verbannt, weil Tanja angedeutet hatte, dass sie Angst vor Hunden hatte. Sein Plan sah vor, dass er später - wenn's nötig wäre - Nero samt Korb in die Küche sperren würde. Selbstverständlich kam es darauf nicht an und er hatte sich nicht vorgenommen, sie flach zu legen. War nicht zwingend nötig, konnte man auch später noch nachholen. Denn so ganz sicher war sich HP auf diesem Gebiet nun mal nicht, er war als Stecher nicht so in Übung. Genau genommen beschränkten sich seine sexuellen Erfahrungen mit Frauen auf eine alte Nutte und auf Samantha. Von der Nutte wusste er nur vom Hörensagen, weil seine Mitschüler an der Berufsschule ihn hackevoll zu der Nutte geschleppt hatten und er sich an nichts erinnern konnte und da wohl auch nichts passiert war.

An Samantha wollte er lieber nicht denken. Denn auch sie war eine Anzeigenbekanntschaft und ein totaler Reinfall gewesen. Zehn Jahre war das schon her und noch immer tat ihm der Schwanz weh, wenn er daran dachte, wie sie ihn gleich beim ersten Treffen ins Bett gelotst und es dann gar nicht funktioniert hatte. Nach zwei Minuten schmerzhaftem Hobeln hatten sie es aufgegeben. Im Bett und überhaupt.

HP sah wieder auf die Uhr. Es war 19:31 Uhr. Er runzelte die Stirn. Sie war zu spät. Und sie drohte auch sein perfektes Essen zu ruinieren. Er eilte in die Küche und stach nochmal in den Braten. Wenn der jetzt trocken wurde ...

Das Telefon klingelte. Das Telefon! Jetzt! Wer zum Teufel rief ihn an einem Freitagabend an? An dem Abend, an dem er für die verspätete Tanja gekocht hatte.

»Vollwert«, bellte HP ins Telefon.

»Wer ist da?«, fragte eine zerstreute Männerstimme.

»Vollwert«, rief HP noch einmal, wobei er das Doppel-L besonders betonte. So machte er das auch immer, wenn das Gesocks ihn bei der Arbeit anrief.

»Oh, scheiße. Dann hab ich wohl die falsche Nummer. Ich wollte ... na ... Hans-Peter sprechen. Nichts für ungut.«

»Heinz-Peter«, entgegnet HP scharf. »Am Apparat.«

»Heinz-Peter? Echt? Cool. Bist du das?«

»Wer sind Sie?«, fragte HP ungeduldig.

»Hier ist Gonzo.«

HP merkte, wie sein Gesicht zu einer ungläubigen Fratze zusammenfiel. Sechs Wochen war ihre Begegnung in der Arbeitsagentur schon her und HP hatte die Geschichte längst abgehakt.

»Bist du noch da?«, fragte Gonzo und man hörte im Hintergrund lautes Gemurmel und Musik.

»Ja«, sagte HP tonlos. »Woher hast du meine Nummer?«

»Was hast du gesagt? Scheiße ist das laut hier. Ich häng hier gerade am Kneipentelefon. Mein Handy ist mal wieder weg«, entschuldigte sich Gonzo.

»Woher hast du meine Nummer?«

»Deine Nummer? Warte mal eben ...« HP hörte gedämpfte Stimmen, dann ein lautes Rascheln. »So da bin ich wieder. Deine Nummer hab ich von dem Typen ... wie hieß der nochmal ... Becker oder so.«

»Becker? Welcher Becker?«

»Na, der Typ vom Arbeitsamt.«

HP schnappte nach Luft. Gonzo meinte doch nicht etwa seinen Gruppenleiter.

»Wann hast du den denn gesprochen?«

»Na, ich hab ihn gerade angerufen, weil ich deinen Nachnamen nicht mehr parat hatte. Vollwert ... cooler

Name. Ich hatte mal ne Freundin, die hieß Kost mit Nachnamen. Vielleicht sollte ich euch mal verkuppeln: Vollwert-Kost.« Gonzo lachte aber HP war gar nicht nach Witzen zu Mute. Tanja würde jeden Moment kommen, das Essen verdarb und der durchgeknallte Gonzo hatte an einem Freitagabend seinen Gruppenleiter zu Hause angerufen.

»Wieso zum Teufel hatte Becker überhaupt meine Nummer«, fragte HP nervös.

»Hatte er nicht. Aber ich hab ihm erzählt, dass wir alte Schulfreunde sind und ich dich dringend suche, bis er sie für mich aus dem Telefonbuch rausgesucht hat. Hätte ja selbst nachgeguckt, aber mein Scheiß-Smartphone ist irgendwie weg.«

»Du bist wohl bescheuert!«, rief HP entsetzt, der gar nicht an Montagmorgen denken mochte.

Gonzo lachte. »Na klar. Aber er war eigentlich ganz nett. Nicht so wie der andere Typ.«

»Welcher andere Typ?«

»Albertsen hieß der. Den hab ich zuerst nach dir gefragt und der hat mir dann Beckers Namen gesagt.«

»Al-bert-sen? Du hast Albertsen, den Chef der Arbeitsagentur angerufen?« HP spürte Verzweiflung in sich hochkriechen.

»Ja nun. Der war heute am späten Nachmittag noch im Büro.«

HP ließ nur ein heiseres Röcheln hören.

»Wie auch immer, nun hab ich dich ja. Das mit dem Klassentreffen geht klar. Hab schon die ersten Leute. Du bist doch auch mit dabei, oder?«

HP rang immer noch nach Atem und er sah den cholerischen Albertsen vor sich. »Was?«

Gonzo lachte. »Na, das Klassentreffen. 28 Jahre! Du bist dabei.«

HP schüttelte sich kurz. »Na gut«, sagte er zerstreut und rannte in die Küche. Mit dem eingeklemmten Telefon am Ohr goss er Kartoffeln und Rosenkohl ab.

»Prima«, freute sich Gonzo. »Ich dachte, wir fahren zelten. So wie früher.«

»Zelten? Aua!« HP hatte sich den Daumen am Bräter verbrannt.

»Ja klar. Nächste Woche von Freitag auf Sonntag. Wird bestimmt 'ne geile Party. Ich hol dich am Freitag um halb fünf ab. Wo wohnst du?«

HP hatte tausend Fragen und noch mehr Einwände, aber er war zu sehr mit dem Kühlen seines Daumens beschäftigt. »Hermann-Löns-Straße 48«, keuchte er, während kaltes Wasser den Schmerz linderte.

»Oki-doki. Dann halt dich bereit. Hast du ein Zelt?«

»Nee ... warte mal, doch. Irgendwo im Keller müsste noch eins liegen.«

»Prima, nimm das sicherheitshalber mal mit. Und sonst alles, was du zum Pennen brauchst und was du trinken willst. Den Rest organisier ich. So, ich muss mal Schluss machen. Irgend so ein tätowierter Affe will hier dringend mal telefonieren. Mach's gut.«

HP nahm das Telefon vom Ohr. Ach du heilige Scheiße. Was hatte er da gemacht. Er sollte sich nicht nur mit den Spacken aus der Schulzeit treffen, sondern auch noch ein Wochenende zelten gehen? Wo er doch Zelten ohnehin hasste?

Er wickelte seinen Daumen in ein nasses Stück Küchentuch und ließ sich im Wohnzimmer auf das Sofa fallen. Dann fiel ihm auf, dass das Telefon blinkte. Eine neue Nachricht auf dem Anrufbeantworter. Der Anruf musste gekommen sein, während er mit Gonzo telefoniert hatte.

Er hörte ab. Eine schniefende Tanja war zu hören. »Hallo Heinz-Peter ... ich kann das einfach nicht ... ich ruf dich an ... nein, ich ruf dich doch nicht an ... es tut mir sooo leid ...« Der Rest war ein einziges Grunzen, Rascheln und Schniefen.

HP warf das Telefon in hohem Bogen auf den Esstisch, wo es scheppernd auf einem Teller landete. Die lange Liste der ruhmreichen Momente im Leben des Heinz-Peter Vollwert war mal wieder um einen bedeutenden Moment gewachsen. Scheißspiel. Statt Fickenüben mit Tanja stand jetzt Zelten mit Gonzo und den Arschlöchern aus seiner ehemaligen Klasse auf dem Programm. Na herzlichen Glückwunsch. HP beschloss, den extra gekauften Rotwein trotzdem zu trinken. Ohne Glas.

Die ganze folgende Woche litt HP. Ärger wegen Gonzos Anrufen bekam er zum Glück nicht. Becker ließ nur einen lockeren Spruch über seinen »originellen Bekannten« fallen. Dass Tanja nicht gekommen war, enttäuschte HP zwar, aber ein bisschen war er sogar erleichtert. Auch wenn er sich für sein Alleinsein oft bedauerte, hatte er es sich in seinem Junggesellenleben so eingerichtet, dass für jemand anderen gar kein richtiger Platz mehr war. Schon der blöde Kläffer Nero war fast mehr, als er an Gesellschaft ertrug. Paradox. War aber so. Er hätte sich mit einer Frau gewaltig umstellen müssen.

Und da hätte er eh nur Scherereien mit. War schon okay, wie es war.

Nein, leiden tat er vielmehr unter dem täglich näher rückenden schrecklichen Ereignis, auf das er sich eingelassen hatte: das Klassentreffen!

Er hatte mehrmals überlegt, ob er nicht einfach absagen sollte, wegen krank und so. Am Mittwoch rief er sogar schon die Nummer an, die Gonzo in seinem Antrag angegeben hatte, aber da war nur 'kein Anschluss unter dieser Nummer'. Also konnte er nicht absagen. Und er konnte auch nicht leugnen, dass ihn das verrückte Abenteuer, das Unbekannte, auch ein bisschen reizte. Konnte ja vielleicht auch ganz nett werden. Schließlich waren sie alle heute Mitte Vierzig und gesetzte Leute und keine fiesen, pubertierenden Halbstarken mehr. So war er hin und hergerissen, wollte sich den einen Moment todesmutig ins Abenteuer stürzen und im nächsten Moment verkriechen und am Freitag einfach die Tür nicht aufmachen.

Am Dienstagabend war er mal wieder entschlossen, die Chance auf ein Erlebnis bei den Hörnern zu packen. Er kramte im Keller das alte Zweimann-Zelt raus, das er zuletzt mit 15 im Garten seiner Eltern aufgebaut hatte. Die breite Luftmatratze musste er flicken und den muffelnden Schlafsack einmal durchwaschen. Er erinnerte sich unangenehm an eine Klassenfahrt, als seine Klassenkameraden fast alle so schicke pastellfarbene Schlafsäcke gehabt hatten und er mit dem potthässlichen Blumenmuster-Schlafsack angekommen war, in dem schon sein Vater als Junge geschlafen hatte. Vielleicht sollte er sich mal einen neuen Schlafsack zulegen. Aber nur für einmal, für so eine Schnapsidee wie dieses Klassentreffen gleich einen neuen Schlafsack zu kaufen, widerstrebte ihm.

Er kaufte mit Umsicht ein. Eine neue Zahnbürste samt Dose, kleine Tuben Zahnpasta, Creme und so weiter. Er nahm sicherheitshalber auch Pflaster, Aspirin und einige Teebeutel mit, falls sein Magen mal wieder rebellierte. Und da er nicht wusste, was Gonzo wohl zu Essen einkaufen würde, kaufte er sicherheitshalber zwei Dosen Ravioli und eine Packung Würstchen. Vor dem Getränkeregal stand er ziemlich ratlos, er trank nicht so besonders oft. Normalerweise würde er ja sein Standardbier von Oettinger mitnehmen. Aber er wusste, dass das eine total uncoole Billigmarke war. Deshalb kaufte er lieber ein Sixpack Flensburger, obwohl ihm das viel zu herbe war und er davon Magenprobleme bekam. Sollte er auch noch eine Flasche Schnaps mitnehmen? Irgendwas Abgefahrenes, was Eindruck machte? Das Problem war nur, dass er keinen blassen Schimmer hatte, was momentan angesagt war. Früher hatten die Jungs aus der Klasse Baccardi oder Pernod gesoffen. Aber da waren sie auch erst 16 Jahre alt. Womit man sich als Mittvierziger die Kante gab, wusste er nicht. Außerdem mochte er das ganze Zeug überhaupt nicht. Vom Korn beim Schützenfest wurde ihm regelmäßig kotzübel. Letztlich entschied sich HP für eine Flasche Tequila, weil er sich dunkel daran erinnerte, dass Stefan, einer der angesagtesten Macker aus der Klasse, mal damit angegeben hatte, dass er sich mit dem Zeug zum Filmriss gesoffen hatte.

Als letztes kaufte HP auch noch einen großen Trekkingrucksack und doch einen neuen Schlafsack. Die spießige Reisetasche von seiner Mutter wäre zu peinlich.

Und den gammeligen Blümchenmuster-Schlafsack würde er in den Müll schmeißen.

Bevor er am Donnerstagabend zu Bett ging, packte HP seinen Rucksack und stellte alles im Flur parat und konnte vor Aufregung und Nervenkitzel kaum einschlafen. Als er wieder aufwachte, erfüllte ihn die blanke Panik. Er konnte sich unmöglich mit den ganzen Arschlöchern und blöden Weibern treffen! Vor seinem geistigen Auge sah er nur ein Meer von Fettnäpfchen, in die er garantiert alle eine Arschbombe machen würde. Und dann noch mit Übernachten! Gemeinsame Mahlzeiten und sowas!

Nero spürte offenbar HPs Angst und war beim Gassigehen besonders widerborstig. HP zerrte nervös an der Leine, Nero knurrte und kackte demonstrativ auf den Gehweg. Dann kam HP der rettende Gedanke: Nero! Daran hatte er gar nicht gedacht. Was sollte er mit dem blöden Köter machen? Er konnte ihn ja schlecht allein lassen. Klar, Frau Schröder von oben würde ihn bestimmt die zwei Tage passen, aber das war ja keine gute Lösung. Nein, er würde heute Nachmittag die Tür aufmachen und Gonzo erklären, dass er leider nicht mitkommen könne, weil er Nero nicht unterbringen konnte. So einfach war das. Erleichtert zerrte HP den Dackel nach Hause und machte sich auf den Weg zur Arbeit.

HPs Nerven waren zum Zerreißen gespannt. Es war jetzt schon 16.47 Uhr und noch immer hatte niemand geklingelt. Den ganzen Arbeitstag war er total unkonzentriert gewesen und musste ständig aufs Klo rennen.

Er hatte sogar einen dummen Fehler gemacht und über 100 falsche Briefe ausgedruckt und frankieren lassen. Dafür hatte er von Becker erstmals seit Menschengedenken richtig Ärger bekommen.

Und nun ging er in seiner Wohnung auf und ab und fühlte sich, als ob er auf seinen Henker wartete. Nero lag in seinem Korb und beäugte sein Herrchen argwöhnisch. Vielleicht überlegte der Köter, ob er sicherheitshalber mal wieder in den Flur kotzen sollte, um eine gewisse Normalität herzustellen.

Als um 17.10 Uhr noch immer nichts passiert war, entspannte sich HP langsam. Vielleicht hatte Gonzo die ganze Schnapsidee ja einfach vergessen oder es hatte irgendwas nicht geklappt. Und dann hatte er wahrscheinlich HPs Nummer wieder verbummelt und konnte nicht anrufen. So einfach war das. Das bedeutete, dass er nicht würde kneifen müssen. Die Alarmsysteme in HPs Körper fuhren langsam runter und er setzte sich erschöpft auf das Sofa.

Umso heftiger fuhr er zusammen, als es um 17.18 Uhr plötzlich doch klingelte. Er stieß mit dem Kopf an die klobige Wohnzimmerlampe, die heftig pendelte und ihm noch einen Schlag an die Rübe versetzte.

HP hielt sich den Kopf und ging zur Tür. »Ja?«, fragte er betont unfreundlich durch die Gegensprechanlage. Aber niemand antwortete. Stattdessen klingelte es eine Minute später direkt an seiner Wohnungstür. Nero kläffte, zog sich aber sicherheitshalber an das Ende des Flures zurück.

HP öffnete und Gonzo stand vor der Tür. Er trug wieder das gleiche abgewetzte Sakko über dem T-Shirt wie neulich. »Ah, da bin ich ja genau richtig. Die Tür unten stand offen«, sagte er grinsend. Er guckte zu dem knurrenden Nero und knurrte spaßhaft einmal zurück.

HP schluckte und das Herz schlug ihm bis zum Hals. »Ich ... also ... ich kann doch nicht mitkommen«, krächzte er.

Gonzo guckte ihn erstaunt an. »Wieso das denn nicht?« Er machte ein enttäuschtes Gesicht.

»Na wegen dem Köter. Hab ich ganz vergessen. Den kann ich nicht das ganze Wochenende allein lassen. Und ich hab keinen, der sich um ihn kümmern könnte.« HP wies entschuldigend auf Nero, der mit eingeklemmtem Schwanz langsam zu seinem Korb schlich.

Gonzos Miene hellte sich auf. »Ach so. Ist doch kein Problem. Nimm ihn mit. Campen ist doch auch was für Hunde.«

»Ja ... nee, der ist ... nicht so einfach«, stammelte HP.

»Ach was, so'ne halbe Portion stört doch nicht. Komm mal her, Kollege ...« Gonzo ging in die Hocke und hielt Nero die Hand hin. Der guckte aber nur misstrauisch und legte die Schnauze auf die Vorderpfoten.

»Na komm schon, den nehmen wir mit. Sind das deine Sachen?« Gonzo schnappte sich das Zelt und den gepackten Rucksack.

»Ja ...«, sagte HP mit rotem Kopf. Er resignierte. Wie so oft war er einfach viel zu langsam im Kopf, um der optimistischen Entschlossenheit anderer Leute etwas Ernsthaftes entgegenzusetzen. Mechanisch nahm er seine Jacke vom Haken und band Nero die Leine um.

Unten vor dem Haus stand ein uralter Mercedes Strich-Acht. Auf dem Beifahrersitz und hinten saßen Leute, die HP nicht gleich erkennen konnte. Gonzo öffnete den Kofferraum, in dem kaum noch Platz für

HPs Sachen waren. Neben einer kleinen Sporttasche, einem Faltzelt und dünnen Isomatten waren vor allem Bierkisten und Zigarettenstangen drin.

Als HP hinten einstieg, erkannte er den Typen, der auf dem Beifahrersitz saß: Markus Jahnke. Ausgerechnet Markus Jahnke! Jahnke war in ihrer Klasse früher der Rädelsführer, wenn es darum ging, HP zu verarschen und lächerlich zu machen. Außerdem war Jahnke damals der Schönling und Weiberschwarm in der Klasse gewesen. Lang, schlank, mit schwarzer Popperfrisur, Burlington-Pulli und Seglerschuhen.

Allerdings war von der früheren Pracht nicht mehr viel zu sehen, wie HP mit einer gewissen Genugtuung feststellte. Jahnke hatte die wenigen verbliebenen Haare kurz geschoren und war im Vergleich zu früher bei weitem nicht mehr so schlank. Auch sein ehemals so schmales braungebranntes Gesicht wirkte ledern und aufgedunsen.

»Na, wenn das nicht das Heinz-Peterle ist«, sagte Jahnke spöttisch und schaute nur in den Rückspiegel. HP wurde rot und grinste unsicher. »Moin«, sagte er. Jahnke hob eine Bierdose und nahm einen Schluck.

Neben HP auf der Rückbank saß eine Frau, die er nicht kannte. »Hallo«, murmelte er. Er traute sich nicht, sie genau anzusehen.

»Hi«, sagte die Frau fröhlich. »Ich bin Ines.« HP ratterte in Gedanken seine Erinnerungen durch. An eine Ines konnte er sich in seiner Klasse nicht erinnern.

»HP«, sagte er und schaute sie nun doch näher an.

»HP?«, fragte sie.

»Ja, statt Heinz-Peter.« Jahnke prustete vorne in sein Bier und Ines lachte hell.

»Verstehe«, sagte sie glucksend. HP war sich sicher, dass er sie noch nie gesehen hatte. Sie war bestimmt auch einige Jahre jünger als er.

»Und der da?« Sie zeigte auf den Dackel.

»Äh, Nero.« Er stopfte den Köter hinter sich auf die Hutablage.

»Hey, ein Wackeldackel. Fett!«, sagte Gonzo, als er einstieg und erstmal einen Schluck Bier nahm. »So, dann kann's ja losgehen«, sagte er vergnügt. »Willst du auch 'n Bier? Steht auf der Heckablage«, sagte er.

HP traute sich nicht »Nein« zu sagen, um vor Jahnke und Ines nicht gleich wieder wie der Versager dazustehen. Also nahm er sich trotz des knurrenden Dackels ein Bier und bekleckerte beim Öffnen gleich mal die Rückseite des Beifahrersitzes.

»Ey, pass auf. Das ist nicht meine Karre«, sagte Gonzo, der den alten 200 D langsam auf Touren brachte.

»Nicht deine?« Jahnke leerte seine Bierdose.

»Nee, gehört dem Wirt vom Anker«, sagte Gonzo.

»Vom Anker? Der versifften Spelunke? Woher kennst du den denn?«, fragte Jahnke belustigt.

»Ach, hab für ihn mal dies und das erledigt.« Gonzo guckte auf die Tankanzeige. »Oh, wir müssen noch tanken. Gib mir mal mein Portemonnaie aus dem Handschuhfach.«

Jahnke kramte im Handschuhfach. »Da ist kein Portemonnaie. Nur jede Menge Lümmeltüten«, lachte er und zeigte eine Handvoll mit Kondomen. »Verschiedene Geschmacksrichtungen. Ah, hier wird's interessant.« Er zeigte einen Joint.

Gonzo tastete die Taschen seines Sakkos und seiner Hose ab und fuhr dabei fast auf den Bordstein.

»Scheiße, wo hab ich das denn wieder gelassen«, brummte er. »Hat jemand von euch Geld dabei?«

Jahnke hob die Schultern und Ines schüttelte den Kopf.

»Ja ich«, sagte HP mit hochrotem Kopf. Vielleicht konnte er ja damit punkten, dass er bei einer Zelttour natürlich auch an Geld gedacht hatte.

»Kannst du mir was leihen, damit wir tanken können? Kriegst du auch wieder«, sagte Gonzo und sah ihn dabei so offen und freundlich an, dass HP gar nicht anders konnte.

Während sie an der Tanke warteten, dass Gonzo fertig wurde, sah Jahnke wieder in den Rückspiegel. »Und, was macht das Heinz-Peterle heute so?«

HP ärgerte sich, dass er schon wieder rot wurde. Nur weil dieses arrogante Arschloch ihn ansprach.

»Ich arbeite bei der Arbeitsagentur. Sachbearbeitung«, antwortete er und versuchte dabei möglichst beiläufig zu klingen. Jahnke verzog spöttisch das Gesicht.

»Und du?«

Jahnke seufzte müde. »Ach, dies und das. Zurzeit ... Privatier.«

Gonzo stieg wieder ein. »So Kinder, jetzt kann's aber wirklich losgehen.« Er fuhr direkt auf die Bundesstraße und aus der Stadt raus.

HP war irritierte. »Wo treffen wir denn die anderen?«

»Die anderen?«, fragte Gonzo zerstreut.

»Na, die anderen aus unserer Klasse.«

»Ah, die«, meinte Gonzo und schwieg eine Weile. HP wurde nervös.

»Die hab ich nicht alle erreicht. Oder hatten oft auch keine Zeit.«

HP machte kein besonders intelligentes Gesicht. »Wer ... wer kommt denn noch?«

Gonzo hob die Schultern. »Sonst keiner mehr.«

»Was?«, fragte HP fassungslos.

Gonzo machte eine entschuldigende Geste in den Rückspiegel. »Ist doch egal. Vier reichen doch locker für ein Klassentreffen.«

HP schnappte nach Luft.

»Wieso Klassentreffen?«, fragte Ines lachend. »Ich war doch nicht in deiner Schulklasse.«

Gonzo guckte überrascht. »Echt nicht?«

»Mann, ich bin zehn Jahre jünger als du.« Sie gackerte vor Vergnügen und legte dem immer noch fassungslosen HP dabei eine Hand auf den Unterarm.

Gonzo überlegte einen Moment, dann grinste er breit. »Stimmt. Aber ich hätte meinen Arsch verwettet, dass du damals auf der Abschlussfahrt mit Rainer rumgemacht hast.«

Jahnke lachte dreckig. »Nee, das war Angela. Weißt du noch, wie der Macker angegeben hat, dass er sie gevögelt hätte? Und wie sie ihn dann vor versammelter Mannschaft ausgelacht hat?«

Gonzo lächelte und man sah, dass er sich nicht erinnerte.

Ines schüttelte spöttisch den Kopf. »Du wirfst auch alles durcheinander, Gonzo. Wahrscheinlich ist dir eine bestimmte Situation mit mir in einem Klassenzimmer in Erinnerung geblieben. Aber das ist keine fünf Jahre her.«

Gonzo überlegte und grinste.

HP nahm einen Schluck Bier und versuchte, einen

klaren Gedanken zu fassen. Er war auf dem Weg zu einem Campingwochenende mit dem chaotischen Gonzo, dem Stinkstiefel Jahnke und einer Frau, die er überhaupt nicht kannte. Und einem hinterfotzigen Dackel, der gerade winselnd ...

»Halt mal an!«, schrie HP.

»Was denn?« Gonzo haute erschrocken in die Bremse.

»Nero muss pinkeln. Schnell.«

Gonzo fuhr an den Straßenrand und HP ließ den Dackel auf den Seitenstreifen. Jahnke und Gonzo stellten sich demonstrativ daneben und pissten ebenfalls.

Als sie wieder unterwegs waren, kramten Jahnke und Gonzo Erinnerungsfragmente an ihre Abschlussfahrt aus ihrem Gedächtnis, wobei Gonzo viele Dinge durcheinander warf.

»Weißt du noch, irgendjemand hatte doch einem Typen im Schlaf die Finger in Warmwasser gehalten und dann hat der sein Bett vollgepisst.«

Jahnke johlte mit seinem wiehernden Lachen auf. »Klar weiß ich das noch. Du auch, Heinz-Peterle?«

»Arschloch!« HP sah wütend aus dem Fenster.

Gonzo guckte irritiert zwischen Jahnke und HP hin- und her. Dann lächelte er. »Echt? Ich hatte da ein ganz anderes Gesicht vor Augen. Na egal, Schwamm drüber.«

Es herrschte einige Minuten Schweigen.

»Wo fahren wir eigentlich genau hin?«, fragte Ines. Gonzo war auf die Autobahn Richtung Süden aufgefahren.

»Ich dachte an den Baggersee, wo wir damals mit ein paar Leuten aus der Klasse gecampt haben.« Er schaute HP durch den Rückspiegel an.

HP brummte nur. Natürlich war er damals nicht mit dabei gewesen. Da hatten nur die Leute aus der ersten und einige aus der zweiten Reihe der Klasse mitgedurft.

Jahnke lachte und trank Bier. HP fiel auf, dass seine Hand dabei ganz schön zitterte.

Inzwischen dämmerte es und sie hielten noch einmal an einem Rastplatz.

»Ach Mist, ich hab was vergessen«, sagte Gonzo und patschte sich mit der Hand an die Stirn.

»Was denn?«, fragte Jahnke.

»Ich wollte noch was zu futtern einkaufen.«

Jahnke lachte. »Soll das heißen, wir haben nichts zu essen mit?«

Gonzo hob die Schultern und wandte sich zu HP um. »Kannst du mir nochmal aushelfen?«

HP verzog unwillig das Gesicht. Er hatte überhaupt keinen Bock, sich als Finanzier dieser Schwachsinnsaktion missbrauchen zu lassen. »Ich hab auch nur noch zwei Euro«, sagte er. Seine EC-Karte würde er garantiert nicht hergeben.

Gonzo sah enttäuscht in die Runde.

»Ich hab sonst noch zwei Dosen Ravioli und ein paar Würstchen mitgenommen«, sagte HP unwillig. Sofort hellte sich Gonzos Gesicht wieder auf. »Perfekt! Einen Gaskocher hast du nicht zufällig?«

»Nein«, antwortete HP gereizt.

»Ah, ich hab eine Idee.« Gonzo kramte im Handschuhfach und stieg dann aus. Er verschwand zwischen den parkenden Lkws auf dem Rastplatz.

»Oh Mann, er ist aber auch ein Chaot«, seufzte Ines lächelnd. »Aber er hat sich echt tierisch auf die Tour gefreut.«

»Seid ihr zusammen?«, fragte Jahnke beiläufig.

Ines lachte. »Hey, kann man mit Gonzo zusammen sein?«

Jahnke lachte schleimig mit.

Geiler Bock, dachte HP verdrossen. Das sah Jahnke ähnlich.

Ines wandte sich nun an ihn. »Du scheinst ja etwas besser sortiert zu sein als Gonzo.«

Verflixt. Sie hatte ihn direkt angesprochen und HP hatte das Gefühl, dass sein glühender Kopf gleich explodieren würde.

»Na ja ... ich dachte ... ich könnte ...«, stammelte er hilflos.

Jahnke wieherte: »Osram!«

Ines legte HP wieder eine Hand auf den Arm. »Lass dich nicht ärgern. Ohne dich hätten wir gar nichts zu essen und wären gar nicht erst losgekommen.« HP schauderte richtig bei der Berührung.

Jahnke schnaubte geringschätzig.

»Ach, ist doch keine große Sache ...«, meinte HP. Blöde Floskel, dachte er im selben Moment. Natürlich war das eine große Sache, weil er hier für die versoffenen Vollidioten die Kohlen aus dem Feuer holte.

Ines erzählte, dass sie Gonzo bei einem kleinen Rock-Festival kennengelernt hatte, dass er damals mit seiner eigenen kleinen Konzertagentur ausgerichtet hatte. Das Festival war genial und die Leute schwer begeistert. Allerdings war Gonzos Agentur daran gleich wieder pleitegegangen, weil er total den Überblick über die Finanzen verloren hatte. Ines war Krankenschwester und hatte jetzt eine ganze Woche frei, bevor sie wieder Nachtschicht arbeiten musste.

Sie warteten schon fast eine halbe Stunde, als Gonzo wieder zum Auto kam. Unter dem Arm hielt er einen kleinen Spirituskocher und eine Flasche ohne Etikett. Er machte die Tür hinten auf.

»Fahr du mal weiter«, sagte er zu HP.

»Ich?«

»Ja, ich sollte besser nicht mehr fahren.«

»Aber ... Jahnke kann doch auch fahren.« HP war mulmig zu Mute bei dem Gedanken, dass er einen fremden Wagen fahren sollte. Er war nicht so in Übung. Zwar hatte er zu Hause seinen VW Polo in einer Mietgarage stehen, aber den fuhr er so gut wie nie.

Jahnke guckte finster vor sich hin und nahm einen Schluck Bier. »Ich kann auch nicht. Hab gerade keinen Lappen.«

»Nun mach schon«, lachte Gonzo. »Ich musste mit den Bulgaren ein paar Runden trinken, bevor sie bereit waren, ihren Spirituskocher gegen den Joint einzutauschen. Aber ich hab ihnen auch noch eine Flasche von ihrem selbstgebrannten Schnaps abgequatscht.«

Also fuhr HP mit dem geliehenen Strich-Acht weiter. Er fühlte sich ziemlich unsicher in dem alten Wagen mit der komischen Schaltung. Er versuchte sich zu konzentrieren und hörte nicht mehr auf die alberne Unterhaltung, die die drei anderen führten.

Gelegentlich und oft zu spät gab Gonzo Anweisungen, wo er hinfahren sollte. Aber irgendwann standen sie tatsächlich auf dem Parkplatz eines Baggersees, der in der untergehenden Sonne rötlich schimmerte.

»Herrlich!«, freute sich Gonzo. Er sprang aus dem Wagen und rülpste laut. HP musste zugeben, dass es wirklich sehr nett hier aussah.

Dann sah er Jahnke, der sich mühsam aus dem Beifahrersitz hochstemmte und sich am Auto festhielt.

»Alles klar?«, fragte HP überrascht.

»Logo«, zischte Jahnke mit angestrengtem Gesicht und ging unsicher einige Male am Auto auf und ab.

»Na dann wollen wir mal«, rief Gonzo, zauberte aus dem Kofferraum vier Pappbecher und füllte sie mit dem dubiosen Bulgaren-Schnaps. »Auf die Klassenfahrt.«

Er reichte den anderen die Becher und sie mussten mit ihm anstoßen. HP wollte zwar nicht, aber es musste wohl sein. Er kippte den Schnaps herunter und dachte, die Speiseröhre würde ihm weggeätzt. Er röchelte und schnappte nach Luft. Jahnke hatte nur kurz ein grimmiges Gesicht gemacht und Ines pustete schwer durch.

»Alter Schwede«, japste sie. »Was ist denn das für ein Zeug?«

Gonzo kicherte und leckte sich die Lippen. »Keine Ahnung. Ich sprech kein Bulgarisch.«

»Und du bist sicher, dass das nicht der Spiritus für den Kocher ist?«, lachte Jahnke mit rauer Stimme.

Gonzo sah zweifelnd auf die Flasche. »Ich hab noch nie Spiritus getrunken. Aber so gut kann der nicht schmecken.«

HP hätte sich am liebsten auf der Stelle übergeben. Gegen dieses Zeug war der Korn beim Schützenfest die reinste Muttermilch. Aber er versuchte, möglichst schnell die Fassung wiederzugewinnen. Er wollte ja nicht als Weichei dastehen.

»Baut ihr die Zelte auf?«, fragte Gonzo HP und Jahnke. »Ich kümmer mich um das Essen.«

HP schluckte den Einwand herunter, dass an dem See ein Schild stand, das Campen ausdrücklich verbot.

Er holte die beiden Zelte aus dem Kofferraum. »Wo ist denn dein Zelt?«, fragte er Gonzo.

»Ach so. Äh, kann ich bei dir mit im Zelt liegen? Oder Ines?«

HP sah ihn verblüfft an. »Du fährst zelten ohne Zelt?«

»Hab ich nicht dran gedacht. Zwei Zelte reichen doch für vier Leute.« Gonzo zuckte die Achseln und lachte. Er warf allen eine Dose Bier zu.

Während HP nach Anleitung das Stahlgestänge seines Zelts zusammensetzte, hörte er Jahnke nebenan ächzen und fluchen. Irgendwann erklang ein Knirschen, das nichts Gutes verhieß.

»Verdammte Kacke!«, schrie Jahnke. »Von wegen Pop-Up-Zelt.« Er trat wütend gegen das dünne Gestänge, das unter einem weiteren Knirschen noch einmal brach. Dann stapfte er mit seinem Bier runter zum See, wo Ines und Gonzo an dem Spirituskocher rumfummelten.

Als HP sein Zelt zu Ende aufgebaut und vertäut hatte, pumpte er seine Luftmatratze auf. Gonzo kam dazu und sah sich das demolierte Zelt von Jahnke an. »So ein Trottel«, seufzte er und schenkte HP ungefragt einen weiteren Bulgaren-Schnaps ein. »Auf deine gute Organisation«, sagte Gonzo und klopfte ihm auf die Schulter. HP sah ihn misstrauisch an, aber offensichtlich meinte er das Lob ernst. Unter großer Überwindung kippte HP auch diesen Schnaps runter und erstaunlicherweise brannte er nicht mehr ganz so schlimm wie der Erste. Im Gegenteil verbreitete er eine angenehme Wärme im Körper. Und HP hatte irgendwie auch gar nicht mehr so schlechte Laune. Er stopfte die Luftmatratze und seinen Schlafsack ins Zelt und fühlte sich merkwürdig gut - so frei. Seine Wangen glühten, aber das war nicht wie sonst aus Scham, sondern irgendwie anders.

»Was ich schon immer wissen wollte: Hattest du damals echt was mit unserer Geschichtslehrerin?«, fragte HP. Es hatte in der zehnten Klasse jede Menge Gerüchte gegeben, dass Gonzo mehrmals bei der attraktiven Frau Kellermann zu Hause gewesen sein soll.

Gonzo lachte. »Du meinst mit vögeln und so?«

HP nickte kichernd und wurde noch etwas röter.

»Nee, da war nichts. Ich hab nur um meine Vier in Geschichte gekämpft. Sonst wär ich am Ende nochmal backengeblieben. Die Kellermann war echt nett und ich bin wirklich mal zu ihr hingefahren, um Interesse an Geschichte zu heucheln. Und sie hat mich auch reingelassen und mir geholfen.«

»Mehr nicht?«, fragte HP enttäuscht.

»Nee, echt nicht. Sie hat dann hinterher wohl nur gemerkt, dass es keine gute Idee ist, einen einzelnen Schüler zuhause zu empfangen. Jedenfalls hab ich anstandslos meine Vier gekriegt. Ohne, dass ich da dran gedreht hab.«

HP nickte. War auch so 'ne geile Geschichte. Hätte er auch gern mal erlebt. Aber sowas hätte er sich früher nie getraut. Und heute auch nicht.

»Du hast nicht zufällig Spiritus dabei?«, fragte Gonzo beiläufig.

»Nee, wieso?«

»Der blöde Kocher ist mir umgekippt und der ganze Sprit ist ausgelaufen.«

HP sah ihn amüsiert an. Er musste lachen. Komisch war das alles. Er lachte und klopfte Gonzo auf die Schulter.

Obwohl die ganze Aktion mehr als chaotisch verlief, fühlte sich HP im Dunste des Alkohols richtig gut. Sie aßen an einem Lagerfeuer verkohlte Würstchen zum Abendbrot und tranken Bier und den Bulgaren-Schnaps. Auch wenn HP bald merkte, dass ihm schwummerig wurde, war ihm das irgendwie scheißegal. Auch die vielen kleinen Scherze, die Jahnke auf seine Kosten machte, waren ihm egal, denn Gonzo und Ines waren einfach nur witzig und nett. Wie er im Laufe des Abends erfuhr, war der damalige Klassen-Überflieger Jahnke später ganz schön derbe auf dem Boden der Tatsachen gelandet. Jahnke hatte früher immer angegeben, dass er noch Abi machen und dann Frauenarzt werden würde. He he he. Und was war? Abi hatte er nicht geschafft und war popeliger Speditionskaufmann geworden. Zuletzt hatte er dann gar nicht mehr gearbeitet - aus gesundheitlichen Gründen.

»Was hast du denn?«, fragte Gonzo irgendwann lachend. »Allgemeine Arbeitsallergie? Oder Lkw-Syndrom?«

Jahnke grinste gezwungen. »Nee, Parkinson«, sagte er leise und trank einen großen Schluck Bier. HP fiel jetzt wieder auf, dass Jahnkes Hände oft zitterten und die Bewegungen manchmal ungelenk wirkten.

»Wer ist Parkinson? Eine Frau?«, fragte Gonzo grinsend.

»Schön wär's. Wenn eine Frau dafür verantwortlich wäre, dass man sich bewegt und zittert wie ein Hundertjähriger, wär ja alles in Ordnung«, erklärte Jahnke, der nun gar nicht mehr lachte. Die anderen verstummten.

HP wusste nicht genau, was Parkinson war. Irgendwas mit den Nerven, was immer schlimmer wurde und unheilbar war. Er hatte das mal im Fernsehen bei dem Boxer Muhammed Ali gesehen, wie der nicht mal mehr seine Gesichtszüge unter Kontrolle hatte.

»Scheiße Mann, hast du mir ja noch nie erzählt«, sagte Gonzo ernst und Ines starrte bekümmert in das Feuer.

»Wozu auch? Damit du mir das gelegentlich zittrige Händchen hältst? Scheiß drauf. Noch geht's mir ja gut«, wischte Jahnke das Thema vom Tisch und wie zur Bestätigung stand er ungelenk auf und machte ihre alte Deutschlehrerin mit dem Buckel nach.

Gonzo kam auf die Idee, dass sie Musik brauchen könnten und drehte das Autoradio im Mercedes an. HP merkte, dass er immer mehr Schlagseite bekam, trank aber trotzdem tapfer den Bulgaren-Schnaps mit und legte unter dem Gejohle von Gonzo und Jahnke sogar ein Tänzchen mit Ines hin. Genau genommen war es ein hilfloses Wanken und Stolpern. Aber auch durch den ihn immer mehr überwältigenden Rausch spürte er jedes Mal, wenn ihre Körper sich berührten. Das Letzte, woran er sich erinnern konnte, war, dass sie lauthals »Highway to hell« grölten und Gonzo dazu Luftgitarre spielte. Und dass er doch irgendwann eine Zigarette von Jahnke annahm.

Bloß nicht die Augen aufmachen, dachte HP. Allein dieser Gedanke tat in seinem Kopf höllisch weh. Er hatte das Gefühl, eine Axt in seinem Kopf stecken zu haben. Jede Veränderung seiner Seitenlage war für seinen Magen brandgefährlich. Also blieb er lieber, mit

Gesicht an die Zeltplane gedrückt, liegen und versuchte die komischen Geräusche um ihn herum zu ignorieren. Liebend gern wäre er wieder in den komatösen Schlaf zurückgefallen, aber das ging nicht mehr. Er war wach und ihm war kalt. Er tastete vorsichtig über die Schulter, fand den Schlafsack und zog ihn sich über die nackte Schulter. Ein schweres Seufzen neben ihm erklang. Nun drehte er sich doch leicht um, wobei ihm der Kopf zu platzen schien. Neben ihm lag Ines, der er gerade die Schlafsackdecke weggezogen hatte. Sie lag da in einem weißen T-Shirt, unter dem sie zweifelsfrei keinen BH trug.

Schlagartig war HP wach. Er tastete unter den Schlafsack. Er hatte nur eine Unterhose an. Verzweifelt und gegen alle Kopfschmerzen an versuchte er sich zu erinnern, wie er in diese Lage gekommen war. Er schob vorsichtig die Schlafsackdecke wieder über Ines Oberkörper und hob leicht den Kopf. Am Fußende der breiten Luftmatratze lag zusammengerollt Jahnke und schnarchte laut und ungleichmäßig. Er hatte noch alle Klamotten von gestern Abend an und hatte sich eine Isomatte als Decke genommen.

HP ließ den Kopf zurücksinken und wurde fast wahnsinnig bei dem dumpfen Schmerz, den diese Bewegung verursachte. Die Tatsache, dass er halbnackt mit einer Frau unter einer Decke lag, hätte ihm wahnsinnig aufregend erscheinen können, wenn da nur nicht diese Kopfschmerzen und die Übelkeit gewesen wären. Er konnte nicht verhindern, dass er einmal in seinen Magen hineinhorchte. Er erinnerte sich an Bier, Bulgaren-Schnaps, verkohlte Würstchen und kaltes Ravioli. Das war zu viel. Er rappelte sich auf, kroch hastig über Ines und Jahnke hinweg nach draußen, wo er ausgiebig in den nächsten Busch göbelte. Jedes Mal, wenn er dachte, jetzt käme nichts mehr, stülpte sich sein Magen noch einmal um.

Er hörte ein Hecheln neben sich. Nero schnupperte interessiert an der Kotze, was HP zu einem weiteren Brechanfall führte.

Als wirklich nichts mehr kam, kroch er auf allen Vieren wieder in Richtung Zelt. Nie wieder! Nie wieder würde er auch nur einen Tropfen Alkohol anrühren. Vor dem Zelteingang lagen seine klammen Klamotten. Er rappelte sich hoch und zog sich das Unterhemd und die Hose an. Sein Hemd fand er nicht. Er setzte sich auf einen Stein und hielt den Kopf mit beiden Händen. Scheiß die Wand an. Noch nie, niemals hatte er sich so elend gefühlt. Jetzt ein Schluck Wasser oder so.

Wo war eigentlich Gonzo? Er blickte sich um. Keine Spur von ihm - und auch der Mercedes war weg. Das konnte Vieles bedeuten, aber HP gelang es nicht, darüber nachzudenken.

»Mahlzeit« hörte er eine raue Stimme, die in ein krächzendes Lachen überging. Jahnke kroch aus dem Zelt.

»Morgen«, wollte HP erwidern, doch sein Gaumen war so trocken, dass er nur ein heiseres Röcheln hervorbrachte.

Jahnke kramte in seiner Jackentasche und zündete sich eine Zigarette an. Er hielt HP die Schachtel hin, aber der winkte heftig ab.

Jahnke krächzte wieder ein Lachen. »Alter Schwede, du warst ja gut in Form gestern Abend. Hätte ich dir gar nicht zugetraut ...«

HP hob den Kopf und versuchte Jahnke zu fixieren. »Wieso?«, fragte er heiser.

Jahnke nickte nur zum Zelt und grinste hämisch.

HP schoss das Blut in den Kopf, was den Schmerz dort noch mehr pulsieren ließ. Was zum Teufel war gestern Abend bloß noch passiert? Er erinnerte sich dunkel an die Berührungen mit Ines und diese herrliche Unbefangenheit. Aber was dann war? Ein schwarzes Loch.

»Erst Striptease am Lagerfeuer. Und dann bist du rangegangen wie ein Soldat nach Kriegsgefangenschaft. Hat dann aber wohl nicht mehr ganz geklappt.« Jahnke machte mit dem Finger einen hängenden Pimmel nach.

Scheiße, scheiße, dachte HP. Das war doch völlig unmöglich. Er würde sich nie trauen, irgendwelche Frauen anzugrabbeln und ...

Was sollte er jetzt machen? Wie peinlich war das denn, wenn Ines jetzt aufwachte? Was sollte er dann sagen? Und was würde Gonzo sagen, wenn er sich an seine Freundin rangemacht hätte? Am liebsten würde er sich jetzt wegbeamen - einfach weg, niemanden sehen.

Jahnke hustete und lachte immer noch versonnen. Mieses Arschloch.

Er hörte Motorengeräusche. Der Mercedes kam knirschend auf den Parkplatz gefahren und Gonzo stieg aus. Er trug eine Sonnenbrille, ansonsten die gleichen Klamotten wie am Abend. HP sah lieber nicht hin.

»Morgen«, sagte Gonzo ebenfalls mit versoffener Stimme. Er raschelte mit einer Brötchentüte.

»Wow, wo hast du die denn her?«, fragte Jahnke.

»Hat der Bäcker im nächsten Dorf mir geschenkt.«

»Einfach so?«

Gonzo lachte. »Na ja ...«

HP saß immer noch, den Kopf in die Hände gestützt. Er erwartete jeden Moment den Schlag, das Schreien: Du Arschloch, hast meine Freundin angefasst, und so weiter. Passierte aber nicht.

»Na HP, alles frisch heute Morgen?«, fragte Gonzo stattdessen.

HP schüttelte nur stumm den Kopf. Jahnke lachte wieder und auch Gonzo lachte mit.

HP riss sich zusammen. »Hör mal, das was gestern Abend passiert ist ... ich kann da nichts für ... ich weiß nicht mehr ...«

Gonzo klopfte ihm auf die Schulter und lachte. »War doch 'ne geile Party. Selten so gelacht. Du hast ja immerhin noch den Weg ins Zelt gefunden. Kann man nicht von jedem behaupten, oder Jahnke?«

Jahnke zeigte ihm den Stinkefinger und grinste.

HP kniff die Augen zusammen. Was war hier los?

»Hab ich echt am Lagerfeuer gestrippt?«, fragte HP verzweifelt.

Gonzo prustete los und Jahnke kippte wiehernd rückwärts vom Stein.

HP sprang auf. Eigentlich müsste er Jahnke eine reinhauen. Dem Arschloch. Aber aufs Hauen hatte sich HP noch nie gut verstanden, eher darauf, Kloppereien auszuweichen.

Jahnke hob beschwichtigend die Hände. »Hey, war nur 'n Witz.«

Die Kopfschmerzen drückten HP wieder runter in die Sitzhaltung.

»Jahnke ist nur neidisch, dass Ines nicht mit ihm tanzen wollte. Der Sack ist grabbelig, wenn er voll ist.«

Gonzo klapste Jahnke auf den Hinterkopf.

»Was soll man machen?«, grinste er. »Jeder ist so, wie er ist.«

HP hatte immer noch Mühe, mit dem Rest von seinem Schädel zu denken. Aber Hauptsache, er hatte nicht gestrippt.

Gonzo warf ihm ein trockenes Brötchen zu. »Mehr wollte der knauserige Bäcker für ukrainische Waisenkinder auf Ferienfreizeit nicht springen lassen. Viel schlimmer ist, dass wir keinen Kaffee haben.«

Ines steckte den Kopf verschlafen aus dem Zelt. »Morgen zusammen«, sagte sie und blinzelte in den Himmel.

»Ist schon Mittag, Schätzchen«, sagte Gonzo und warf ihr auch ein Brötchen zu. »Und? Hast du gut geschlafen?«

Sie gähnte. »Ja, eigentlich schon. War nicht so kalt, wie ich befürchtet hatte.«

HP traute sich die ganze Zeit nicht, sie anzusehen. Nachher war an Jahnkes Geschichte doch was dran.

»Tja, wie gut, dass es den Schlafsack und den großen Organisator HP gibt«, meinte Gonzo.

Ines lachte. »Ja, der war ganz schön kuschelig.« Sie zwinkerte HP zu, der sofort eine hochrote Bombe bekam.

»Ich fürchte, wir müssen mal Krisenrat halten«, sagte Gonzo. »Wir haben zwar erst Samstag, aber wir haben keine Kohle mehr und nichts mehr zu futtern. Und wenn wir unser Bier und die Buddeln gegen Essen eintauschen, sind wir zwar statt, sitzen heute Abend aber auf dem Trockenen. Geht also auch nicht.«

HP war sofort bereit, den gesamten Alkohol der Welt gegen eine Erdnuss einzutauschen.

»Also schlage ich vor, dass wir es uns heute noch ein bisschen am See gut gehen lassen und dann nach Hause fahren. Ich hab Hermann auch gar nicht gesagt, wann er sein Auto wiederkriegt.«

Jahnke und Ines waren einverstanden und auch HP wäre lieber jetzt als gleich zu Hause in seinem Bett. Aber doch lieber erst gleich, weil die Aussicht auf eine Stunde Autofahrt ihm schon fast wieder den Magen umdrehte. Das Brötchen hatte er noch nicht angerührt.

Jahnke sah ihn spöttisch an. »Schlimm?«

HP guckte kurz hoch und nickte dann.

»Hast du irgendein Zeug mit? Aspirin oder so?«, fragte Jahnke.

»Ja, aber wir haben kein Wasser.«

»Das hilft eh nicht. Das musst du mit Bier runterspülen. Das hilft.«

HP sah ihn voller Ekel und Abscheu an. Bier trinken? Nach so einem Brand? Im Leben nicht. Aber eine Kopfschmerztablette klang wirklich sehr verführerisch. HP kroch ins Zelt und kramte die Packung mit den Brausetabletten aus seinem Rucksack. Vielleicht konnte man die Dinger ja auch so fressen.

»Gib mal her«, sagte Jahnke. Er öffnete eine Bierdose und kippte ein bisschen aus der Dose raus. Dann bröselte er drei Aspirin in die Dose. »Hier. Noch zwei Minuten warten und dann runter damit. Und schon scheint die Sonne wieder.«

Er machte noch eine Mischung fertig und trank sie gleich aus. HP wurde noch übler. Aber was hatte er schon zu verlieren. Im schlimmsten Fall würde er das Zeug gleich wieder auskotzen. Aber vielleicht half es ja wirklich.

»Musst dir die Nase zuhalten«, riet Jahnke.

HP brauchte noch ein paar Minuten, dann überwand er sich und trank das Aspirin-Bier in großen Zügen aus. Er legte sich flach ins Gras. Einige Minuten wehrte sich sein Magen heftig gegen den neuerlichen Überfall, aber dann ging es. Und eine halbe Stunde später wurden nicht nur die Kopfschmerzen deutlich weniger, auch hatte HP das Gefühl, schon wieder voll wie ein Amtmann zu sein.

Auch Gonzo und Ines hatten sich wieder an ein Bier ran getraut und wurden schon wieder albern. Und auch HP konnte sich nach dem zweiten Bier sogar wieder darauf einlassen, auch wenn er diesmal mit großer Vorsicht trank und kategorisch jeden Schnaps ablehnte.

»Lasst uns schwimmen gehen«, rief Ines irgendwann. »Wir sind hier am See und waren noch gar nicht schwimmen.« Gonzo und Jahnke hatten schon wieder etwas Mühe, aufzustehen und zogen ihre Klamotten aus.

»Aber ich hab keine Badehose mit«, sagte HP beunruhigt.

»Na und«, sagte Ines und lachte. Dann zog sie ihr T-Shirt und den Slip aus und rannte lachend in den See. HPs Kopf glühte und er wusste gar nicht, wo er hinsehen sollte. Auch Gonzo und Jahnke fanden nichts dabei, nackt in den See zu springen. Allerdings brauchte Jahnke etwas länger, weil er offenbar mal wieder einen Parkinson-Schub hatte.

»Na komm schon, tut richtig gut«, rief Gonzo und tauchte unter der kreischenden Ines hindurch. Nero lief kläffend am Ufer entlang und rannte irgendwann selbst ins Wasser und schwamm.

Was sollte HP nur machen? Dutzende Szenen von

früher im Schwimmbad gingen ihm durch den Kopf. Nicht nur, dass er sich genierte. Er war auch ein miserabler Schwimmer und hatte früher immer Angst davor gehabt, von Jungs wie Jahnke untergegluckert zu werden.

»Nee, ich mag nicht«, sagte er und winkte mit dem Bier. Da kam Ines aus dem Wasser gestiegen und ging, nackt wie sie war, auf ihn zu. Sie nahm ihm das Bier aus der Hand und stellte es hin. »Na komm schon«, sagte sie sanft und zog ihm das Hemd über den Kopf.

HP spürte, dass sich sein Schwanz zu regen begann. »Ach scheiß was drauf«, dachte er. Er kletterte aus seiner Hose und rannte so schnell er konnte ins saukalte Wasser. Er schrie von dem Kälteschock. Aber zugleich spürte er beruhigt, dass das kalte Wasser seine wachsende Latte wieder zum Schrumpfen brachte.

Jahnke versuchte ein paar Mal, ihn zum Spaß unter Wasser zu drücken, aber HP wehrte ihn ab oder Gonzo nahm seinerseits Jahnke in den Tauchgriff. Zwischendurch holte Jahnke Bier und sie saßen im flachen Wasser und tranken auf das geile Klassentreffen.

Auf der Rückfahrt fuhr Gonzo, obwohl er mit Sicherheit mehr Promille als erlaubt hatte. Jahnke schlief auf dem Beifahrersitz und auch Ines kippte schlafend zur Seite und hatte dabei Nero auf dem Schoß, der friedlich grunzte. Blöde Töle, dachte HP missmutig. Aber wer würde auf ihrem Schoß nicht zufrieden grunzen.

Er guckte nachdenklich aus dem Fenster und knabberte an den Fingernägeln. Was sollte er von dem allen halten? So prollig wie an diesem Wochenende hatte er sich noch nie verhalten, nicht mal als Sechzehnjähriger. Und der Gedanke an den Schnaps und die Kotzerei und die dreckigen Klamotten ekelten ihn an. Und was hatte er mit diesen drei Gestalten eigentlich zu tun? Jahnke war immer noch das Arschloch von früher. Gonzo war ein netter Psychopath, der ohne jede Ausrüstung Zelten ging. Und Ines war zwar nett und lustig, aber sie war nicht mehr als eine einigermaßen attraktive Frau, bei der er immer aufpassen musste, keinen Ständer zu kriegen. Das alles war überhaupt nicht seine Welt. Und im Grunde genommen war er viel zu alt für so einen Scheiß.

Allerdings hielt sich auch hartnäckig eine leise Stimme in seinem immer noch beduselten Kopf, die felsenfest behauptete, dass er gerade das geilste Wochenende seines Lebens erlebt hatte.

3

HP war unkonzentriert. Es war jetzt schon fast Mittag und er hatte bisher noch nicht mal die Hälfte seines üblichen Montagspensums weggearbeitet. Das lag nicht nur daran, dass er sich auch zwei Tage nach seinem ersten Filmriss immer noch nicht ganz erholt hatte. Seine Gedanken schweiften immer wieder zurück zu dem Wochenende. Und wenn er daran dachte, fühlte er sich irgendwie ... anders. Das Gelaber von seiner Kollegin Elfriede Hinrichs, dem er sonst immer mit einer Mischung aus Verachtung und Neugier zugehört hatte, nahm er heute nur als Grundrauschen wahr. Und auch die blöden Sprüche von Siggi störten ihn heute kaum. Er fühlte sich darüber erhaben, denn es gab etwas, was er Ihnen voraushatte. Er hatte ein Geheimnis. Das gab ihm ein völlig unbekanntes Gefühl der Überlegenheit. Wahrscheinlich wären weder Siggi noch Elfriede sonderlich scharf darauf, mit drei Bekloppten ein primitives Saufgelage an einem See abzuhalten. Aber sie hätten dazu auch gar keine Möglichkeit. Er schon. HP schmunzelte vor sich hin und versuchte, sich erneut auf den langweiligen Scheiß auf seinem Bildschirm zu konzentrieren.

Am Sonntagmorgen war er sich fast sicher gewesen, dass der Zeltausflug im wahrsten Sinne des Wortes eine Schnapsidee war. Und er war heilfroh gewesen, dass Gonzo und die anderen ihn wortkarg verabschiedet hatten und es keine Androhung einer Fortsetzung gegeben hatte. Aber jetzt bedauerte er es doch ein bisschen.

»Wie war dein Wochenende?«, fragte HP Siggi, als der auf seiner Mittagsrunde die Post brachte.

»Geht dich gar nichts an«, erwiderte Siggi lachend und ging pfeifend davon. HP wurde rot und ärgerte sich. Siggi fragte ihn fast immer, wie sein Wochenende war. Und ausgerechnet heute fragte er nicht. Und dann schoss er noch HPs Steilvorlage unmotiviert ins Aus. Das Arschloch ahnte wahrscheinlich etwas und gönnte ihm den kleinen Triumph nicht.

HP sah herüber zu Elfriede, die wieder mal am Telefon hing und mit einer anderen Kollegin über irgendjemanden ablaberte. Zwecklos, bei ihr einen Versuch zu starten. Vielleicht war es auch nicht klug, ausgerechnet der größten Tratschtasche von seinen Wochenendeskapaden zu erzählen. Dann wusste es in Null-kommanichts die ganze Agentur. Andererseits ...

HP entschied sich. »Mann oh Mann, bin ich kaputt vom Wochenende«, stöhnte er, als Elfriede aufgelegt hatte.

»Weißt du was?«, zischte sie.

»Nee, was denn?«

»Herr Klandt ist wohl bei Frau Klandt ausgezogen!«, raunte sie, als wenn sie jemand belauschen könnte.

»Klandt. Kenn ich nicht.«

»Na die Brünette aus der Ausbildungsförderung.«

HP schüttelte den Kopf. »Weiß ich grad nicht. Mein Kopf ist noch ein wenig durcheinander. Nach dem Wochenende ...«

»Ich hab gehört, dass er wohl mal in fremden Gewässern gefischt hat. Und nun stehen sie da: Zwei kleine Kinder und gerade ein Haus gebaut.«

HP zog die Augenbrauen zusammen. Blöde Kuh.

»Ich hatte am Wochenende Klassentreffen.«

»Stell dir das mal vor. Die sind verschuldet über beide Ohren.« Elfriede schüttelte mit geheucheltem Mitgefühl den Kopf.

»Wir waren Zelten und haben gesoffen, bis der Arzt kommt«, legte HP in erhöhter Lautstärke nach.

»Du hörst mir ja gar nicht zu. Dir sind solche Schicksale wohl völlig egal«, empörte sich Elfriede.

HP gab es auf. Als er nach Feierabend zu seiner Mutter fuhr, hatte er keiner Sau die Geschichte von seinem abgefahrenen Wochenende auf die Nase binden können. Und bei seiner Mutter brauchte er es auch nicht versuchen. Tat er dann aber doch. Sie guckte ihn verständnislos an und blätterte in der »Für Sie« weiter.

»Ich hab hier mal eine Aufstellung gemacht. Wenn wir uns das nächste Jahr am Riemen reißen, könnten wir ohne eine Beitragserhöhung auskommen. Vorausgesetzt der Scheibenzug hält noch weiter durch. Es wäre auch ganz hilfreich, wenn jedes Getränk im Vereinsheim bezahlt wird.« HP reichte eine Excel-Tabelle herum. Willy Bahnsen, Kurt Richter und Hermann Oldendorf warfen nur kurze Blicke darauf. HP kannte das schon von den Vorstandssitzungen der Schützengilde, aber er gab nicht auf.

Willy stöhnte. »Also, ich finde, ein Bier muss ja wohl mal drin sein.« Kurt, der zweite Vorsitzende der Schützengilde und Platzwart Hermann nickten.

»Willy, wir haben dazu letztes Jahr einen Vorstandsbeschluss gefasst. Jedes Getränk wird bezahlt. Sonst sind wir ganz schnell pleite«, sagte HP gereizt.

Willy winkte unwillig ab. »Hast ja Recht, Rudi. Aber trotzdem ...«

»Ich bin Heinz-Peter.«

Willy staunte.

»Hatten wir noch was unter Verschiedenes?«, fragte HP, der für seinen planlosen Vorsitzenden immer die Vorstandssitzungen in eine leidliche Tagesordnungsstruktur brachte.

»Unsere schöne Gilde wird am 4. November stolze 67 Jahre alt«, verkündete Hermann Oldendorf feierlich.

Die beiden anderen alten Männer klopften Beifall.

»Äh, ja und? Soll ich das ins Protokoll aufnehmen?«, fragte HP ratlos.

»Wir sollten dieses stolze Jubiläum gebührend feiern«, meinte Hermann. Heftiges Klopfen der beiden anderen.

»Aber 67 ist doch kein rundes Jubiläum oder sowas. Und wir können uns eine Feier definitiv nicht leisten«, sagte HP scharf. Er erinnerte sich nur zu gut an das 65-jährige Jubiläum vor zwei Jahren, mit dem die Greisenriege den Verein fast ruiniert hatte. Bis heute konnte HP nicht nachvollziehen, wer da welche Getränke und Ehrenpreise bestellt hatte.

»Jubiläen fragen nicht nach Kassenständen«, stellte Kurt mit erhobenem Zeigefinger fest.

HP schnaufte genervt. »Guckt euch die Tabelle an. Wovon sollen wir das bezahlen?«

Willy räusperte sich. »Mein lieber Rudi ...«

»Heinz-Peter!«

Willy stutzte. »Ja ja, also wir sind dir wirklich sehr dankbar, dass du unsere schöne Gilde mit so neuartigen

Methoden in ruhige Gewässer führst.« Er zeigte auf die Exceltabelle. »Aber von Tradition und Brauchtumspflege verstehen wir langjährigen Mitglieder doch noch ein wenig mehr. Ein Verein lebt von solchen Zusammenkünften.«

Vor allem vom Saufen, dachte HP, der vor Ärger schon wieder ganz rot geworden war.

»Natürlich haben wir uns auch über die Finanzierung Gedanken gemacht«, verkündete Willy stolz und kramte zwei 500-Euro-Scheine aus seiner Jackentasche.

»Wo kommt das denn her?«, fragte HP verblüfft.

»Tja, da staunst du, nicht wahr. Ernie Schmied war so freundlich, unseren Plan mit einer kleinen Spende zu unterstützen.«

Die beiden anderen alten Männer klopften heftig,

»Ernie Schmidt, der Schmied? Aber der ist doch schon vor fast einem Jahr gestorben.«

Die drei Alten machten ein betrübtes Gesicht. »Ja, der Gute. Er hat mir aber vor seinem Tod noch diese Spende gegeben, damit wir den 67. Geburtstag unserer Gilde angemessen feiern können.«

HP schnappte nach Luft. »Du kannst doch eine Spende an den Verein nicht einfach ein Jahr in deiner Jackentasche rumtragen.«

Willy grinste überlegen und nickte den beiden anderen zu.

»Willy! Eine Spende an den Verein gehört auf das Vereinskonto. Das muss ich doch ordentlich verbuchen. Dafür muss wir eine Spendenbescheinigung ausstellen.«

»Ach was. Dann verschwindet das nur wieder in irgendwelchen Kanälen. Beim Finanzamt oder so«, meinte Hermann bestimmt.

»Was willst du damit sagen?«, fragte HP fassungslos.

Bevor Hermann etwas erwidern konnte, beschwichtigte Willy: »Du hast ja wie immer Recht, mein Junge. In jedem Fall haben wir das Geld und Ernie Schmied wollte damit die Feier unterstützen. Wer ist dafür, dass wir den 67. Geburtstag der Gilde mit einem kleinen Fest im Vereinsheim feiern?«

Hermann und Kurt hoben zackig die Arme.

»Gegenstimmen?«

HP machte eine wegwerfende Handbewegung. Der Bande war einfach nicht beizukommen.

»Wer macht den Festausschuss?«, fragte Willy fröhlich.

»Ich finde, das kann unser junger Freund mal übernehmen«, meinte Kurt gönnerhaft.

»Ich? Nee. Ich bin hier der einzige, der auch noch arbeitet.«

»Na na, das haben wir ja auch lange genug getan und euch junge Leute groß gezogen«, sagte Hermann spitz.

»Tja, sonst kümmere ich mich selbst in bewährter Art und Weise darum«, sagte Willy und griff nach den Geldscheinen.

In HPs Kopf schrillten alle Alarmglocken. Bevor Willy wieder Harakiri beging und HP am Ende als Kassenwart noch den Arsch dafür hinhalten musste ...

»Okay, ich kümmere mich drum. Aber keiner redet mir da rein«, sagte er mit fester Stimme. »Für 1000 Euro ist aber nicht viel drin. Kein Essen oder so.«

Die drei Alten runzelten die Stirn. »Aber Musik«, forderte Kurt.

»Für 1000 Euro krieg ich doch nicht mal einen Stehgeiger.«

»Ohne Musik ist das doch kein richtiges Fest. Dann müssen wir den Etat dafür wohl doch erhöhen«, meinte Willy.

HP kapitulierte. »Halt stopp, ihr kriegt Musik. Aber den Eintritt lege ich fest. Und es gibt keine Freikarten - für niemanden.« Er hatte keine Idee, wie das alles klappen sollte. Aber Hauptsache, sie beschlossen nicht einen Rollgriff in die klamme Vereinskasse.

#

Es schmeckte einfach nicht. War nicht das Gleiche, wie mit dickem Kopf am See zu sitzen. HP kippte das halbvolle Bier in die Spüle. Er guckte auf die Uhr: Kurz nach zehn am Samstagabend.

»Dann gehen wir zwei halt noch eine kleine Runde, Wackeldackel«, sagte er zu Nero. Wackeldackel gefiel ihm einfach, klang so schön abwertend.

Nero sah ihn nur misstrauisch an, als HP mit der Leine wedelte. Gerade als er dem Kläffer die Leine umband, klingelte das Telefon. Weil das an einem Samstag noch tausend Mal überraschender kam als an einem Freitag, zuckte HP heftig zusammen und würgte kurz den Dackel mit der Leine. Nero jaulte und schnappte nach seiner Hand.

»Sag mal, geht's noch?«, fuhr HP ihn an. Aber Nero knurrte in einer beunruhigenden Tonlage.

»Vollwert«, meldete sich HP.

Es sagte zunächst niemand etwas, jedenfalls nicht direkt zu HP. Er hörte nur lautes Stimmengewirr und Musik.

»Gonzo? Bist du das?«, schrie HP.

Stimmengewirr.

»Hallo! Wer ist da?«

Stimmengewirr. Lachen, dass von Gonzo hätte kommen können.

»Hallo!«, schrie HP fast verzweifelt.

»Oh, hat das Ding schon gewählt? Wählt das von alleine, Jahnke?«

»Wer ist da?«, schrie HP noch lauter.

»Ey, nun bölk mal nicht gleich so rum. Hier ist Gonzo.«

»Kannst du ja auch mal gleich sagen. Was gibt's?«

»Ich hab gerade Jahnke in der Perle getroffen. Hab ich mein Handy vielleicht bei dir liegen gelassen?«

»Dein Handy? Nee, du warst doch auch gar nicht bei mir.«

»Stimmt. Das Scheißding ist immer noch weg.«

»Musst du mal besser drauf aufpassen«, sagte HP und bedauerte im gleichen Moment den Kackspruch.

»Hey, guter Tipp. Wenn ich das Ding mal wiederfinde, mach ich das so.«

Die Musik in der Kneipe wurde noch lauter.

»Ich schulde dir noch Kohle, oder?«, schrie Gonzo gegen die Musik an.

»Ach, ist nicht so wichtig«, erwiderte HP, obwohl er die 50 Euro sehr wohl noch als offenen Posten in seinem akkuraten Haushaltsbuch stehen hatte.

»Echt nicht? Super. Mein Portemonnaie ist nämlich auch immer noch weg. Muss den ganzen Scheiß mal neu beantragen.«

HP schwieg. Was hätte er auch zu so viel Unordnung sagen sollen.

»Na jedenfalls steh ich hier gerade mit Jahnke in der

Perle. Und mit seinem Handy. Willst du nicht auf ein Bier vorbeikommen?«

HPs Herz klopfte plötzlich bis zum Hals. Die Perle war für ihn eigentlich unerreichbares Terrain. In der Tanzkneipe liefen nicht nur die ganzen Halbstarken rum, sondern auch die Türken-Gangs, Russenmafia und andere zwielichtige Gestalten.

»Och, weiß nicht. Hab eigentlich grad was vor«, meinte HP mit Blick auf Nero, der ihn immer noch feindselig ansah.

»Ach so. Na, war auch nur ein Gedanke. Dann mach's mal gut. Jahnke wird schon ganz nervös, weil ich so lange auf seine Rechnung sabbel.«

HP holte tief Luft. »Warte mal, vielleicht ... kann ich nachher noch vorbeikommen. Mal sehen«, sagte er hastig.

»Okay, wir stehen am Tresen.«

»Ist gut. Bis nachher.«

HP schluckte und ließ das Telefon sinken. Was hatte er jetzt schon wieder gemacht. Die Perle! Dass er nachher wirklich dort am Tresen ein Bier trinken würde, war deutlich unwahrscheinlicher, als dass es vorher von den halbstarken Jugendlichen was aufs Maul gab. Aber andererseits bereitete ihm die Aussicht, mit Gonzo etwas zu unternehmen, einen wohligen Schauer des Abenteuers.

Der Rauch biss HP in die Nase und brannte ihm in den Augen. Normalerweise war er bei sowas sehr empfindlich und hätte sich tierisch aufgeregt. Aber hier in der Perle lagen die Dinge anders. In der engen Kneipe mit dem rustikalen Tresen gehörten Bier und Zigarette noch untrennbar zusammen. Die aufgetakelte alte Wirtin kippte mit ihren lauten Gästen einen Schnaps nach dem anderen. Aus einer Oldschool-Musikbox plärrte Udo Jürgens, dass er noch niemals in New York war.

Gonzo unterhielt sich mit zwei Frauen und nickte HP nur kurz zu. Jahnke sah HP spöttisch an. »Na, Heinz-Peterle, du bist doch bestimmt ein echter Küstenfeger, oder? Wo treibst du dich denn am Wochenende immer rum?«

HP wurde rot. Natürlich konnte sich Jahnke denken, dass HP nie an Samstagabenden an der »Küste«, der Kneipen- und Discomeile der Stadt, unterwegs war. Mit Anfang Zwanzig war er in einem Anfall von Optimismus eine Zeitlang immer ins El Dorado gegangen. Die Hoffnung, dort irgendjemanden kennenzulernen, erfüllte sich aber nie. Er hatte sich in sicherer Entfernung zur Tanzfläche ein paar Stunden die Füße in den Bauch gestanden, ein paar übersteuerte Biere getrunken und war dann regelmäßig ebenso allein wieder nach Hause gegangen wie er gekommen war. Irgendwann hatte er dann die Sinnlosigkeit dieser Discobesuche eingesehen und war lieber gleich zu Hause geblieben. Das Ergebnis war das Gleiche, nur stank man hinterher nicht so nach Rauch und Schweiß.

»Manchmal ins El Dorado«, sagte HP gelangweilt. Er wollte sich von Jahnke nicht vorführen lassen.

Jahnke nickte anerkennend. »Wow, nicht schlecht.« Er kippte sich wieder einen Schnaps runter, der vierte, seitdem HP da war. Erst jetzt fiel HP auf, dass Jahnke perfekt in diese schmierige Spelunke passte. Aus seinem früher so attraktivem Jungengesicht war die aufgedunsene Visage eines Frustsäufers geworden. Die Überheblichkeit war immer noch die gleiche, nur sprach jetzt mindestens genauso viel Verbitterung aus seinen Zügen.

Gonzo drehte sich wieder zu den beiden um, nachdem er eine ganze Zeit mit zwei jungen Frauen rumgealbert hatte.

»Wo wohnst du jetzt eigentlich?«, fragte HP Jahnke. Er erinnerte sich an den großzügigen Bungalow von Jahnkes Eltern, dessen berüchtigten Partykeller er natürlich nie von innen gesehen hatte.

Jahnke guckte stumpf vor sich hin. »Na hier in der Stadt.«

HP nickte und Gonzo lachte aufgeräumt. »Er hat eine sehr geschmeidige Zwei-Zimmer-Wohnung in der Bismarckstraße. Inklusive Kiosk unten im Haus.«

Die Bismarckstraße war einer der heruntergekommenen Straßenzüge der Stadt.

Jahnke lächelte schief und wollte sein Bier nehmen. Doch sein Arm machte nur eine komische steife Bewegung und er kippte das Glas vom Tresen. HP konnte dem Bierschwall gerade noch ausweichen.

Jahnke sagte nichts und griff mit einem angestrengten Gesicht nach seiner Zigarettenpackung, aus der er mit Mühe eine Zigarette fummelte. Gonzo gab ihm Feuer und bestellte ein neues Bier.

»Mein stummer Freund Parky hat mal wieder ein wenig zugelegt«, meinte Jahnke und grinste gequält. Er wischte Asche vom Tresen. »Aber scheißegal. Jetzt ist Samstagabend.«

Gonzo lachte. »Genau. Sag mal HP, hab ich mein Portemonnaie echt nicht bei dir liegen gelassen?«

»Nee, hab ich dir doch schon gesagt«, schmunzelte HP. Der Alkohol machte ihn wieder so angenehm locker.

Gonzo schüttelte den Kopf. »Gibt's echt nicht, das Ding ist weg.«

Jahnke lachte wiehernd. »Wie oft hast du eigentlich schon einen neuen Ausweis und den Kram beantragt?«

»Viermal«, gab Gonzo schulterzuckend zu. »Kannst du mir nochmal ein bisschen was leihen?«, fragte er HP.

»Klar«, sagte HP, obwohl er Nein sagen wollte. Er holte seine Brieftasche raus und zog einen Fünfziger heraus. Dabei fiel auch sein Mitgliedsausweis von der Schützengilde raus.

Gonzo nahm den Ausweis und stutzte. »Was ist das denn? Wow. Bist du echt Mitglied in so 'nem Schützenverein? Ich dachte immer, da darf man erst als Rentner rein.«

Jahnke lachte gehässig auf.

HPs Kopf glühte. »Na ja ... also ... ja ... ich schieß aber eigentlich gar nicht. Mein Vater hat mich da mit angemeldet ...«

Gonzo gab ihm den Ausweis zurück und grinste. »Ist doch ... cool.«

HP seufzte. »Weiß auch nicht, warum ich da noch drin bin. Ich muss jetzt sogar ein Vereinsfest organisieren.« Er erzählte ihnen von dem glorreichen Auftrag, die 67-Jahr-Feier für ein paar hundert Leute mit 1000 Euro zu organisieren.

»Ich hab keine Ahnung, wie ich das anstellen soll.«

Gonzo lachte und schlug ihm auf die Schulter. »Wenn du willst, helfen wir dir. Oder Jahnke?«

Jahnke sah ihn nur ungläubig an.

»Kein Ding, ehrlich. Ich hab früher mal Festivals organisiert, da kenn ich mich aus.« HP dachte daran, was Ines ihm über Gonzos Festival-Agentur erzählt hatte.

»Ich weiß nicht ...«

»Am 23. November? Und ein Tausender Budget?«, fragte Gonzo nach.

»Ja genau, aber ich will dich echt nicht ...«

»Warte mal. Jahnke, leihst du mir nochmal dein Handy?« Jahnke gab es ihm widerwillig. Gonzo drehte sich etwas weg und telefonierte einige Minuten.

»So, eine Band hätten wir schon mal«, sagte er zufrieden, als er Jahnke das Telefon wiedergab.

»Was?«, fragte HP ungläubig.

»Klar. Joe Prairie & The Wallflowers spielen.«

»Wer ist das denn?«, fragte Jahnke spöttisch. Er fluchte leise, als seine Hand mit dem Bierglas wieder so stark zitterte, dass er Bier auf den Tisch verschüttete. Gonzo wischte die Bierlache mit einer Serviette weg. »Die sind ganz gut. Machen klassischen Rock'n'Roll. Und für einen Hunderter spielen die vier Stunden. Haben noch nicht so viel Bühnenerfahrung, aber das kommt noch.«

HP brummte der Kopf. Er stellte sich die Tattergreise aus dem Schützenverein und eine junge, talentfreie Rockband vor. Scheiße ... obwohl ... scheißegal. Was hatte er schon zu verlieren.

Gonzo erklärte, dass er über alte Connections auch die Getränke und sogar Brezeln organisieren könne.

»Du hast im Blick, dass ich nur 1000 Euro habe«, wandte HP ein.

»Klar, das passt schon«, meinte Gonzo geringschätzig. HP war sich da nicht so sicher.

Drei Bier und drei Schnaps weiter war die Planung für die Jubiläumsfeier fast fertig. Gonzo war sichtlich in seinem Element und HP staunte, an was für Details er alles dachte. Unter dem Strich wollte sich Gonzo um alles kümmern, weil er für jede Aufgabe Leute kannte, die er einspannen wollte. HP machte sich Notizen in sein altmodisches Adressbuch, das er immer in der Jackentasche hatte. Dabei merkte er, dass er schon ganz schön betrunken war.

»Lass uns nochmal weiterziehen«, schlug Gonzo vor.

»Wohin denn?«, fragte HP übermütig.

»Vielleicht ins El Dorado? Da geht Heinz-Peterle so gerne hin«, warf Jahnke grinsend ein.

Gonzo guckte ihn irritiert an. »El Dorado? Das hat doch schon seit mindestens fünfzehn Jahren zu.«

Jahnke lachte gehässig und schlug HP auf den Rücken.

Schließlich führte Gonzo sie in zwei andere abgefahrene Kneipen, von deren Existenz HP noch nie etwas gehört hatte. In der einen spielte ein langhaariger Gitarrist und rockte den ganzen Laden. In seinem zunehmenden Rausch fühlte sich HP großartig. Mit zwei Kumpels durch die Kneipen ziehen - was hätte er früher dafür alles gegeben.

Auf dem Weg nach Hause waren alle drei fürchterlich albern und HP konnte gar nicht mehr aufhören zu lachen.

»Lass uns das Laternenspiel spielen«, meinte Jahnke.

»Laternenspiel?«, lallte HP.

»Ja, wer die meisten Laternen auf dem Weg austritt, hat gewonnen.« Jahnke rannte mit einer ungeahnten Beweglichkeit auf eine Straßenlaterne zu und sprang mit dem Fuß dagegen. Die Laterne flackerte und ging dann aus. Gonzo und HP johlten Beifall.

Gonzo trat gegen die nächste Lampe, die aber nicht

ausging. Als HP dran war, zierte er sich erst. Was, wenn sie erwischt würden? Aber dann brachte es doch so viel Spaß, dass er schließlich auch mit Leibeskräften gegen die Laternen trat und sich schlapp lachte.

Irgendwann war er so übermütig und betrunken, dass er nach einem erfolgreichen Tritt das Gleichgewicht verlor und hinfiel. Dabei tat er sich übel die Hand weh. Trotzdem lag HP lachend auf dem Boden und die beiden anderen lachten ebenfalls.

»Oh verdammt. Die Bullen kommen«, rief Gonzo plötzlich immer noch lachend. Jetzt hörte HP die näher kommende Sirene auch. Plötzlich schlug ihm das Herz bis zum Hals. Was machte er hier eigentlich? Er sah sich schon in einer Ausnüchterungszelle und bekam Angst. Außerdem spürte er den stechenden Schmerz in seiner Hand jetzt deutlich.

Aber Jahnke und Gonzo kletterten kichernd über eine Gartenmauer und zogen HP hinterher. Sie versteckten sich hinter einem Schuppen und warteten, bis die Polizeisirene vorbeigezogen war.

»Scheiß Bullen!«, rief Jahnke lachend.

»Genau! Scheiß Bullen!«, schrie auch HP und schlug mit der schmerzenden Hand krachend gegen den Schuppen. Danach jammerte er vor Schmerzen, lachte aber mit den beiden anderen mit. Er war im Rausch. Nicht nur vom Alkohol, sondern vor allem im Adrenalin-Rausch. Endlich hatte er mal was richtig Verruchtes getan und hatte sogar die Polizei auf dem Hals gehabt. Er, der brave Biedermann Heinz-Peter Vollwert, hatte mal voll auf die Kacke gehauen. Wenn Gonzo vorgeschlagen hätte, eine Bank zu überfallen, HP hätte begeistert mitgemacht.

»Scheiß Bullen!«, schrie er noch einmal. Er lallte es mehr.

»Jetzt lass mal gut sein«, sagte Gonzo. Er half Jahnke auf die Beine, der allein nicht hochkam.

Sie kletterten wieder aus dem Garten und gingen schweigend weiter.

HP strich über seine geschwollene Hand. Scheißegal. Der Spaß war es wert gewesen.

»Und Jahnke? Musst du heute noch bei deiner Alten ran?«, lallte HP und kicherte.

Jahnke sagte nichts. Und obwohl er voll wie zehn Russen war, merkte HP noch, dass das wohl keine gute Frage war.

HP guckte nervös über den Flur und schloss dann unwillig die Tür zu seinem Büro. Wie gut, dass die olle Hinrichs heute nicht da war.

»Du kannst hier nicht einfach nach Lust und Laune außerhalb der Sprechzeiten reinschneien«, fauchte er Gonzo an, der sich in den Bürostuhl von Frau Hinrichs geworfen hatte. »Wie bist du überhaupt hier reingekommen?«

»Ach, eine von deinen Kolleginnen hat mich reingelassen«, sagte Gonzo abwesend.

»Was willst du? Ich kann bei der Arbeit keinen privaten Besuch empfangen. Schon gar nicht, wenn es sich um Leistungsempfänger handelt.«

»Leistungsempfänger?«, fragte Gonzo verständnislos.

»Ein Leistungsempfänger ist ... ach scheiß drauf«, sagte HP nervös. »Was willst du?«

Gonzo seufzte tief. »Ich brauch deinen Rat.«

HP schnaufte. »Okay, worum geht's? Irgendwas mit der Arbeit oder den Behörden?«

»Nee«, sagte Gonzo und suchte vergeblich in seinen Taschen nach Zigaretten. »Warst du schon mal verheiratet?«

HP fiel die Kinnlade runter. »Was?«

Gonzo winkte ab und strich sich über das Gesicht. »Ich hab doch seit eine paar Monaten eine Freundin. Lina, kennst du doch.«

»Nee«, warf HP ein.

»Egal, ist echt eine tolle Frau. Gestern Abend wollte sie dann mit mir reden, so ernsthaft reden, wenn du verstehst, was ich meine.«

Gonzo sah HP erwartungsvoll an, aber der verstand nicht. Mit ihm hatte außer seiner Mutter noch nie eine Frau ernsthaft reden wollen. Trotzdem nickte er.

»Ich dachte dann schon, dass sie wahrscheinlich über eine gemeinsame Wohnung reden wollte und hatte mir da schon was zurechtgelegt, warum wir das jetzt besser noch nicht tun sollten und so. Und dann fragt sie mich, ob ich sie heiraten will.« Gonzo war sichtlich verzweifelt.

HP guckte wahrscheinlich immer noch ziemlich dämlich, denn Gonzo fuhr fort. »Stell dir das mal vor! Die will mich gleich heiraten!«

»Und? Willst du?«, fragte HP ratlos.

»Natürlich nicht. Ich und heiraten.«

HP setzte sich an seinen Schreibtisch. »Und was hast du gesagt?«

»Ich bin erstmal ausgewichen. Müsste ich mir genau überlegen und so. Aber jetzt weiß ich nicht, was ich machen soll.«

HP schlug sich die Hand an die Stirn. »Und deswegen kommst du morgens zu mir auf die Arbeit? Um mich, gerade mich, sowas zu fragen?«

»Klar. Du bist doch in allen Sachen immer so gut organisiert und weißt Bescheid.«

»Alter, mich wollte noch nie eine heiraten. Zu solchen Dingen kannst du genauso gut eine Parkuhr fragen«, meinte HP gereizt.

Gonzo ließ den Kopf sinken und schüttelte resigniert den Kopf.

HP brummte unwillig. »Warum sagst du ihr nicht einfach, dass du nicht willst?«

Gonzo sah auf. »Na weil ich mit ihr zusammenbleiben will.«

HP zog ratlos die Schultern hoch.

»Mann, ich lieb diese Frau total, aber ... ich bin für Ehe und sowas echt nicht der Richtige. Du kennst mich ja.«

HP versuchte sich Gonzo als biederen Ehemann mit Häuschen und Familie vorzustellen. Unmöglich. »Also musst du auf Zeit spielen. Ohne zu lügen. Richtig?«

Gonzo nickte heftig. »Genau. Ich will sie ja nicht bescheißen.«

HP überlegte. Was würde er sagen, wenn ihm - was weiß ich - die fette Claudia Weber aus der Nachbarabteilung einen Heiratsantrag machen würde? Schwer zu sagen, über solche Sachen hatte er definitiv noch nie nachgedacht.

»Hmm, du brauchst ein schlagendes Argument, warum nicht jetzt, aber vielleicht später«, sagte HP nachdenklich.

Gonzo nickte wieder und sah ihn erwartungsvoll an.

HP blies die Backen auf. Er dachte an seine Eltern, an seine Mutter, die sich immer das Maul über einen Nachbarn zerrissen hatte, der als einfacher Müllmann gearbeitet und eine Familie mit sieben Kindern durchgebracht hatte.

»Du könntest ihr sagen, dass du erst beruflich wieder auf die Beine kommen willst, bevor du dich so einer Verantwortung stellen willst«, sagte HP, obwohl er selbst wenig überzeugt von seinem Gequatsche war.

»Wie meinst du das?«

»Na, du kannst das jetzt noch nicht, weil du dich schlecht fühlen würdest, weil du keinen Job, keine geregelte Existenz bieten kannst.«

Gonzo runzelte die Stirn. »So'n Spießerkram ist Lina eigentlich scheißegal.«

»Aber dich gleich heiraten will sie?«

Gonzo zuckte hilflos die Schultern. »Weiß auch nicht, was mit ihr los ist.«

HP winkte energisch ab. »Scheißegal. Jedenfalls kannst du das nicht mit deinen Ansprüchen vereinbaren. Du willst nicht als arbeitsloser Penner ...«

»Hey, vorsichtig!«

»... also ohne geregeltes Einkommen und soliden Job sowas machen.«

»Wieso nicht?«, fragte Gonzo irritiert.

»Na weil du dich dann minderwertig fühlst, wenn sie dich mit durchfüttern müsste. So als Mann. Aber später mal, wenn du wieder Arbeit hast und dich gefestigt hast, dann würdest du sie bestimmt heiraten.«

Gonzo dachte angestrengt nach und fingerte zum wiederholtem Male erfolglos nach Zigaretten in seiner Jacke.

»Was Besseres fällt mir auch nicht ein«, meinte HP genervt. »Ich bin da schließlich auch kein Experte.« Er sah auf die Uhr. In fünf Minuten musste er zu einer Besprechung.

Gonzos Gesicht hellte sich langsam auf. »Okay, verstehe. Klingt gut.« Er stand auf und suchte wieder was in seiner Jacke. »Hab ich mein Handy hier liegen gelassen?«

»Nee. Ich muss jetzt los zu einer Besprechung.«

Gonzo ging und ließ die Tür offenstehen.

»Dein Schlüssel!«, rief HP ihm nach. Gonzo kam zurück und steckte grinsend seinen Autoschlüssel ein. »Danke, Mann.«

HP brauchte eine Weile, um zu verstehen, dass es an seiner Tür klingelte. Das lag daran, dass das nicht so oft passierte, schon gar nicht früh morgens, wenn er noch im Bett lag. Er tastete nach seiner Uhr auf dem Nachttisch. Es war 6.30 Uhr am Samstag. Wenn das die olle Petersen von oben war und wegen des nicht gewischten Treppenhauses meckern wollte, konnte die aber was erleben.

HP riss die Tür auf. Gonzo stand telefonierend vor der Tür.

»Ja, ist gut«, sagte Gonzo ins Telefon. Dann zu HP: »Moin, hast du mal was zu schreiben?«

HP kriegte den Mund nicht wieder zu. Dann griff er zu dem kleinen Notizblock auf der Flurkommode.

»Okay, sag noch mal: Wo finde ich den?«, fragte Gonzo seinen Telefonpartner und notierte dann was.

»Okay, verstanden. 3.500, alles klar. Ich melde mich.«

Gonzo legte auf und ging an HP vorbei in den Flur und zog eine Fahne aus Bier und Rauch hinter sich her.

»Du hast doch bestimmt einen Kaffee, oder?«

HP ging ihm nach in die Küche. »Weißt du, wie spät es ist?«

Gonzo hatte sich auf einen Küchenstuhl fallen lassen und guckte sich um. »Nette Wohnung.«

»Alter, weißt du, wie spät es ist?«

»Ich mach mal«, sagte Gonzo und füllte selbst die Kaffeemaschine.

HP schüttelte den Kopf. »Du hast Nerven. Warum klingelst du mich so früh aus dem Bett? Um dir einen Kaffee bei mir zu schnorren?«

»Wieso so früh?« Gonzo guckte auf sein Handgelenk, stellte aber erstaunt fest, dass da keine Uhr war.

»Es ist gerade kurz nach sechs. Am Sonnabend.« HP schaltete die Kaffeemaschine ein.

»Echt? Schon so spät. Verdammt.« Gonzo kramte eine Zigarettenpackung raus.

»Hier bitte nicht.«

»Oh, klar. Sorry.«

»Was willst du am Sonnabend um sechs Uhr von mir?« HP war gereizt. Der zerstreute Gonzo war das Letzte, was er an einem Sonnabendmorgen gebrauchten konnte.

»Ich wollte dir nur sagen, dass dein Tipp neulich Gold wert war. Hat Lina so geschluckt. War eine gute Idee.«

HP stöhnte. »Und das musst du mir ausgerechnet am Samstagmorgen um sechs Uhr sagen?«

»Nee wirklich, alter Schwede. Ich kenn sonst keine Typen, die sich mit so'nem Scheiß wie Heiraten auskennen und die ich hätte fragen können.«

HP schüttelte höhnisch den Kopf. »Genau, ausgerechnet ich bin Frauen- und Eheexperte.«

Gonzo lachte. »Mach dich mal nicht kleiner als du bist. Die Weiber wissen gar nicht, was sie bei dir verpassen.«

HP verzog das Gesicht.

Nero kam aus dem Flur getrottet und beäugte Gonzo. Als dieser die Hand nach ihm ausstreckte knurrte der Dackel leise und verdrückte sich in die Ecke der Küche.

»Ach, ich wollte dich auch noch fragen, ob du mir bei einer kleinen Sache helfen kannst«, meinte Gonzo beiläufig.

»Was für eine kleine Sache?«

»Ach, ich muss für einen Kumpel ein Auto wegbringen. Und ich wollte dich fragen, ob du mit deinem Wagen mitkommen kannst, um mich wieder mit zurückzunehmen.«

Gonzo holte eine Zigarette raus.

»Hier nicht rauchen.«

»Ja klar ...« Gonzo legte die Zigarette wieder weg.

»Warum fährst du nicht mit dem Zug wieder zurück?«, fragte HP und stellte zwei Kaffeebecher auf den Küchentisch.

»Geht nicht, da kommt man schlecht wieder weg.«

»Wo denn?«

»Ach, ist so'n Dorf im Osten. Da gibt's keinen Bahnhof oder so. Ich geb dir auch Spritgeld.«

»Ein Dorf im Osten?«

»Ach, hab ich grad nicht im Kopf. Jedenfalls muss ich da auch wieder weg.« Gonzo nahm wieder die Zigarette und kramte nach dem Feuerzeug.

»Hier nicht!«

»Okay, keine Panik.« Er steckte die Zigarette wieder in die Packung. HP goss Kaffee ein.

»Und? Kannst du mir helfen?«

»Meinst du, ich hab am Wochenende nichts besseres vor, als mit dir Autos in den Osten zu bringen?«

Gonzo lachte. »Ja, glaub ich.«

HP wurde rot. »Ich wollte mich heute mal um die Feier im Schützenverein kümmern.«

»Gutes Stichwort. Ich brauch 'n bisschen Vorschuss, damit ich Schnaps einkaufen kann. Kann ich grade nicht vorstrecken«, meinte Gonzo grinsend.

»Aber sowas kauft man doch in Kommission«, wandte HP ein, dem die Vorstellung gar nicht gefiel, einem Typen wie Gonzo Bargeld anzuvertrauen.

»Ja schon. Aber ich will was Besonderes besorgen. So als Sahnehäubchen, verstehst du? Und das muss ich bar bezahlen. Ein Hunderter reicht.«

HP seufzte. Was sollte er machen? Die Feier des Schützenvereins war in zwei Wochen und er brauchte Gonzos Hilfe. »Aber ich brauch 'ne Quittung. Ist ja nicht mein Geld.«

»Quittung?« Gonzo lachte. »Klar, geht klar. Krieg ich schon irgendwie.«

Er holte die Zigarettenpackung wieder raus. »Ach, wunder dich nicht, wenn in der Woche vor der Feier die Jungs von der Band vor der Tür stehen und ein bisschen Zeug bei dir unterstellen wollen.«

»Was? Was für Zeug? Wieso hier?«

»Die wussten gerade nicht, wo sie ihr Equipment lassen sollten, weil ihnen der Proberaum gekündigt wurde. Und da dachte ich, dass sie das bis zur Feier ja sonst erst mal hier unterstellen können.«

»Bist du bescheuert! Meine Wohnung ist doch keine Lagerhalle! Und hier wird nicht geraucht!« HP schnappte sich die Zigarettenpackung und warf sie rüber auf den Küchentresen.

»Hey! Die Jungs spielen bei deiner Feier fast für lau. Da kannst du denen ja wohl mal einen kleinen Gefallen tun, oder?« Gonzo klang beleidigt.

HP stöhnte. »Also gut. Wäre aber nett, wenn du vorher mal mit mir über sowas sprechen könntest.«

»Tu ich doch gerade.«

HP schüttelte den Kopf. Dann ging er ins Wohnzimmer und holte die kleine Stahlkassette mit dem Vereinsgeld. Er gab Gonzo hundert Euro. »Aber denk dran, ich brauch eine Quittung.«

Gonzo steckte das Geld ein und trank seinen Kaffee aus. »Okay, ich hol jetzt den Wagen ab und dann können wir los. Treffen wir uns in einer Stunde auf dem Pendlerparkplatz an der Autobahn?« Er stand auf, steckte sich eine Zigarette in den Mund und tastete nach seinem Feuerzeug

»Draußen kannst du rauchen«, sagte HP und reichte ihm das Feuerzeug vom Küchentresen. »Eigentlich hab ich gar keine Zeit ...«

»Ich muss dann mal los, mein Kumpel wartet«, sagte Gonzo und ging zur Tür. Dabei zündete er sich doch die Zigarette an.

HP kannte sich in Mecklenburg-Vorpommern nicht so gut aus. Aber er wusste ziemlich sicher, dass Stralsund nicht gerade um die Ecke lag. Seit vier Stunden hielt er nun schon mit seinem Polo mühevoll Anschluss an den schwarzen BMW, den Gonzo vor ihm herfuhr. An einem Rastplatz hielt Gonzo endlich an, um schnell mal auf den Grasstreifen zu pissen.

»Du hast gesagt, es wäre nicht weit. Jetzt fahren wir schon seit Stunden rum.«

»Ist nicht mehr weit«, meinte Gonzo. »Entspann dich doch mal. Ist doch nett. Kriegt man diese Gegend auch mal zu sehen.«

HP verdrehte die Augen. »Tolle Wurst. Wie heißt das Kaff denn, wo du hinwillst?«

»Zwieten oder so.«

»Hab ich noch nie gehört.«

»War ich auch noch nicht. Dann lass uns mal zum Endspurt ansetzen.«

Der Endspurt dauerte noch einmal vier Stunden und führte sie irgendwann über die deutsch-polnische Grenze. Der hat sie doch nicht mehr alle, dachte HP. Der fährt nicht wirklich diesen BMW nach Polen.

Aber genau das tat Gonzo. Irgendwann wusste er offenbar nicht mehr weiter und verfuhr sich in abgelegenen holprigen Sandstraßen. Die Lichthupe von HP ignorierte er einfach und fuhr immer weiter. Doch irgendwann kamen sie in ein kleines verschlafenes Kaff, dessen Namen mit »Z« anfing. Hier quatschte Gonzo ein paar Leute an und fragte nach dem Weg. An einem Waldweg außerhalb der Ortschaft fuhr Gonzo auf ein Grundstück mit einem verfallenen Haus. Aber vor der Ruine standen mehrere ältere BMW und Mercedes herum. Ein riesiger Schäferhund sprang an HPs Wagen hoch und fletschte die Zähne. Na klar sprang er an seiner Scheibe hoch und nicht an Gonzos. Da fiel HP ein, dass er Nero in seiner Wohnung gelassen hatte. Wenn der ihm jetzt die Wohnung vollschiss, konnte Gonzo aber was erleben.

Wenn sie überhaupt den nächsten Tag noch erlebten. Denn aus dem verfallenen Haus kamen jetzt zwei finstere Typen in Lederjacken heraus und guckten argwöhnisch. Dann pfiffen sie den Schäferhund zurück und nahmen ihn an eine dicke Leine.

Gonzo stieg aus, aber HP traute sich nicht. Dass Gonzo bekloppt war, wusste HP ja schon, aber so bescheuert konnte man doch gar nicht sein. Mitten in der polnischen Wallapampa zwei Verbrechertypen ein Auto andrehen zu wollen war doch Wahnsinn!

Gonzo ging auf die beiden Typen zu und quatschte mit ihnen. Er schien gar keine Angst zu haben. Die Typen fragten in scharfem Ton etwas und Gonzo hielt die Fahrzeugschlüssel hoch. Gleich ziehen die ihre Knarre oder lassen die Bestie von der Leine, dachte HP. Aber stattdessen gingen die Verbrechervisagen zweimal um den BMW und der eine zog dann einen Geldclip hervor und zählte etwas ab. Er reichte Gonzo die Kohle und nahm mit der anderen Hand den Schlüssel.

Gonzo sagte wieder etwas und machte eine Geste, als würde er was trinken. Die beiden finsteren Typen grinsten und nickten in Richtung Haus. Gonzo winkte HP ihm zu folgen. Vier Minuten später saßen sie zu viert um einen schäbigen Tisch und tranken einen Wodka aus Wassergläsern. Während HP immer noch reichlich die Düse ging, scherzte Gonzo mit den beiden Polen rum, obwohl die einen fast kein Deutsch und Gonzo kein Wort Polnisch sprach. Pawel und Binjo hießen die, das hatte HP noch mitbekommen.

Den zweiten Wodka verweigerte HP, er hatte schon jetzt das Gefühl, nicht mehr fahren zu können. Offenbar werteten die beiden Polen das als Beleidigung, denn sie wurden spürbar unfreundlicher und beendeten die Runde.

Es dämmerte schon fast, als HP Gonzo endlich auf den Beifahrersitz seines Polos verfrachtet hatte.

»So, das hätten wir. Na dann mal ab nach Hause«, meinte Gonzo zufrieden, als sie durch die hereinbrechende Nacht über eine einsame Sandstraße fuhren.

HP war immer noch fassungslos und schnappte nach Luft. »Die hätten uns umbringen können. Und keiner hätte was gemerkt.«

Gonzo guckte erstaunt. »Quatsch, die Jungs waren doch okay. Und eines muss man denen hierlassen: Von Wodka verstehen die was.«

HP schlug verzweifelt auf das Lenkrad. »Alter, du merkst echt nichts mehr. Lässt mich hier mal eben nach Polen fahren, um so einen Scheiß zu machen.«

»Nützt ja nichts. Konnte meinem Kumpel die Bitte nicht abschlagen. Der hat auch mal was für mich geregelt. Und außerdem hat sich's gelohnt. Ein Tausender bleibt dabei für uns übrig.« Er zählte das Geld durch.

HP schnaubte wütend.

Die Tankwarnleuchte ging an.

»Scheiße«, meinte HP. Sie waren schon seit einer Stunde nur durch dunkle Dörfer gekommen.

Gonzo guckte auf sein Smartphone. »Mist, kein Netz. Hast du ´ne Karte?«, fragte er und öffnete das Handschuhfach.

»Na klar. Ich hab immer eine Karte von Polen mit dabei. Und von Botswana und Tahiti natürlich auch.«

Gonzo streckte sich. »Dann lass uns erst mal übernachten und dann sehen wir morgen bei Tageslicht weiter.«

»Übernachten? Wo sollen wir hier übernachten?«

»Na hier«, meinte Gonzo und kurbelte die Rückenlehne seines Sitzes zurück.

HP krallte sich an das Lenkrad. »Du lockst mich für so einen Irrsinn nach Polen und jetzt soll ich auch noch im Auto pennen?«

»Entspann dich mal. Hat man früher doch ständig gemacht«, seufzte Gonzo und schloss die Augen.

HP schlug mit der Stirn immer wieder gegen das Lenkrad. Er hatte noch nie in seinem Auto geschlafen, weil er früher nicht wie die coolen Jungs zu irgendwelchen Feten oder Festivals gefahren war.

»Du ... du ...«, setzte HP an, aber dann wusste er nicht, was er sagen sollte.

Gonzo gähnte. »Gute Nacht, John Boy.« Ein paar Minuten später schnarchte er bereits leise.

HP saß noch lange Zeit wach und versuchte, irgendeine Position hinter dem Lenkrad zu finden, in der er etwas Schlaf finden konnte. Trotz seiner wachsenden Verzweiflung schlief er irgendwann doch ein.

Leise Stimmen weckten HP. Er blinzelte aus dem Wagenfenster und sah Gonzo vor dem Auto mit einem griesgrämigen älteren Mann sprechen. Gonzo schien, wie bei den beiden Autoschiebern, auf Deutsch, Englisch und mit Händen und Füßen zu reden. Irgendwann zeigte Gonzo ihm ein paar Geldscheine und der ältere Mann nickte. Er zeigte auf einen Bauernhof, der ein wenig abseits der Straße lag.

Gonzo stieg ein. »Moin. Fahr dem Typen mal hinterher. Bei dem kriegen wir was zum Frühstück und etwas Sprit.«

Widerwillig fuhr HP auf den schlammigen Hofplatz eines Bauernhofs.

Eine halbe Stunde später waren die beiden auf der Landstraße. Gonzo hatte einen dicken Laib Brot, eine fettige Mettwurst und eine Flasche Wasser auf dem Schoß. Für einen lächerlichen Betrag hatte der Bauer ihnen aus einem zerbeulten Tank sogar noch eine Ladung Diesel spendiert. HPs Polo zog danach erst einmal eine schwarze Rußfahne hinter sich her. Im Hellen fanden sie den Weg zurück auf die Nationalstraße in Richtung deutscher Grenze.

Es war schon fast Sonntagabend, als sie wieder zu Hause waren. Gonzo stieg am Hafen an der Kneipenmeile aus. Er wollte das Geld von dem Autoverkauf noch seinem Kumpel vorbeibringen.

»Danke, Mann. War doch ein gelungenes Wochenende, oder?« Gonzo legte 400 Euro auf die Mittelkonsole. Er hielt HP die Hand zum Abklatschen hin.

HP seufzte und schlug ein. Als Gonzo in einer Kneipe verschwunden war, schüttelte HP den Kopf und musste schmunzeln.

»Marmor, Stein und Eisen bricht ...«, sang Erwin voller Inbrunst in sein Mikrofon und schwang dabei sein weißes Sakko mit dem Glitzer-Revers über den Kopf. An den Tischen reckten die Mitglieder der Schützengilde von 1957 die Arme. Kurt Richter stand bedrohlich schwankend auf einem Tisch und klatschte den Rhythmus mit. Die vielen Schützenabzeichen an seiner Jacke rasselten.

HP lehnte sich an den Tresen und nippte an seiner Cola.

»Und? Er ist gut, oder?«, fragte Gonzo, der hinter dem Tresen Biergläser spülte.

HP nickte. Der Alleinunterhalter Erwin Matuschke passte zu dieser Feier in der Tat wie Arsch auf Eimer. Das hatte HP nicht erwartet, nachdem Erwin erst 15 Minuten vor Beginn des Festes aufgetaucht war und eine Fahne hatte, die auf mindestens zwei Promille schließen ließ. Aber obwohl Erwin den ganzen Abend noch mehr Schnaps und Bier in sich hinein kippte, spielte er ganz passabel auf seinem Keyboard und animierte sein Publikum recht gekonnt.

»Wir müssen nur ein bisschen aufpassen, wenn er voll ist. Dann strippt er ganz gerne auf der Bühne«, meinte Gonzo.

HP sah beunruhigt zur Bühne. Voll war Erwin schon den ganzen Abend und vier offene Knöpfe seines Hemdes gewährten bereits tiefen Einblick auf einen behaarten Schmerbauch.

Gonzo zuckte die Schultern. »Vielleicht geht es ja auch gut. Immerhin ist er spottbillig.«

»Denk dran, dass ich eine Quittung für seine Gage brauche.«

»Ja, ja.«

»Nee, nicht ja, ja. Ich brauch eine Quittung«, beharrte HP. In den vergangenen zwei Wochen hatte er alle Mühe gehabt, die vielen Sachen in ordentliche Bahnen zu lenken, die Gonzo über seine vielen Bekanntschaften organisiert hatte. Immer wieder musste er den chaotischen Freund erinnern und ermahnen, weil er Termine nicht einhielt oder wichtige Sachen vergaß.

Kein Wunder, dass Gonzo damals mit seiner Eventagentur pleitegegangen war.

Aber letztlich hatten sie es geschafft, mit weniger als den geplanten 1000 Euro das Jubiläumsfest der Schützengilde zu organisieren. Und HP konnte weitgehend sauber dokumentieren, wofür sie was verwendet hatten.

»Was ist eigentlich mit dem Band-Equipment, das immer noch in meiner Wohnung rumsteht?«, fragte HP. Ein paar vollgekiffte tätowierte Typen hatten seinen ganzen Flur mit Verstärkern, Gitarren und einem Schlagzeug vollgestellt und waren danach wieder verschwunden. Eine Woche vor dem Fest hatte Gonzo gemeint, dass die Band wohl doch nicht das richtige für die Schützengreise war und hatte stattdessen Erwin aufgetrieben.

»Holen die Jungs bald ab. Die suchen halt noch nach einem neuen Proberaum«, meinte Gonzo.

Willy Bahnsen steuerte mit bedenklicher Schlagseite auf den Tresen zu. Er stellte unsicher sein Schnapsglas auf den Tresen, das Gonzo ihm umgehend wieder mit Korn füllte.

»Ein würiges Juläumfest. Ham wir gut hinkommen, Rudi«, lallte er HP ins Ohr.

»Heinz-Peter.«

Willy sah ihn irritiert an. Erst im zweiten Anlauf griff er sein Schnapsglas, salutierte und kippte sich den Kurzen halb über die Schützenjacke. Er wankte wieder zu dem Vorstandstisch, wo Hermann Oldendorff mit dem Kopf auf dem Tisch schlief.

»Alter Schwede, sind die voll«, staunte HP. »Wo hast du eigentlich den Korn so günstig eingekauft?« Er hatte sich gewundert, als Gonzo ihm kurz vor dem Fest eine handschriftliche Quittung über 60 Euro für angeblich 30 Flaschen Korn gegeben hatte.

Gonzo grinste und zuckte die Schultern. »Auf der Autobahn.«

»Wie? Auf der Autobahn?«

Gonzo langte unter den Tresen und holte eine un-etikettierte Flasche hervor. »Bulgarenschnaps«, sagte er und füllte damit die fast leere Kornflasche wieder auf. »Hab ich von Dimitar. Weißt du noch, der Fernfahrer, der uns den Gaskocher verkauft hat. Hat er mir exklusiv organisiert.«

HP strich sich mit den Händen über das Gesicht. »Alter, du bist echt ...«

Er musste lachen.

Gonzo goss zwei Schnaps ein und sie prosteten sich zu. »Wir sollten öfter zusammen Geschäfte machen. Ich hab auf diesen ganzen Büroscheiß immer überhaupt keinen Bock. Finde ich immer wieder beneidenswert, wie du das alles im Griff hast.«

HP schmunzelte. Ja, es hatte tatsächlich Spaß gemacht, mit dem verrückten Gonzo was zu organisieren. Auch wenn er ihn mit seiner chaotischen Art oft an den Rand des Wahnsinns trieb. So aufregende Zeiten hatte er in seinem Job aber noch nie erlebt.

»Ich geh mal eben zur Bühne rüber«, sagte Gonzo plötzlich. HP drehte sich um und sah Erwin, der mit entblößtem Oberkörper gerade an seinem Gürtel rumfummelte.

- 4 -

Große Lust hatte HP nicht gehabt, an diesem Donnerstagabend in die Perle zu gehen. Das lag nicht nur daran, dass ihn die Luft in dieser Raucherkneipe jedes Mal fertigmachte. Viel mehr störte ihn, dass morgen Freitag war und er noch arbeiten musste. Seitdem er mit Gonzo befreundet war, verbrachte HP nicht mehr alle Abende zu Hause vor dem Fernseher. Immer mal wieder riss ihn sein neuer Freund aus dem Alltag, zog mit ihm auch mitten in der Woche durch die Kneipen, ging ins Kino oder einmal waren sie sogar spontan nach Hamburg auf den Kiez gefahren. Neulich war es sogar seinen ignoranten Kollegen aufgefallen, dass HP an einem Mittwoch verkatert zur Arbeit erschienen war. Auch wenn es ihm an dem Tag hundeelend gegangen war, hatte HP es auch ganz cool gefunden, mal was Anstößiges getan zu haben.

Manchmal ließ Gonzo wochenlang nichts von sich hören und ging auch nicht ans Telefon. Aber heute hatte er ihn bei der Arbeit angerufen und überredet, am Abend in der Perle ein gepflegtes Bier zu trinken.

Als er pünktlich um 20 Uhr in die düstere Kneipe trat, war Gonzo wie zu erwarten noch nicht da. Er kam immer mindestens eine halbe Stunde später zu Treffpunkten. Obwohl HP das inzwischen wusste, konnte er einfach nicht aus seiner Haut und musste trotzdem pünktlich sein. Sein Ordnungssinn rebellierte gegen solche Unzuverlässigkeit und er konnte einfach nicht entspannt bleiben und auch später losgehen.

Am Tresen saß Jahnke vor einem Bierglas und rauchte. HP setzte sich zu ihm und bestellte sich auch ein Bier.

»Ach sie an, das Peterle«, sagte Jahnke mit seinem ironischen Grinsen.

HP wurde rot und war genervt. »Sitzt du schon wieder hier oder immer noch?«, fragte er und trank einen Schluck.

Jahnke nickte anerkennend. »Oh, du bist heute auf Krawall gebürstet, was?«

»Nee, ich fände es nur nett, wenn du auch endlich mal HP zu mir sagen würdest.«

Jahnke hob abwehrend die Hände. »Sorry, kann ich mir einfach nicht merken.«

Sie schwiegen. Jahnke trank einen Schnaps. HP beobachtete mit einer Mischung aus Erschrecken und Abscheu das unübersehbare Zittern von Jahnkes Hand und das harte Gesicht, das er beim Schnapstrinken machte. So sieht ein Alkoholiker aus, dachte HP und musste an seinen Kollegen Hermann Kallsen denken. Diese feinen roten Äderchen um die aufgedunsene Nase, der leicht glasige Blick und diese harte Miene, wenn der Schnaps gekippt wurde. So hatte Hermann auch ausgesehen, bevor er zusammengeklappt war und in eine Entzugsklinik gegangen war.

Jahnke blies den Rauch in Kringeln hoch. »Was macht man eigentlich den ganzen Tag als kleiner Wicht beim Arbeitsamt?«, fragte er.

HP zuckte mit den Schultern. »Na, Anträge bearbeiten, Post bearbeiten, Bescheide ausstellen ...« Er drehte sein Bierglas und dachte an die letzten frustrierenden Tage. »Und sich mit vielen nervigen Typen rumärgern.

Solche Typen wie du halt«, setzte er nach und war sofort in Panik, ob er mit dem Spruch zu weit ging.

Jahnke nickte und warf HP grinsend einen Seitenblick zu. »Touché«, sagte er und hob sein Bierglas zum Anstoßen.

Als sein Bier leer war, schaute HP auf die Uhr. 20.45 Uhr. »Da ist Gonzo ja mal wieder richtig pünktlich.«

Jahnke lachte heiser. »Wenn er überhaupt kommt.«

»Er hat mich überredet, dass ich unbedingt herkommen soll.« HP runzelte die Stirn und bestellte noch ein Bier.

Jahnke grinste herablassend: »Du kennst Gonzo halt noch nicht so lange. Aber mal sehen, vielleicht kommt er ja noch. Weiß man bei ihm nie so genau.«

HP war genervt. Erst überredete Gonzo ihn und dann kam er einfach nicht. Das machte man mit Freunden nicht. Unwillig spielte er mit einem Bierdeckel.

»Und wie geht es dir? Was macht deine Krankheit?«, fragte er irgendwann, um das lästige Schweigen zu unterbrechen.

»Wie soll es schon gehen. Der stete Verfall geht unaufhaltsam weiter.« Jahnke bewegte die Finger seiner linken Hand und nickte spöttisch. »Heute geht es, wie du siehst.«

HP setzte eine bedauernde Miene auf. »Ja, sowas ist echt Mist«, sagte er und ärgerte sich gleich darüber, dass er nichts Besseres zu sagen wusste. »Meine Mutter leidet an Demenz, daher kenn ich das, wenn es immer nur schlechter wird. Ist ziemlich frustrierend. Aber was soll's. Muss man mit leben«, versuchte er angestrengt einen positiven Bogen hinzukriegen.

Jahnke schnaufte nur und drehte sein Feuerzeug in der Hand.

HP seufzte. Er glaubte nicht mehr daran, dass Gonzo jetzt noch kommen würde. Und auch wenn er es sich nicht eingestehen wollte, war er bitter enttäuscht. Es war nicht nur, dass er Unzuverlässigkeit generell nicht leiden konnte, sondern er war sich vor allem unsicher, ob Gonzo ihn nicht die ganze Zeit nur verarschte und benutzte.

»Woher kennst du Gonzo eigentlich, abgesehen von der Schulzeit?«, fragte HP.

Jahnkes Gesicht verhärtete sich. Er drehte seine Zigarettenspitze im Aschenbecher. »Mit Mitte Zwanzig haben wir uns mal zufällig in einer Kneipe wiedergetroffen. War ganz witzig und dann sind wir ein paar Jahre regelmäßig zusammen losgezogen. War eine geile Zeit.«

HP nickte.

Jahnke drehte immer noch gedankenversunken seine Zigarette. »War wirklich eine geile Zeit und ziemlich heftig, was wir da alles abgezogen haben. Gonzo ist einfach ein klasse Typ. Der ist immer da, wenn du ihn brauchst, auch wenn dir sonst alle nur in den Arsch treten.«

Es entstand ein Schweigen. Jahnke war immer noch in Gedanken versunken.

»Verstehe«, sagte HP leise.

Jahnke blickte plötzlich auf und sah ihn mit zusammengekniffenen Augen an. »Gar nichts verstehst du. Was versteht ein Sohnemännchen wie du mit einem langweiligen Spießerleben schon von der Scheiße, die dich im Leben treffen kann«, fauchte er.

HP starrte Jahnke erschrocken an und wurde knallrot. Er spürte sofort, dass es einer dieser Momente war, wo man mal gegenhalten müsste, wo man mit der Faust auf den Tisch hauen und ihn einfach stehen lassen müsste. Was bildete sich dieser Typ eigentlich ein? Aber HP stand nur da und guckte jetzt unsicher auf sein Bierglas.

Jahnkes Gesicht entspannte sich wieder und er zeigte wieder sein übliches spöttisches Grinsen. »Wie sieht es bei dir mit Weibergeschichten aus?«

»Wie ... wie meinst du das?«

»Na, hast du in deinem Leben viele gevögelt? Warst du mal länger mit einer zusammen, hast mal geheiratet, Kinder gekriegt?«

»Nee, also ... nee, nicht so viele ...«

Jahnke lachte heiser auf. »Sei bloß froh. Auch wenn dir der Schwanz manchmal zu platzen droht, sei froh, dass du ihn nicht überall reingesteckt hast.«

HP wusste nicht, ob er lachen sollte und kratzte sich unsicher am Hals.

»Ich hab früher alles gefickt, was in Reichweite war. Ein oder zwei Reisebusse voll würde ich bestimmt zusammenkriegen.«

HP nickte unsicher.

»Und was passiert dann? Einmal passt du nicht auf und hast mit 19 eine Stoßbekanntschaft, die ein Kind von dir kriegt. Herzlichen Glückwunsch.« Jahnke nahm sich eine neue Zigarette aus der Schachtel.

HP räusperte sich verlegen. »Hast du echt ...«

»Ja, mein Freund. Mein Sohn ist heute Mitte 20, zieht wahrscheinlich auch gerade durch die Kneipen. Wenn er hier reinkäme, würde ich ihn aber nicht erkennen, weil ich ihn nur von den Kontoauszügen kenne. Von der Kohle, die ich jahrelang für ihn abdrücken durfte.«

»Scheiße«, sagte HP leise und trank einen Schluck. Er spürte die ganze Verbitterung von Jahnke herüberschwappen.

»Und dann hat es sich für dich erledigt mit dem Abi nachmachen. Lieber eine Lehre als Speditionskaufmann, Geldverdienen ist dann angesagt. Vernünftig werden. Einen langweiligen Scheißjob für wenig Kohle machen. Später eine vernünftige Freundin finden, heiraten, und um das Glück vollkommen zu machen, ein gemeinsames Töchterlein.« Jahnke pestete die Worte nur so heraus und schüttelte den Kopf. HP schwieg betreten.

»Und irgendwann hältst du es nicht mehr aus. Du vögelst dich durch andere Betten, fliegst endlich zu Hause raus, darfst doppelten Unterhalt zahlen. Du bist am Arsch, aber kannst immerhin mit guten Typen wie Gonzo durch die Nächte ziehen. Bis du irgendwann mal nicht aufpasst und zwischendurch nüchtern wirst. Und dann bricht die ganze Scheiße über dich herein.«

HP hob hilflos die Schultern.

Jahnke schnaufte höhnisch. »Das ist auch noch nicht alles. Auf der Spitze deiner Versagerkarriere kriegst du dann auch noch aufs Brot geschmiert, dass du Parkinson hast und langsam vor die Hunde gehen wirst. Das kriegen sonst nur alte Leute, aber ganz ganz selten auch mal Leute um die Vierzig. Bingo! Trifft sich ja gut, weil dein Leben eh im Arsch ist. Arbeiten lohnt sich nicht für dich. Wozu Geld verdienen? Also endest du als Frührentner ohne jede Perspektive, hangelst dich mit bar bezahlten Nebenjobs durch dein Scheißleben und wartest darauf, dass du irgendwann krepierst.« Er drückte die leere Zigarettenschachtel zusammen und warf sie über den Tresen in einen Mülleimer.

HP wusste nicht, was er sagen sollte. Er sah scheu zu Jahnke rüber, der auf sein Bierglas starrte. HP hob seines und stieß schweigend mit ihm am.

HP versuchte ein aufmunterndes Lächeln. »Aber ... gibt es gegen Parkinson nicht ganz gute Medikamente?«

Jahnke blies heftig eine Rauchwolke weg. »Klar gibt es so ein Zeug, das den Mist verlangsamt. Aber was soll das helfen? Irgendwann ist man trotzdem im Arsch. Und außerdem verträgt sich das Zeug nicht sonderlich gut mit dem hier und dem hier.« Er tippte mit der Zigarette an sein Bier.

»Na ja ...«, meinte HP hilflos.

Jahnke sah ihn spöttisch an. »Was bringt es mir, wenn ich ein paar Jahre länger ein Glas halten kann, wenn nichts Vernünftiges drin ist.« Er ließ ein raues Lachen hören. »Solange man sich mit dem Zeug ablenken und ins Stadion gehen kann, ist doch alles in Ordnung.«

HP lachte ebenfalls unbeholfen. »Ins Stadion?«

»Klar. Nach Hamburg. Nur der HSV.« Er schob seinen Ärmel hoch und zeigte ein eintätowiertes HSV-Vereinsemblem. »Interessierst du dich für Fußball?«

»Nee, war noch nie so mein Ding«, sagte HP. Das war ein bisschen gelogen, denn als Kind fand er Fußball toll und hätte gern häufiger mit seinen Klassenkameraden gekickt. Aber sie ließen ihn nur mitmachen, wenn einer fehlte. Und dann musste er meistens ins Tor und die anderen bepissten sich vor Lachen, wenn sie ihn mal wieder volle Elle abgeschossen hatten. Und beim Schulsport gehörte er regelmäßig zu den Letzen, die widerwillig gewählt wurden - beim Schmull. Nur Simon wurde immer noch später gewählt, aber der hatte auch einen

Krüppelfuß und konnte nur hinken. Nach den Cracks war die tolle Gabi immer das erste Mädchen, das gewählt wurde. Die konnte und wollte zwar überhaupt kein Fußball spielen, aber sie spendierte den Torschützen ihrer Mannschaft immer eine Jubel-Umarmung, bei der man ihre Titten spüren konnte. Natürlich vermutete HP das nur, denn er hatte ja nie ein Tor gemacht und man konnte berechtigte Zweifel haben, ob er in dem Falle eine Umarmung gekriegt hätte.

Jahnke schüttelte wieder spöttisch den Kopf. Und jetzt fiel es HP ein, dass Jahnke damals immer besonders gehässig über ihn gelacht hatte, wenn er beim Sport mal wieder keine gute Figur machte. Bei der Erinnerung wurde er wütend. »Zu mir warst du schon früher immer voll fies«, sagte HP und wunderte sich über sich selbst über den festen und harten Klang seiner Stimme, dass er dem coolen Jahnke sowas direkt ins Gesicht sagte.

Jahnke prostete ihm grinsend zu. »Mit Recht. So einen Spacko-Looser wie den jungen Heinz-Peterle hatte die Welt noch nicht gesehen.« Er nahm einen Schluck. »Und heute? Heute kann ich nur neidisch auf den feinen Herrn Vollwert mit seinem hübsch geregelten Spießerleben gucken.«

»Blödmann«, sagte HP.

Jahnke klopfte ihm grinsend auf die Schulter und stieß mit seinem Bierglas an. HP schaute missmutig. Die Wut von früher war so schnell wie sie aufgekommen war wieder dem unbehaglichen Mitleid mit diesem heruntergekommenen Typen gewichen.

Er gab noch eine Runde aus. Gonzo tauchte nicht mehr auf.

#

»Guten Morgen!« Siggi Hansen riss die Tür auf kam pfeifend ins Büro. HP war gerade vor seinem Bildschirm fast eingeschlafen und schreckte hoch.

»Na Heinzi. Pennen bei der Arbeit, das wird ja immer schlimmer mit dir«, meinte Siggi fröhlich und legte einen dicken Stapel Akten in den Eingangskorb.

»Ich hab nicht ... ach, was geht dich das eigentlich an«, brummte HP missmutig und ärgerte sich, dass er mal wieder rot wurde.

Siggi lachte und nahm die drei Akten aus dem Ausgangskorb, die HP bisher bearbeitet hatte. »Ist das alles, was du bislang geschafft hast? Lass das mal Becker nicht sehen.« Er nahm sich einen Keks aus der Dose von Frau Hinrichs, die gerade nicht da war.

Auch wenn HP zugeben musste, dass er in letzter Zeit häufiger mal nicht ganz ausgeschlafen und frisch zur Arbeit gekommen war, schaffte er locker immer noch mehr weg als die meisten seiner faulen Kollegen. Aber er hatte inzwischen verinnerlicht, dass es sich nicht lohnte, mit Siggi zu streiten. Na ja, er ärgerte sich jedenfalls nicht mehr so häufig. Siggi wollte ihn eh nur immer verarschen. Also sagte HP gar nichts und goss sich stattdessen demonstrativ einen Kaffee aus seiner Thermoskanne ein.

Siggi ging pfeifend aus dem Büro. »Tschüss, Heinzi. Leg dich wieder hin«, rief er fröhlich noch aus dem Flur und machte schwungvoll die Tür wieder zu.

»Blöder Pisser«, grummelte HP und ärgerte sich doch wieder ein Loch in den Bauch. Mal wieder ein gebrauchter Tag.

Am Nachmittag musste HP dann auch noch ein anstrengendes Telefonat mit seinem Lieblingskunden Heino Tramsen überstehen, bei dem ihm dieser mal wieder eins auf die Fresse versprach. Gerade als er entnervt den Hörer auf das Telefon geknallt hatte, bimmelte es schon wieder.

»Vollwert«, bellte HP ins Telefon.

»Herr Vollwert, könnten sie wohl mal kurz zu mir kommen?«, fragte ein etwas irritierter Gruppenleiter Becker.

Als Becker HP wenige Minuten später freundlich einen Platz an dem kleinen Besuchertischchen in seinem Büro anbot, ahnte HP schon, dass es um nichts Gutes ging. Wenn Becker noch scheißfreundlicher war als sonst, konnte es nur um zusätzliche Arbeit gehen. Richtig bedrohlich wurde es, wenn der Gruppenleiter einem auch noch die Schüssel mit den gammeligen Keksen anbot. Und jetzt schob er die Schüssel gönnerhaft in HPs Richtung.

Becker setzte sein öligstes Lächeln auf und bat HP »um einen kleinen Gefallen«. Die Bearbeiterin der Fälle mit dem Buchstaben O-R war ausgefallen und die Kollegen der angrenzenden Buchstaben mussten ihre Fälle zeitweise mit übernehmen. »Ich bitte deshalb Frau Hinrichs und insbesondere Sie, mein lieber Herr Vollwert, sich um die R-Kunden zu kümmern.«

HP hatte das Gefühl, dass er um einiges dunkelroter wurde als sonst üblich.

»Wieso denn gerade wir? Wir haben mit S und T sowieso schon die Buchstaben mit den meisten Fällen. Und R ist auch nochmal ein dicker Buchstabe.« HP war fast laut geworden. Aber er hatte jetzt langsam die Faxen dicke. Die sowieso nur eierschaukelnden Kollegen L-N kriegten die kleinen Buchstaben O, P und Q, aber er kriegte das dicke R aufgebrummt.

Becker nickte lächelnd wie ein Opa, der einen Wutausbruch seines Enkelkindes lachend ansieht.

»Eben drum, mein lieber Vollwert. Ich weiß doch, wer meine tüchtigsten Mitarbeiter sind. So einen Buchstaben wie R vertraut man nicht einfach jedem an. Betrachten Sie das als Auszeichnung.«

HP schnappte nach Luft und hatte das dringende Bedürfnis, seinen Chef unflätig zu beschimpfen und etwas kaputt zu machen. Aber Becker war bereits aufgestanden und hatte die Bürotür geöffnet.

»Ich wusste doch, dass ich mich auf Sie verlassen kann«, sagte er anerkennend und schob HP aus der Tür.

HP brauchte eine geschlagene Minute, um sich zu entscheiden, ob er die Tür wieder aufreißen und seinen Chef anschreien sollte. Aber dann drehte er sich doch abrupt um und stapfte wütend zu seinem Büro.

Auf dem Flur kam ihm Siggi Hansen pfeifend entgegen. »Becker hat mir vorhin gesagt, dass ihr das R mit übernehmt. Ich hab euch gerade die Akten und die Post für das R gebracht.«

HP beachtete ihn gar nicht. In seinem Büro sah er in seinem Eingangskorb die Bescherung. Mindestens zehn fette, zerfledderte Akten versprachen jede Menge zusätzlichen Spaß für den Rest des Tages. Und im Eingangskorb der ollen Hinrichs lagen vier schlanke Aktendeckel, die sie gerade unter schwerem Seufzen herausnahm.

HP streckte sich ganz gegen seine Gewohnheit lang auf seinem Stuhl aus und verschränkte die Arme. Sein Vater hatte ihm als Kind immer einen Backs gegeben, wenn er sich am Tisch auf den Stuhl »lümmelte«. Deshalb konnte er heute nicht mehr anders als aufrecht und ordentlich auf einem Stuhl sitzen. Aber das war ihm jetzt scheißegal. Die konnten ihn alle Mal. Das erste Mal in 28 Dienstjahren fragte sich HP, was er hier eigentlich machte.

Die olle Hinrichs lugte beunruhigt zu ihm herüber, sagte aber nichts.

Sein Ordnungssinn mahnte HP, sich endlich an die Arbeit zu machen, aber noch verharrte er trotzig in seiner Haltung. Leck mich am Arsch. Er guckte auf die Uhr, es war fünf nach drei.

Und dann passierte das Unerhörte. Der tüchtige Sachbearbeiter Heinz-Peter Vollwert packte schweigend seine Sachen in die Aktentasche und zog seine Jacke an.

»Ich mach Feierabend. Hab noch was vor«, brummelte er.

Die olle Hinrichs machte ein bestürztes Gesicht. Niemand in der gesamten Agentur konnte sich daran erinnern, dass HP jemals vor 16.30 Uhr seinen Arbeitsplatz verlassen hätte. Auf dem Weg zum Ausgang hatte HP das Gefühl, dass ihm etliche Augenpaare folgten und er genoss das wie einen Triumph. Die konnten ihn wirklich alle Mal. Alle.

Draußen auf der Straße atmete HP tief durch. Er beschloss, erstmal etwas fürs Abendbrot einzukaufen.

Auf dem Weg zum Supermarkt fand er dann auch, dass er an einem Scheißtag wie heute auch noch bei seiner Mutter vorbeischauen könnte. Wenn schon denn schon, dachte er grimmig.

An dem Kühlregal mit der Wurst haderte HP mit sich, weil er einfach nicht dem Zwang widerstehen konnte, die immer gleiche Salami und den langweiligen Kochschicken einzupacken. Er hätte ja mal Roastbeef und frisches Zwiebelmett mitnehmen können, aber das ging nicht - nicht mal jetzt, wo er so frustriert wie selten war.

»Nichts klauen, okay?«, rief plötzlich eine laute Stimme dicht neben ihm, so dass HP heftig zusammenzuckte.

Er drehte sich um und sah in das lachende Gesicht von Gonzo. »Hey HP, wie geht's?«

»Bis du bescheuert?«, zischte HP und sah sich hektisch um. »Was soll der Scheiß?«

»War doch nur ein Joke«, meinte Gonzo achselzuckend. »Du wirkst heute aber nicht sehr geschmeidig.«

»Ach hör mir auf«, erwiderte HP mit einer wegwerfenden Handbewegung. Und ohne dass Gonzo weiter fragte, pestete HP sich über seinen Scheißtag bei der Arbeit aus.

Gonzo hörte mit herabgezogenen Mundwinkeln zu und schüttelte den Kopf. »Das hört sich nach einem dringenden Fall von Feierabendbier an.« Er winkte HP, ihm zum Bierregal zu folgen und schnappte sich eine ganze Kiste. »Sollte reichen.«

»Eigentlich eine gute Idee, aber ich muss erst noch mal bei meiner Mutter vorbei gucken. Die ist im Pflegeheim«, meinte HP bedauernd.

»Okay. Ich kann dich hinbringen. Bin gerade mit dem Auto da«, sagte er und schleppte die Bierkiste zur Kasse.

Nicht nötig, wollte HP sagen. Aber er sagte es nicht, denn dass jemand ihm nett einen Gefallen tat, konnte er gerade ganz gut gebrauchen.

Vor dem Pflegeheim fuhr Gonzo auf den einzigen freien Platz auf dem kleinen Parkplatz.

»Wie machen wir das mit der Bierkiste?«, fragte HP.

»Ach so«, meinte Gonzo zerstreut. »Ich komm sonst kurz mit und fahr dich dann nach Hause. Wollte sowieso nochmal was mit dir besprechen.«

HP war sich nicht sicher, ob das eine gute Idee war. Seine kümmerliche Mutter war ihm vor seinem Kumpel ein bisschen peinlich. Schon damals, als seine Eltern beide noch gesund beziehungsweise am Leben waren, waren seine Mutter und sein Vater nicht gerade die coolen Alten gewesen, mit denen man angegeben hätte.

Gonzo hatte schon den Motor abgestellt und die Autotür geöffnet.

»Das ist ein Behindertenparkplatz.« HP deutete auf das große Schild vor der Kühlerhaube.

Gonzo stieg aus. Dabei nickte er freundlich einem Opa zu, der sie argwöhnisch beobachtete.

»Das macht man nicht. Sich auf den Behindertenparkplatz zu stellen, ist voll asozial«, sagte HP nervös.

Gonzo stieg wieder ein und parkte den Wagen auf den Gehweg um. »So besser?«, fragte er ohne jede Spur von Ärger.

»Na ja, ja. Ich meine ja bloß, dass ich das immer daneben finde, wenn einer den Behinderten den Parkplatz wegnimmt«, sagte HP entschuldigend.

»Hast ja recht«, meinte Gonzo zerstreut.

Als die durch das Eingangsportal gingen, fühlte HP sich wegen seiner Mutter wieder unbehaglich. »Sie hatte einen Schlaganfall und ist ziemlich neben der Spur«, erklärte er.

»Ja ja«, erwiderte Gonzo zerstreut und tastete seine Taschen ab. »Hast du mein Handy gesehen?«

»Nee, ausnahmsweise mal nicht«, gab HP genervt zurück.

»Muss ich dann wohl im Auto liegen gelassen haben. Lag das da?« Gonzo kratzte sich ratlos am Kopf.

HP klopfte an die Zimmertür seiner Mutter und trat ein.

»Hallo Mutti,« rief er. Seine Mutter saß auf dem verschlissenen Sofa und las in einer Klatschzeitschrift. Sie sah HP nur kurz an und blickte dann irritiert auf den langhaarigen Gonzo.

»Das ist ... Andreas. Ein alter Schulfreund von mir«, beeilte sich HP zu sagen. »Ein alter Freund aus der Schule«, wiederholte er, so als ob seine Mutter schwerhörig war.

Gonzo nickte freundlich. »Moin Frau Vollwert. Wie geht's Ihnen?«, fragte Gonzo und setzte sich neben sie.

Frau Vollwert guckte Gonzo erstaunt an. Dann grunzte sie kümmerlich. »Mein Mann kommt gleich«, sagte sie entschuldigend.

»Oh ja, klasse. Dann lern ich den ja auch mal kennen«, sagte Gonzo und lächelte. »Ihr Sohn hat mir schon viel über ihn erzählt«, log Gonzo.

Frau Vollwert sah ihn geradezu dankbar an. »Papa kommt gleich«, bekräftigte sie in ihrer unklaren Sprache.

HP kam aus dem Staunen gar nicht mehr raus. So viel Teilnahme hatte seine Mutter schon lange nicht mehr gezeigt.

»Ich hab dir neue Zeitschriften mitgebracht«, schaltete er sich nun ein.

Seine Mutter sah ihn irritiert an, so als wüsste sie nicht, ob sie sich über diese Störung wundern oder ärgern sollte.

»Hier haben Sie es aber nett«, meinte Gonzo und tätschelte der alten Frau lächelnd den Arm. »Heinz-Peter und ich sind früher zusammen zur Schule gegangen. Haben uns jetzt zufällig wiedergetroffen.«

Frau Vollwert suchte nach Worten, aber stattdessen kullerte ihr eine Träne über die zerfurchte Wange.

»Ist ja immer schön, wenn man mal Leute von früher wieder trifft«, fuhr Gonzo fort und tätschelte ihr wieder den Arm. »Ich glaub meine Eltern haben Sie damals gar nicht gekannt, oder?«

»Mein Mann kommt gleich«, krächzte Frau Vollwert und drückte ihre knorrige Hand auf Gonzos Hand.

»Na klar«, sagte er beruhigend und lächelte.

HP wusste nicht so recht, ob er froh oder enttäuscht sein sollte. Mit ihm hatte sie seit ihrem Schlaganfall nicht so viele Worte gewechselt wie in fünf Minuten mit Gonzo. Und seine Hand gehalten hatte sie auch nie, nicht mal vor dem Schlaganfall. Und jetzt saß seine verbitterte Mutter mit einem ihr Wildfremden einträchtig auf dem Sofa und heulte.

Gonzo setzte den einseitigen Smalltalk noch eine Weile unbefangen und lachend fort, so als unterhielte er sich mit einem normalen gesunden Menschen.

HPs Mutter lächelte einmal sogar selbst schief, aber irgendwann verfiel sie in Apathie und Gonzo löste seine Hand aus ihrer.

»Na, dann lass uns mal wieder los. Wir müssen noch was schaffen«, sagte er freundlich. »Tschüss Frau Vollwert, machen Sie es gut.«

Sie standen auf. »Tschüss Mutti. Ich komm die nächsten Tage mal wieder vorbei«, sagte HP seine Standardfloskel daher, die seiner Mutter keine Reaktion mehr entlockte.

»Scheißspiel«, meinte Gonzo, als sie ins Auto einstiegen. »Ich hoffe nur, dass mir sowas später erspart bleibt.«

HP musste schlucken. Ihm tat seine Mutter gerade so leid wie schon lange nicht mehr.

Es war fast fünf Uhr morgens, als HP zur Tür seiner Wohnung torkelte und Gonzo verabschiedete. Sie hatten die komplette Bierkiste geleert und HPs Ärger über den beschissenen Tag gründlich weggespült. Dabei hatte Gonzo ihm immer wieder zugeredet, sich nicht immer alles gefallen zu lassen.

Gonzo hatte mal wieder einen Lachanfall. »Weißt du, was wir machen sollten?«, fragte er, als er mühsam seine Jacke anzog.

»Ne, was denn?«, lallte HP, der die herrliche Scheißegal-Stimmung im Suff genoss.

»Wir sollten zusammen eine Firma aufmachen. Du organisierst den Laden und ich mach das Praktische. Wir sind ein Dream Team.« Gonzo klopfte ihm auf die Schulter.

HP hatte Mühe, den Freund zu fixieren. »Aber ich hab doch schon eine Arbeit.«

»Nebenbei mein ich ja auch. Klein anfangen.«

»Super Idee«, hickste HP.

Gonzo tatschte unbeholfen über seine Taschen. »Hast du mein Handy gesehen?«

HP schüttelte so vehement den Kopf, dass er sich die

Schläfe am Türpfosten schlug. Beide kriegten sich gar nicht wieder ein vor Lachen.

Als Gonzo die Treppe runtertorkelte, rief er: »Ich ruf dich morgen mal an. Wenn ich mein Scheißhandy wiederfinde ...« Er musste schon wieder lachen und HP hörte ihn noch den ganzen Weg nach unten vor sich hin kichern.

Unbeabsichtigt knallte er die Wohnungstür laut zu und schaffte es mit großer Mühe zu seinem Bett.

Mit einem präzisen Schwung des Messers köpfte HP sein hart gekochtes Frühstücksei. Normalerweise gab es bei ihm immer nur sonntags ein Ei zum Frühstück, so wie früher zu Hause. Heute war zwar erst Sonnabend, aber er gönnte sich trotzdem ein Ei und eine Extrascheibe Mischbrot mit Mettwurst. Denn heute stand für ihn mal was Ungewöhnliches auf dem Programm: Körperliche Arbeit. Gonzo hatte ihn vor einigen Tagen gefragt, ob er ihm bei einer dringenden Pflasterarbeit helfen könnte. HP hatte sowas zwar noch nie gemacht, überhaupt war körperliche Arbeit nicht sein Ding, weil er schon immer erschreckend wenig Kraft und Ausdauer hatte. Aber nach der frustrierenden Woche im Büro mit Becker und den anderen Ignoranten schien ihm das genau der richtige Ausgleich zu sein. Er gefiel sich sogar in dem Blaumann, den er sich vor Jahren mal für das Renovieren seiner Wohnung gekauft hatte. Das wirkte so männlich und tough. Okay, der Anzug war zu sauber. Da fehlten noch die Dreckspuren, die von harter Arbeit zeugten. Aber immerhin. HP hatte sogar den Eindruck, dass Nero heute Morgen ein bisschen mehr Respekt vor ihm hatte als sonst.

Er runzelte die Stirn. Stimmte überhaupt. Was sollte er mit Nero machen? In letzter Zeit hatte er wenig Zeit für den Kläffer gehabt und ihn öfters mal allein in der Wohnung gelassen. Der hatte sich zwar zweimal revanchiert und in die Küche gepisst, aber seitdem war Ruhe. Der Köter schien zu merken, dass er nicht mehr automatisch die Nummer Eins in HPs Freizeitaktivitäten war. Gelegentlich benahm er sich sogar wie ein richtiger Hund und begrüßte sein Herrchen abends mit Schwanzwedeln.

HP warf ihm eine Mettwurstscheibe zu. »Du kommst mit. Aber benimm dich!«

Statt wie verabredet um kurz nach sechs Uhr tauchte Gonzo natürlich erst um halb acht bei HP auf. »Ich wollte anrufen, aber ich hab mein Handy noch nicht wiedergefunden«, entschuldigte er sich.

Gonzo trug alte Jeans und ein dreckiges Sweatshirt. Er musterte HP grinsend in seinem sauberen Blaumann. »Professionell.«

Draußen vor dem Haus stand ein alter gammeliger VW-Pritschenwagen mit einem großen Anhänger. Als HP auf den Beifahrersitz stieg, kam ihm ein bestialischer Gestank von Schweiß und kalten Zigaretten entgegen. Der Aschenbecher des Pritschenwagens quoll über vor Kippen und im Fußraum des Beifahrerplatzes lagen jede Menge alte Kaffeebecher, Brötchentüten und McDonalds-Müll.

»Wo hast du die Karre denn schon wieder her?«, fragte HP, als sie langsam und mit röhrendem Auspuff

aus der Stadt fuhren. »Lass mich raten: Von einem Bekannten?«

Gonzo zündete sich eine Zigarette an und blies den
Rauch aus dem geöffneten Fenster. »Ja, ein ehemaliger
Kollege von mir, als ich noch als Steinsetzer gearbeitet
hab. Der kann inzwischen nicht mehr. Knie und Rücken kaputt.«

»Wieso müssen wir denn eigentlich so früh los?«,
fragte HP.

Gonzo lachte. »So ist das im Handwerk. Und an
frühes Aufstehen bist du doch gewöhnt.«

»Klar. Was sollen wir denn genau machen?«

»Steine aufnehmen«, erwiderte Gonzo.

HP guckte ein bisschen enttäuscht. »Ich dachte, wir
sollen pflastern?«

Gonzo lachte. »Nee, nur Material holen. Verlegtes
Pflaster wegreißen. Ist ziemlich anstrengend.«

HPs Begeisterung für den Job ließ schlagartig nach.

»Warum hilft Jahnke eigentlich nicht mit. Dem
könnte ein bisschen Bewegung bestimmt nicht scha-
den«, meinte HP.

Gonzos Gesicht wurde ernst. »Jahnke kann sowas
nicht mehr. Jetzt erst recht nicht mehr.«

»Wieso? Ist was passiert?«

»Hast du noch gar nicht gehört? Er ist das Treppen-
haus runtergefallen. Oberschenkel gebrochen, Knie
hinüber ...«

»Scheiße.« HP wusste davon nichts. Wie sollte er
auch, er hatte mit Jahnke ja keinen engen Kontakt.

Arme Sau, dachte HP. »Liegt er im Krankenhaus?«

»Noch ja. Aber er will möglichst bald da raus. Ohne
Rauchen und Saufen hält er das ja nicht aus.«

HP versuchte, sich Jahnke in einem weißen Krankenhausbett mit Tee und Mineralwasser am Bett vorzustellen.

Gonzo war die alte Bundesstraße nach Norden entlanggefahren und bog in einen kleinen Seitenweg ein, der wie in den 50er Jahren mit Kopfsteinpflaster ausgebaut war. Gonzo fuhr den Weg halb entlang und hielt dann am Straßenrand. »Da wären wir«, sagte er und stieg aus.

»Wie jetzt?«

Gonzo holte Stemmeisen und Hacken aus einer Kiste des Pritschenwagens und warf HP eine zu.

»30 Quadratmeter brauchen wir. Fünf Meter von der Straße. Das Stück gehörte früher zur Bundesstraße, gutes Kopfsteinpflaster.«

HP war irritiert, aber als Gonzo begann, mit dem Stemmeisen erste Steine zu lockern und auf den Anhänger zu werfen, machte er mit. Bald schwitzte er mit knallrotem Kopf.

HP staunte, wie schnell und ausdauernd Gonzo vor sich hinarbeitete. Der sonst so fahrige Chaot redete kaum, guckte sich nur gelegentlich um und klotzte ordentlich was weg. Während HP selbst mühsam jeden einzelnen Stein losruckelte, stemmte sein Freund gezielt mit einem Ruck die Steine los und trug jeweils zwei der Dinger locker zum Anhänger.

»Lass uns mal ne Kaffeepause machen, stöhnte HP nach zwei Stunden. Der Rücken und die Knie taten ihm weh und er war müde.

»Nee, wir ziehen das zügig durch«, sagte Gonzo und blickte sich prüfend um. »Aber mach ruhig ne Pause.«

Kurz nach Mittag waren sie fertig. HP war völlig erledigt, aber die Anstrengung hatte ihm auch Spaß gebracht. Hatte durchaus was für sich, so eine stupide körperliche Arbeit.

Die Reifen des Anhängers waren schwer durchgedrückt. »Der ist doch total überladen«, meinte HP unsicher.

Gonzo grinste. »Klar, aber zweimal fahren ist noch blöder. Wir dürfen uns mit der überladenen Karre halt nur nicht erwischen lassen. Du fährst zurück?«

HP wollte was Deftiges sagen, aber Gonzo klopfte ihm lachend auf den Rücken und stieg auf der Fahrerseite ein. Im Schneckentempo quälte Gonzo den alten Transporter über Schleichwege um die Stadt herum.

»Wo soll das Zeug denn hin?«

»Zu einem Bekannten, der wohnt auf einem Resthof«, meinte Gonzo. »Der will seine Einfahrt neu machen.«

HP lehnte sich zufrieden nach hinten. Er spürte jeden Muskel in seinem Körper und das fühlte sich nicht schlecht an.

»Coole Idee, die Einfahrt mit altem Straßenpflaster zu legen«, meinte er. »Welche Behörde verkauft denn eigentlich dieses alte Pflaster?«

Gonzo lachte und zuckte mit den Schultern. HP sah ihn verständnislos an. Dann wurde ihm heiß und kalt und das Herz schlug ihm bis zum Hals.

»Das glaub ich ja wohl nicht« rief er entsetzt.

Gonzo lachte immer noch und machte eine Unschuldsmiene.

»Alter, wenn die uns erwischt hätten ... wenn die uns immer noch erwischen ...« HP schnappte nach Luft und schlug sich die Hand an die Stirn. »Du bist doch irre ... völlig irre ...«

Gonzo machte sich eine Zigarette an. »Ist doch nicht so wild. Das Stück Straße wurde doch eh nicht mehr benutzt. Außerdem hatte mein Bekannter einen gut bei mir. Der hat mir auch mal richtig aus der Klemme geholfen.«

HP wollte lieber nicht wissen, in was für »Klemmen« Gonzo wohl schon gesteckt hatte. Er malte sich stattdessen aus, wie er, der tadellose Arbeitsagentur-Sachbearbeiter Heinz-Peter Vollwert wegen Diebstahls verknackt und in Schimpf und Schande aus dem Amt gejagt werden würde.

Gonzo bog auf eine Hofeinfahrt. »Wir sind da.«

»Du kannst den Scheiß allein abladen«, sagte HP und blieb mit verschränkten Armen im Wagen sitzen.

Ohne zu murren begann Gonzo damit, die Steine vom Hänger zu werfen.

Es reicht, dachte HP wütend. Irgendwo war auch mal Schluss. Einen Kumpel zum Diebstahl anstiften, da hörte es echt auf. Er hatte noch nie was geklaut, auch als heranwachsender Junge nicht. Zugegeben, mit 14 oder 15 hätte er auch gerne mal damit angegeben, dass er schon mal was geklaut hatte - eine CD im Laden oder sowas. Aber das hatte er nie. Zweimal hatte er es versucht, aber schon beim Betreten des Plattenladens war sein Kopf so knallrot geworden, dass jeder Blinde sofort auf ihn aufmerksam geworden wäre.

Und jetzt hatte er sich strafbar gemacht, eine Bundesstraße geklaut. Er hatte jetzt keine reine Weste mehr, hatte ein echtes dunkles Geheimnis. Und je mehr er darüber nachdachte, desto mehr gefiel ihm der Gedanke: Der gewissenlose Bundesstraßenräuber HP Vollwert hatte wieder zugeschlagen und war entkommen.

Schließlich stieg er aus und half Gonzo beim Abladen.

Auf der Rückfahrt reichte Gonzo ihm ein Bier und die vereinbarten 100 Euro Lohn. »Wärst du mitgekommen, wenn ich dir das vorher erklärt hätte?«

»Wahrscheinlich nicht«, brummte HP und trank einen Schluck.

»Tut mir leid. Hätte ich nicht machen sollen«, meinte Gonzo zerstreut. »Hab ich mal wieder nicht genug nachgedacht.«

HP, der ruchlose Bundesstraßenräuber, nahm noch einen großen Schluck. »Schwamm drüber.«

»Und? Hast du mal darüber nachgedacht?«, fragte Gonzo.

»Worüber?«

„Dass wir beide zusammen eine Firma aufmachen. Gartenbau und Pflasterarbeiten.«

»Das war doch eine Schnapsidee«, sagte HP unsicher. »Davon versteh ich gar nichts.« Er stieg aus.

»Denk da mal drüber nach. Ehrlich …«, sagte Gonzo.

HP zuckte mit den Schultern.

5

»Was soll denn das werden? Nebentätigkeit?«, fragte Becker irritiert und wedelte mit einem Stück Papier.

»Ich will mit einem Bekannten ein kleines Nebenge-werbe eröffnen. Nur so als Ausgleich«, sagte HP, der heute irgendwie auf Krawall gebürstet war.

»Ausgleich wozu?« Becker sah ihn verständnislos an.

»Zu der anstrengenden Schreibtischtätigkeit hier.«

Becker schnaubte unwillig. »Mein lieber Vollwert, ich kann ihren Antrag bei Herrn Albertsen nicht unter-stützen. Nachher denkt der noch, wir haben hier nicht genug zu tun und langweilen uns.«

HP schluckte. Jetzt war mal der Moment gekom-men, wo er es anders machen musste. Okay, dass er eine rote Bombe bekam, konnte er nicht verhindern. Aber Gonzo hatte gesagt, er solle sich nicht immer alles gefal-len lassen. Und er hatte die Faxen wirklich dicke. Sein Herz pochte ihm dröhnend im Hals. Er schluckte nochmal.

»Dann werde ich mal mit dem Personalrat über mei-ne Arbeitsbelastung sprechen«, krächzte HP. Er hatte das ruhig und bestimmt sagen wollen, aber das kam nicht ganz so überzeugend rüber. »Schließlich muss ich hier die Arbeit von mehreren Leuten machen.«

Becker schnappte nach Luft. »Was wollen Sie denn damit sagen? Dass die Arbeit hier ungerecht verteilt ist, oder was?«

HP's Herz schlug wild, aber er nickte heftig.

»Herr Vollwert, Sie wissen doch, dass ich Sie sehr schätze. Aber sowas! Also wirklich ...«, schnaubte Becker, redete dann aber nicht weiter. HP hielt seinem Blick mit aufgerissenen Augen stand. Der Schweiß lief ihm in Strömen aus allen Körperporen. Nein, er würde jetzt nicht einknicken.

HP überwand sich und stand ruckartig auf. »Ich sehe dann ja, wie mein Antrag auf Nebentätigkeit beschieden wird«, sagte er etwas zu laut und ging ohne sich umzugucken aus Beckers Büro.

Den Rest des Arbeitstages kriegte HP sich überhaupt nicht wieder ein. Er hatte das Gefühl, dass sein Leben völlig aus den Fugen geraten war. Am Tag, nachdem sie die Bundesstraße geklaut hatten, war Gonzo bei ihm gewesen und hatte in nochmal gedrängt, zusammen eine kleine Firma für Gartenbau und Pflasterarbeiten aufzumachen. HP hatte seinen Kumpel wieder für verrückt erklärt. Mit so einem Chaoten eine Firma aufmachen – na, herzlichen Glückwunsch. Aber nach einer Nacht ohne Schlaf hatte ihn die Sache so gereizt, dass er sich tatsächlich schlau gemacht hatte, wie das bei der Arbeitsagentur mit einer Nebentätigkeit so war. Und auch wenn er immer wieder Panikattacken wegen des Abenteuers bekam, hatte er schließlich einen Antrag gestellt.

Als am späten Nachmittag Siggi Hansen einen Umschlag mit der Genehmigung durch die Dienststelle brachte, sprang HP auf und reckte die Faust. Die olle Hinrichs sah ihn entgeistert an.

Nach Feierabend klingelte HP Sturm an Gonzos Wohnungstür. Er war noch nie hier gewesen, war noch nie auf die Idee gekommen, seinen Kumpel zu Hause zu besuchen. Aber jetzt war er so erschöpft und euphorisch, dass er immer wieder den Klingelknopf im dritten Stock eines muffeligen Sozialbaublocks drückte.

Als er sich gerade enttäuscht abwenden wollte, ging die Tür auf. Eine füllige blonde Frau verabschiedete sich lachend von Gonzo, der in Boxershorts und T-Shirt im Flur stand. Die Blonde lächelte HP einmal scheu zu und verschwand. Er erkannte sie als eine Kellnerin aus dem Brauhaus, mit der sie sich neulich bei einer Kneipentour ganz nett unterhalten hatten. Das heißt, Gonzo und Jahnke hatten sich nett mit ihr unterhalten, während HP dazu ein dämliches rotes Gesicht gemacht hatte.

Die Blonde hatte HP etwas aus dem Tritt gebracht, aber Gonzo winkte ihn rein in die Wohnung. »Meine Güte, heute geben sich die Leute ja die Klinke in die Hand. Willst du einen Kaffee? Bin gleich wieder da«, sagte Gonzo und stellte zwei Kaffeebecher auf den Glastisch im Wohnzimmer.

HP sah sich um. An den Wänden hingen Konzertplakate von Veranstaltungen, die Gonzo früher mal mit seiner Agentur organisiert hatte. Er kannte keinen einzigen der Bandnamen.

Erwartungsgemäß war Gonzos Wohnzimmer ziemlich unaufgeräumt, aber dabei deutlich lässiger als HPs Stube. So ein riesiges schwarzes Ledersofa und einen coolen Glastisch hätte HP früher auch gern gehabt. Aber er hatte sich nie dazu durchringen können, mal modernere Möbel zu kaufen. Stattdessen saß er zu Hause immer noch auf Tante Inges potthässlichem Sofa in Eiche rustikal, das ihm seine Mutter bei seinem Auszug vor über 20 Jahren besorgt hatte. Und weil er mit seinen

Sachen geradezu zwanghaft pfleglich umging, würde das olle Sofa auch noch 50 weitere Jahre halten. Gonzos Ledersofa dagegen roch nach altem Leder, Bier und Nikotin - cool halt.

Gonzo hatte sich jetzt angezogen und setzte sich auf den Sessel.

»Kann losgehen mit der Firma«, sagte HP stolz und reichte seinem künftigen Partner die Genehmigung für eine Nebentätigkeit. Gonzo ließ den Blick flüchtig über das Schreiben gleiten. »Kann man das nicht auch verständlich aufschreiben?«, meinte er kopfschüttelnd.

»Geil, oder?«, sagte HP und war ein wenig enttäuscht, dass sein Freund nicht erkannte, wie er sich diese Genehmigung unter Aufbietung aller Kräfte erkämpft hatte.

»Bestens«, bestätigte Gonzo und überflog noch einmal stirnrunzelnd das Schreiben. »HPG Gartenbau. So nennen wir uns«, sagte er schließlich grinsend.

»Dazu müssen wir erstmal eine GbR gründen.«

»Eine was?«

»Eine Gesellschaft bürgerlichen Rechts. Eine GmbH kriegen wir bestimmt nicht hin«, meinte HP und überlegte.

»Von mir aus«, sagte Gonzo lachend. »Du machst das schon. Ich besorg das Equipment.«

»Du beantragst erstmal Existenzgründerförderung«, entschied HP. Als er Gonzos ratlosen Blick sah, schüttelte er den Kopf. »Vergiss es einfach. Ich regel das.«

Gonzo stand auf und suchte nach seinen Zigaretten.

»Wie konntest du eigentlich früher deine Konzertagentur führen, wenn du noch nicht mal weißt, was eine GbR ist?«, fragte HP spöttisch.

Gonzo lachte. »Ich hatte damals zum Glück eine Freundin, die sich mit sowas auskannte. Als sie dann Schluss gemacht hat, wurde es etwas schwierig.«

»Apropos Freundin: War das vorhin nicht die Bedienung aus dem Brauhaus?«

Gonzo kramte in Schubladen einer Kommode. »Hast du Feuer?«

HP sah ihn nur genervt an.

»Ja, das war Dörte.« Gonzo hatte sein Feuerzeug gefunden.

»Bist du nicht sozusagen verlobt?«, fragte HP vorsichtig.

Gonzo setzte sich wieder. »Ach so, nee. Das hat sich schon länger erledigt.«

HP guckte skeptisch, aber Gonzo zuckte nur die Schultern.

»Ich wollte heute mal bei Jahnke vorbei gucken. Kommst du mit?«, fragte Gonzo.

»Klar«, meinte HP, obwohl ihm bei dem Gedanken etwas mulmig war. Er hasste Krankenbesuche und die Visiten bei seiner Mutter reichten ihm eigentlich. Aber Jahnke war andererseits ja jetzt so eine Art Freund.

»Wie geht es ihm?«, fragte HP zögernd, als sie auf den Parkplatz der Klinik fuhren.

»Werden wir sehen.«

Als sie kurze Zeit später vor dem Bett von Jahnke standen, brauchte HP ein paar Minuten, um sich von dem Schock zu erholen. Ihr Freund lag abgemagert und bleich in seinem Bett, die Augen tief in den Höhlen. Seine Hüfte und das rechte Bein waren eingegipst und er konnte sich kaum rühren. Dass Jahnke hier bald wieder rauskommen würde, war völlig abwegig.

»Tja Jungs, jetzt bin ich endgültig im Arsch«, sagte Jahnke heiser.

»Na ja«, meinte Gonzo abwehrend.

»Jetzt kann ich nicht mal mehr laufen, hier gibt es nichts zu saufen und keine Kippen.«

»Wird schon wieder«, sagte Gonzo munter. »Wir haben beschlossen eine Firma zu gründen. Dabei musst du uns helfen.« Er erzählte Jahnke von ihrer Idee und HP war froh, dass er sich mit sinnlosem Geschwafel über GbRs und GmbHs und Nebentätigkeitsgenehmigungen am Gespräch beteiligen konnte.

Jahnke nickte HP skeptisch zu. »Du weißt, worauf du dich einlässt, oder?«

HP wurde rot und grinste blöde.

»Mit Gonzo etwas solides Geschäftliches zu machen, ist genauso sinnvoll, wie den Papst zum Abtreibungsarzt zu machen. Sag nicht, ich hätte dich nicht gewarnt.«

HP und Gonzo lachten befangen.

»Wie geht es weiter? Wann kannst du hier raus?«, fragte Gonzo.

Jahnke lachte bitter. »Was weiß ich? Aber ist auch scheißegal. Was soll ich draußen? Als Krüppel kann ich ja nicht mal mehr in die Kneipe gehen, um mein Bier zu verschütten. Und das Stadion kann ich auch vergessen.«

»Sag Bescheid, wenn wir dich abholen sollen.« Gonzo stand auf und suchte was in seinen Taschen.

»Nee, ich hab weder dein Handy noch deinen Autoschlüssel«, sagte HP und stand ebenfalls auf. Er wollte hier lieber früher als später weg.

»Mach's gut. Sag einfach Bescheid, wenn es hier zu doll wird.« Jahnke klatsche matt ihre Hände ab.

»Arme Sau«, meinte Gonzo auf dem Weg zum Auto.

#

Irgendwas war anders geworden, bemerkte HP. Er saß mal wieder in der Antragsannahme und hatte sich gerade von einem jammernden Mittfünfziger ohne jede berufliche Perspektive vollsülzen lassen müssen. Sonst war er nach solchen Gesprächen immer angefressen, aber jetzt arbeitete er sein Pensum mit routinierter Sorgfalt ab. Er ärgerte sich kaum noch über nervige Antragsteller und missgünstige Kollegen. Vielleicht bildete er sich das auch nur ein, aber es schien ihm, als wenn die Kollegen ihn nicht mehr ganz so spöttelnd und herablassend anguckten, seitdem er seine Nebentätigkeit durchgesetzt hatte. Okay, Siggi Hansen frotzelte immer noch wie gewohnt, aber Becker machte einen stummen Bogen um ihn und ließ ihn weitgehend in Ruhe.

Bevor er den nächsten Antragsteller hereinrief, nahm er sein neues Smartphone aus der Tasche. Er freute sich wie Bolle, dass er sich neuerdings mit Gonzo WhatsApp-Nachrichten schickte, so wie es heute alle halbwegs modernen Leute untereinander taten. Noch vor Kurzem hätte er gar nicht gewusst, was er damit gesollt hätte. Seiner senilen Mutter Nachrichten schreiben?

Er erinnerte Gonzo daran, dass er noch den unterschriebenen Antrag auf Existenzförderung von ihm brauchte. Er hatte das alles vorbereitet und Gonzo brauchte nur noch zu unterschreiben. Darauf wartete HP nun schon eine ganze Woche.

Dass Gonzo nicht auf seine WhatsApp reagierte, nervte ihn. Allerdings konnte das auch bedeuten, dass der Chaot seit Tagen mal wieder sein Handy suchte.

Und dass Gonzo manchmal tagelang nicht aufzufinden war, kannte HP ja nun auch schon.

Am Abend kreuzte Gonzo ohne Vorwarnung bei HP auf. Im Schlepptau hatte er zwei jämmerliche Gestalten, die er als Dieter und Oleg vorstellte. Die beiden waren ganz offensichtlich Schweralkoholiker, wie HP an den aufgedunsenen Gesichtern und der unglaublichen Fahne erkannte.

»Dieter und Oleg können für uns arbeiten. Sind beides Steinsetzer«, sagte Gonzo stolz. »Können wir den beiden einen kleinen Vorschuss geben? Die haben es gerade nicht so dicke ...«

HP lächelte schief. Er reichte Dieter und Oleg Bierflaschen und zog Gonzo in die Küche.

»Was soll das?«, zischte er. »Wir haben die Firma noch nicht mal gegründet und du schleppst hier schon zwei Besoffene an und willst die vorab bezahlen?«

»Na ja, die beiden reißen echt was weg. Und die haben es echt nötig ...«

»Das ist mir scheißegal«, stöhnte HP und schlug sich die Hände an den Kopf. »Ich geb doch mein Erspartes nicht für sowas aus.«

»Schon gut«, wiegelte Gonzo ab. »Die beiden hängen ja sozusagen auch nur an dem Wagen dran.«

»Welcher Wagen?«

»Ich hab günstig einen Transporter und Werkzeug geschossen. Von einem Steinsetzer, der gerade pleitegegangen ist.« Gonzo grinste stolz, hörte aber schnell damit auf, als er merkte, dass HP seine Begeisterung nicht teilte.

»Wovon willst du das bezahlen?«

»Ich dachte, von wegen Existenzförderung und so ...«

»Dann musst du das erstmal beantragen«, zischte HP. »Ich warte ewig darauf, dass du mir endlich mal den Antrag wiedergibst.«

»Hab ich das noch gar nicht?«, fragte Gonzo kleinlaut. »Geht los, geht los.«

»Und wenn du dann nach der Eintragung der Firma - ich betone, nach der Eintragung - irgendetwas einkaufst, dann sprichst du das gefälligst mit mir ab und lässt dir ordentliche Rechnungen ausstellen.«

»Geht klar«, meinte Gonzo grinsend und klopfte HP aufmunternd auf die Schulter. Gonzo ging wieder ins Wohnzimmer, trank mit Dieter und Oleg Bier und komplimentierte die beiden dann heraus. »Ich melde mich, wenn es Arbeit gibt«, sagte er zum Abschied.

Danach beförderte HP seinen Partner ins Auto und fuhr zu dessen Wohnung. Nach längerem Suchen fanden sie in einem Stapel Zeitschriften den Antrag auf Existenzförderung, den Gonzo sogleich unterschrieb.

Es herrschte Schweigen. Ein Schweigen von der schlechten Sorte, das schwer in der Luft hing. Eine gute Stunde hatten HP und Gonzo es überspielen können, hatten von der erfolgreichen Gründung ihrer Firma HPG Gartenbau erzählt, von dem ersten kleinen Auftrag, den Gonzo rangeholt und den sie an einem Sonnabend gemeinsam abgearbeitet hatten. Aber jetzt saßen sie da, starrten auf ihre Bierflaschen und fühlten sich unwohl. In Jahnkes Gegenwart konnte man sich auch nur unwohl fühlen. Von ihm war nicht mehr viel übrig. Er trug zwar nur noch einen Gips um das Bein und ein Korsett um die Hüfte, aber er sah schrecklich ausgezehrt und ungepflegt aus. Aber das Schlimmste war, dass er kaum noch etwas sagte. Seitdem Gonzo und HP ihn vor zwei Wochen aus dem Krankenhaus geholt hatten, kamen von Jahnke nur gelegentliche zynische Anmerkungen, dass er jetzt »endgültig am Arsch« sei. Nicht mal mehr würdevoll pissen gehen könne er.

Im Krankenhaus hatten sich seine Zitteranfälle durch Medikamente und Alkoholentzug etwas gelindert, aber zu Hause hatte er die Medikamente angewidert in den Müll geworfen und trank stattdessen beständig.

HP sah verstohlen zu Gonzo herüber. Selbst sein sonst so unerschütterlich optimistischer Kumpel ließ sich von Jahnkes Resignation niederdrücken. Das machte HP richtig wütend. Er hielt das nicht mehr lange aus. So leid Jahnke ihm ja tat, es reichte langsam mal mit Trübsal blasen. HP war klar, dass er das mal sagen musste, weil Gonzo das nicht tat. Aber der schien still und loyal Jahnkes Depression zu ertragen.

HP pochte das Herz mal wieder bis zum Hals. Dass er immer noch so verflucht nervös sein musste, wenn es was Ernsthaftes zu besprechen galt. Das steigerte seine Wut noch weiter. Er schwitzte und war rot.

»So geht das nicht weiter«, platzte es schließlich aus ihm heraus. »Ich finde, du musst dich endlich mal zusammenreißen!« Er sah Jahnke entschlossen an.

»Wozu?«, fragte Jahnke ruhig und nahm einen Zug von einem Joint, den Gonzo ihm mitgebracht hatte.

»Es muss doch irgendwie weitergehen. Du musst

Reha machen und mal ein bisschen kämpfen.«

Jetzt sah Jahnke ihn durchdringend an. »Und worum sollte ich kämpfen, du Komiker? Um Kohle? Um 'ne tolle Karriere? Um 'ne Scheiß-Familie?«

HP zuckte leicht die Achseln.

Jahnke funkelte ihn wütend an. »Na los, sag schon. Wozu kämpfen?«

»Weiß ich auch nicht. Vielleicht verbessert sich die Lage ja durch eine Reha«, stammelte HP und sah hilflos zu Gonzo, der eisern auf seine Flasche starrte.

»Dafür, dass ich irgendwann ohne 'nen Scheißrollator wieder in die Kneipe humpeln kann, um von meiner jämmerlichen Hartz-IV-Kohle ein Bier zu bestellen, das ich mit meinem tatterigen Parkinsonarm auf dem Tresen verschütte? Dafür, dass ich tausend Leute nerven muss, die mich mal auf die Behindertenplätze im Stadion bringen?« Jahnke hatte das alles ganz ruhig gesagt, aber jedes Wort hatte scharf wie ein Rasiermesser durch die dicke Luft geschnitten.

HP ließ sich im Sessel zurückfallen. Er wusste nicht mehr, was er sagen sollte. Er konnte jetzt ja schlecht kitschig werden und was von Freundschaft labern, für die es sich zu kämpfen lohne.

»Ihr könnt gern gehen, wenn ich euch auf den Sack gehe«, sagte Jahnke.

»Quatsch«, sagte Gonzo bestimmt und langte noch drei Bierflaschen aus der Kiste unter dem schäbigen Wohnzimmertisch.

Sie schwiegen wieder und HP spürte, dass er auch nicht gehen konnte. Jahnke war wirklich am Arsch, vollständig am Arsch.

»Ihr könnt etwas für mich tun. Irgendwann bitte ich

euch vielleicht um einen letzten Gefallen«, sagte Jahnke schließlich ganz ruhig.

»Klar«, erwiderte Gonzo sofort und auch HP nickte heftig, dankbar, dass von Jahnke endlich mal irgendwas kam. Doch dann sah er die grimmig-entschlossene Miene von Jahnke und ihm wurde heiß und kalt. Er guckte entsetzt Gonzo an.

Der drehte seine Zigarettenschachtel und nickte bedächtig. Ohne Jahnke anzusehen, sagte er: »Okay, wenn du willst ...«

HP begegnete Jahnkes fragendem Blick. Er verstand langsam und ihm schlug das Herz wild bis in den Hals. »Ich ... ich kann doch nicht ... du musst doch ...«, stammelte er.

HP pustete schwer durch. Er schwitzte. Unter dem unbeweglichen Blick von Jahnke kapitulierte er schließlich und hob hilflos die Schultern. »Okay.«

Jahnke nickte zufrieden. Er nahm seine Bierflasche und stieß mit ihnen an.

Auf dem Heimweg durch die Stadt schwiegen HP und Gonzo lange.

»Das ist doch verrückt«, versuchte HP anzusetzen. Aber Gonzo zuckte nur mit den Achseln und sagte nichts.

#

»Das schriftliche Angebot ist richtig ... doch ... ja, ich weiß, was Herr Kählert Ihnen gesagt hat ...« HP hielt sein Handy weg vom Ohr. Er konnte den aufgebrachten Herrn Butzek auch so deutlich hören, der ihm Betrug und Unehrlichkeit vorwarf. Zum Glück war die olle

Hinrichs gerade nicht im Büro und kriegte den Auftritt nicht mit.

»Nee, Herr Butzek, sie können das ja auch ablehnen«, rief HP und erntete wieder einen Schwall wüster Beschimpfungen. »Melden Sie sich einfach, wenn Sie das Angebot annehmen wollen.« Er legte schnell auf und atmete tief durch. Manchmal war sein Nebenjob mit Gonzo genauso ätzend wie eine Woche Antragsannahme.

Er rief Gonzo an, hatte aber mal wieder nur die Mailbox dran. »Wir müssen was Geschäftliches besprechen. Heute Abend um Acht in der Perle«, sagte er gereizt.

Ihre kleine Firma lief ganz ordentlich an - dank Gonzo. Oder vielleicht doch eher trotz Gonzo, so ganz klar konnte man das nicht sagen. In jedem Fall musste HP mal klare Kante machen, sonst lief das aus dem Ruder.

Er nahm das letzte Stück Leberwurstbrot und kippte den Rest Kaffee aus der Thermoskanne in den Becher. Sein Magen knurrte immer noch. Seitdem er an den Wochenenden und nach Feierabend oft auf den Baustellen mithalf, hatte er enormen Appetit und futterte mindestens das Doppelte von seinem üblichen Pensum.

HP fing jetzt schon immer um 6.30 Uhr morgens mit der Arbeit an, damit er nachmittags früh die Biege machen und entweder auf den Baustellen mithelfen oder die Büroarbeiten für die Firma erledigen konnte. Das frühere Aufstehen fiel ihm verdammt schwer. Sein Biorhythmus rebellierte nach 28 Jahren heftig gegen die Veränderung. Und auch Nero wehrte sich noch dagegen, um kurz vor sechs zum Pinkeln vor die Tür geschleift zu werden. Aber die Arbeit für die Firma machte ihm so viel Spaß, dass er diese Unannehmlichkeiten in

Kauf nahm. Es gefiel ihm, dass er nun richtig Verantwortung trug.

HP fuhr nach Feierabend in das Westviertel, wo Gonzo eine Auffahrt für ein Rentnerehepaar pflasterte. Aber sein Kumpel war nirgendwo zu sehen. Stattdessen fing ihn Frau Schmidt, die Auftraggeberin, ab. Sie lobte den »netten Herrn Kählert« über den grünen Klee. Sie hätten sich so nett unterhalten. HP sah stirnrunzelnd auf die Auffahrt. Konnte man sehen, dass Gonzo heute mehr mit der ollen Schmidt gequatscht hatte, als Steine zu setzen. Eigentlich musste Gonzo morgen fertig werden, damit er übermorgen, wie zugesagt, einen Gartenweg in einem anderen Stadtteil machen konnte. Das hatte HP nämlich sicher zugesagt. Auch darüber musste er mit Gonzo dringend mal reden.

Die von Frau Schmidt angebotene Tasse Tee konnte HP gerade noch mit dem Hinweis abwehren, dass er dringend noch zu einer anderen Baustelle müsse.

Das stimmte auch, er hatte heute noch eine Baustelle der anderen Art, die er dringend mal abschließen musste. Um 19 Uhr war Vorstandssitzung des Schützenvereins. War wahrscheinlich ganz gut, dass er heute ein wenig auf Krawall gebürstet war.

Er fuhr zum Schützenheim und nahm die große Tragetasche mit den sechs Ordnern vom Rücksitz, die wohlgeordnete Buchführung und die Protokolle der Gilde von 1957.

Die anderen Vorstandsmitglieder der Schützengilde saßen bereits am Tisch mit dem Vereinswimpel und tranken Bier und Korn.

»Ah, da ist er ja«, rief Hermann Oldendorf erfreut.

Willy Bahnsen guckte mit zusammengekniffenen Augen auf seine Armbanduhr. »Du bist fast zu spät, Rudi.«

»Bin ich nicht, es ist genau 19 Uhr«, erwiderte HP. »Und außerdem bin ich nicht Rudi!«

Willy zog überrascht die Augenbrauen hoch.

»Wir haben schon mal angefangen«, erklärte Kurt Richter.

»Ihr könnt aber nicht einfach früher anfangen, wenn die Vorstandssitzung für 19 Uhr angesetzt ist und der Schriftwart nicht da ist«, sagte HP gereizt.

»Wir haben bislang auch nur über das Sommerfest gesprochen«, beschwichtigte Hermann Oldendorff.

»Sommerfest?«

»Ja, wir sind einstimmig der Meinung, dass wir nach der herrlichen 67-Jahr-Feier mal ein Sommerfest machen sollten.«

HPs Miene verfinsterte sich. Er holte schweigend seinen Notizblock und die Tagesordnung aus der Tasche.

»Hast du die Sitzung schon eröffnet?«, fragte HP Willy und schrieb.

»Ja, ist hiermit eröffnet«, sagte Willy beiläufig. »Wir waren uns sicher, dass du bestimmt wieder bei der Ausrichtung der Feier ein wenig mithilfst, oder?«

HP schrieb weiter. »Bevor wir in die Tagesordnung einsteigen, möchte ich eine Ankündigung machen.«

Willy Bahnsen und Hermann Oldendorff prosteten sich zu. »So wie beim letzten Mal. Das haben wir doch gut hinbekommen«, sagte Hermann Oldendorff jovial.

»Wir?«, fragte HP gepresst. Er schüttelte sich. »Ich würde gern eine Ankündigung machen.«

»Da ist doch bestimmt noch etwas in der Kasse, o-der?«, fragte Kurt Richter. »Ich meine, für das Sommer-fest, nicht wahr?«

HP atmete tief durch und schloss die Augen. Die drei alten Männer äußerten ihre Ideen, was sie bei dem Sommerfest alles machen wollten. Saufen auf Vereins-kosten vor allem, das hörte HP noch. Mehr drang nicht mehr durch. »Halt stopp!« rief er und schlug mit der Hand auf den Tisch.

»Was hat er?«, fragte Willy Bahnsen überrascht Kurt Richter.

HP stand auf. »Bevor ihr die Planung für euer tolles Sommerfest weiter vorantreibt, möchte ich was sagen!«

Willy Bahnsen runzelte die Stirn. »Immer schön der Reihe nach.«

Oldendorff und Richter nickten zustimmend.

HP setzte sich wieder und ärgerte sich, dass er wieder knallrot geworden war und vor Aufregung schwitzte.

»Wir waren doch übereingekommen, dass wir die Organisation des Sommerfestes in die bewährten Hände von ...«, Bahnsen musste einen Moment überlegen, »... Hans-Peter legen, oder?«

HP hatte die Schnauze voll. Er hatte sich seinen Auf-tritt heute so schön vorgestellt. Wie er eine flammende Anklage halten und dann aus dem Saal rauschen würde. Nicht mal das gönnten ihm die blöden Schützenopas.

HP riss einen Zettel aus dem Block und begann zu schreiben: »Hiermit trete ich, Heinz-Peter Vollwert, mit sofortiger Wirkung als Kassenwart und Schriftwart der Schützengilde zurück. Gleichzeitig erkläre ich meinen Austritt aus dem Verein. Mit sportlichen Grüßen, Heinz-Peter Vollwert.«

»Rudi, nun sag doch mal was«, bellte Willy Bahnsen gerade. HP schob ihm wortlos das Blatt hin, das der Vorsitzende mit zusammengekniffenen Augen las.

HP hob die schwere Tasche mit den Ordnern auf den Tisch. »Hier sind die Kassenordner sowie die Protokollordner mit sämtlichem Schriftverkehr der letzten acht Jahre. Die übergebe ich ordnungsgemäß dem 1. Vorsitzenden.« Er schob die Tasche zu Willy Bahnsen rüber.

Die drei Alten sahen ihn entgeistert an. HP zog seine Jacke an.

»Aber was ist mit dem Sommerfest?«, fragte Kurt Richter, als HP schon die Tür erreicht hatte.

HP drehte sich um, sein Kopf glühte. »Euer Sommerfest könnt ihr euch ...«, schrie er. Dann winkte er wütend ab und drehte sich ein wenig zu schwungvoll um, so dass er mit der Schläfe gegen die Türkante knallte.

Er taumelte nach draußen und spürte gleich die Schwellung an der Stirn. Scheißspiel! Er wusste nicht genau, ob er wütender über die senilen alten Säcke war oder darüber, dass er seinen dramatischen Abgang verpatzt hatte.

Reichlich angefressen fuhr HP in die Stadt. Natürlich fand er keinen Parkplatz in der Nähe der Perle. Aber diesmal schiss er in seiner Wut auf Verbote und parkte seinen Wagen das erste Mal in seinem Leben im Halteverbot in einer Seitenstraße.

Natürlich war Gonzo um acht Uhr nicht in der Perle. HP versuchte ihn nochmal anzurufen, aber es war wieder nur die Mailbox dran. In seiner Wut bestellte sich HP einen Scotch-Cola und wurde noch wütender, als er sich beim ersten Schluck daran erinnerte, dass er das Zeug schon als Jugendlicher nicht gemocht hatte. Damals musste man einfach Scotch trinken, wenn man dazugehören wollte. Und so hatte er sich damals das Zeug einmal reingewürgt. Der Effekt war aber nicht gewesen, dass er zu den biberstarken Typen in der Klasse gehört hatte. Im Gegenteil. Bei einer Klassenfete hatte er den Schulhof vollgekotzt und mächtig Ärger von der Lehrerin und dem Hausmeister bekommen.

HP schob den Scotch verdrossen beiseite und trank lieber wieder Bier. Als er gerade ausgetrunken hatte und gehen wollte, kam Gonzo mit einer langhaarigen Blondine zur Tür herein. Die Blonde umarmte Gonzo und ging wieder.

Gonzo holte sich ein Bier und kam zu HP herüber. Er grinste versonnen und schaute nochmal zur Tür, wo die Blonde verschwunden war.

HP brodelte vor sich hin und sagte nichts.

»Musste gerade noch was regeln«, meinte Gonzo und guckte auf die Uhr. »Oh ...« Er zuckte entschuldigend die Schultern.

Dann explodierte HP. Er hielt Gonzo eine Gardinenpredigt, dass er sich gefälligst an Zeitpläne halten solle, dass er mit seinen wahnwitzigen Zusagen an Herrn Butzek ihre Firma gleich zum Start fast ruiniert hätte, dass er verdammt nochmal pünktlich und zuverlässig auf Baustellen erscheinen müsse, weil man sonst keine seriöse Planung und Abrechnung erstellen könne und dass er, Gonzo, ihn, HP, andernfalls gepflegt am Arsch lecken könne!

Gonzo guckte die ganze Zeit zerknirscht auf sein Bierglas. »Okay, mach ich«, sagte er schließlich und guckte HP treuherzig an.

»Du bist ein bekloppter Chaot, Andreas Kählert!«

»Stimmt.« Gonzo grinste schuldbewusst wie ein Grundschüler.

HP schnappte nach Luft, wollte ihm noch was an den Kopf werfen, aber es fiel ihm nichts mehr ein. Scheiße, wieso konnte man auf diesen naiven Kerl nicht dauerhaft sauer sein.

Dass Heinz-Peter Vollwert sich kurzfristig mal drei Tage frei nahm, hatte es in den vergangenen 28 Jahren in der Arbeitsagentur noch nie gegeben. Gruppenleiter Becker konnte seinen Antrag nicht ablehnen, da HP seit Jahren die Obergrenze von 50 Überstunden angesammelt hatte. Nachdem HP seinen Nebenjob durchgesetzt hatte, war Becker kurzzeitig verstimmt gewesen, aber inzwischen schleimte er wieder rum, weil er HP für die kniffligen Fälle brauchte.

Und so zog HP an diesem Dienstag seine staubigen Arbeitsklamotten an und betrachtet sich im Spiegel. Sah irgendwie lässig aus. Noch vor Kurzem waren HP das ganze Handwerkergesocks in ihren verschlissenen dreckigen Klamotten und mit den derben Händen zuwider gewesen. Aber inzwischen gefiel es ihm. Sah so anpackend und nach echter Arbeit aus.

Die drei freien Tage hatte HP sich genommen, weil Gonzo letzte Woche einen größeren Auftrag rangeholt hatte. Bei einer Neubauvilla sollten sie die Einfahrt, Terrasse und Wege mit edlem Pflaster legen und HP wollte mithelfen. Ein guter Auftrag, wie HP errechnet hatte: Obwohl sie erstmals Dieter und Oleg zu Hilfe nahmen, würde ein hübscher Verdienst übrigbleiben. Dass Gonzo unbedingt die beiden versoffenen Gestalten engagieren wollte, war HP zwar nicht recht, aber er hatte auch keine Alternative. Und die beiden waren günstig zu haben.

Der protzige Neubau der Villa machte HP ein wenig nervös. In solchen Gegenden war er noch nie unterwegs gewesen. Seine Eltern hatten sich damals mühsam ein 50er-Jahre-Siedlungshaus zusammengespart.

Noch nervöser machte es ihn allerdings, dass außer dem Architekten noch keiner da war.

»Herr Kählert ist bei uns der Experte, er wird bestimmt gleich kommen«, entschuldigte sich HP, als der Architekt ihm die Details erklären wollte.

»Hören Sie, ich hab nicht den ganzen Tag Zeit«, knurrte der Mann und schüttete HP mit vielen Fachbegriffen und Anweisungen voll. HP zog schnell seinen kleinen Notizblock aus der Tasche und kritzelte hektisch mit, was der Architekt von sich gab.

»Ich muss jetzt weiter. Morgen früh möchte ich gute Fortschritte sehen. Ich stehe bei dem Bauherrn im Wort.«

HP nickte eifrig und schwitzte vor Aufregung.

Als der Architekt in seinem 7er BMW weggebraust war, holte HP das Handy raus und wählte Gonzos Nummer. Wie immer ging nur die Mailbox ran.

HP raufte sich die Haare. Es war zum Verzweifeln mit seinem Partner. Alle zehn Minuten rief er wieder bei Gonzo an, bis sein Akku schließlich leer war. Er hätte heulen können bei dem Gedanken, dass sie ihren ersten richtig lukrativen Auftrag sang- und klanglos in den Sand setzen würden. Er sah die vielen Paletten mit den teuren Pflastersteinen, die bereitstanden. Ihr gesamtes bescheidenes Eigenkapital steckte da drin - genau genommen HPs sämtliche Ersparnisse.

Es war schon nach Mittag, als HP sich in seiner Verzweiflung entschloss loszufahren. Wohin wusste er auch nicht. Gonzo suchen, egal, Hauptsache irgendwas tun. Von einer Nachbarbaustelle hatten ihm die Maurer schon blöde Sprüche zugerufen, weil er nur doof in der Gegend herum stand.

Gerade als er losfahren wollte, kam der alte schedderige Pritschenwagen, den Gonzo für die Firma gekauft hatte, die Straße runter. HP sprang aus seinem Wagen und lief ihm entgegen.

Gonzo fuhr freundlich grüßend an HP vorbei und parkte den Wagen, der einen großen Anhänger mit Sand und Schubkarren zog. Bevor HP etwas sagen konnte, reichte er einen Döner und ein Sixpack aus der Tür. »Wir haben Mittag mitgebracht.«

HP schnappte nur nach Luft.

Oleg und Dieter stiegen ebenfalls aus. Ihre glasigen Augen und die Kornflasche, die aus einem Stoffbeutel lugte, verhießen nichts Gutes.

Gonzo setzte sich auf eine Palette Pflastersteine und packte seinen Döner aus. HP stand immer noch sprachlos da.

»Keinen Hunger?«, fragte Gonzo.

»Ich hab tausendmal versucht, dich anzurufen«, zischte HP.

Gonzo tastete in seiner Jackentasche. »Wo ist das blöde Ding nur wieder?«

»Alter, es ist schon nach zwölf. Und wir sollten heute Morgen hier anfangen!«

»Ist ja gut. Reg dich nicht auf. Wir hatten noch was

zu regeln. Und du warst doch pünktlich wie immer da.«

Jetzt konnte HP nicht mehr an sich halten und zählte seinen Partner mal wieder nach Strich und Faden aus. Gonzo hörte sich den Anschiss Döner essend an und zuckte immer wieder entschuldigend die Achseln. Oleg und Dieter nahmen kräftige Schlucke aus der Kornflasche.

»Wie gesagt, wir hatten noch was zu erledigen«, meinte Gonzo und aß in aller Seelenruhe auf, während HP wütend vor ihm auf und abging.

Gonzo rülpste einmal, machte sich ein Bier auf und nahm einen kräftigen Schluck. »So, dann wollen wir mal.« Er warf Oleg und Dieter zwei Schaufeln zu und sagte HP, er solle die Schubkarren vom Anhänger nehmen.

HP wusste nicht so recht, ob er jetzt froh sein sollte, dass es endlich losging, oder ob er immer noch stinksauer über Gonzos Leichtfertigkeit sein sollte. Aber schon nach einer Stunde legte sich seine Wut, denn Gonzo und die beiden Schnapsleichen arbeiteten mit einer beeindruckenden Gleichmäßigkeit vor sich hin. Während er selbst alle fünf Minuten schnaufend die Schaufel für eine Minute abstellen musste, wuchtete Oleg eine gehäufte Karre Sand nach der anderen auf die Einfahrt, wo ihn Gonzo mit der Schaufel kraftvoll verteilte. Dieter hatte den höllisch lauten Rüttler angeworfen und zog das schwere Gerät stoisch über den Sand.

»Wie sieht es mal mit 'ner Pause aus«, keuchte HP nach zwei Stunden. Aber die anderen drei machten keine Anstalten, ihre Arbeit zu unterbrechen. Erst als der gesamte Sand vom Hänger war, zündete sich Gonzo eine Zigarette an. »Ich hol jetzt Makulatursand«, sagte er zu Dieter und Oleg.

Als Gonzo weg war, machten sich die beiden Helfer nach nur einer Zigarette und einem Schluck Korn wieder an die Arbeit. Mit einer großen Sackkarre verteilten sie Bordsteine entlang der Auffahrt. HP half ihnen dabei, aber nach wenigen Minuten streikten sein Rücken und die Oberarme. Er war ein bisschen beschämt, denn Oleg mit seiner ausgemergelten Gestalt und der dicke Dieter nahmen mühelos in gebückter Haltung die schweren Steine in die Hände, während HP unter größter Anstrengung Sand und Zement in eine Mischmaschine schaufelte.

Um 18 Uhr konnte HP einfach nicht mehr. Seine Arme hingen ihm nur noch schlaff herunter und er musste sie mit äußerstem Willen zwingen, die nächste Schaufel in den Mischer zu schleudern. Außer einer weiteren Zigarettenpause hatten die drei anderen ohne Unterbrechung weitergearbeitet. Der Untergrund der Auffahrt war glattgezogen und verdichtet, die Bordsteine eingemörtelt.

»Reicht für heute, oder?«, fragte HP und versuchte, dabei locker zu klingen.

»Nee, ist doch noch hell genug«, meinte Gonzo. »Die Steine auf der Auffahrt legen wir noch.« Oleg und Dieter verzogen keine Miene, tranken Korn und klotzten weiter rein.

Als es um Halbzehn endlich stockfinster wurde, erlöste Gonzo seinen Partner. »Den Rest machen wir morgen.« Die Auffahrt war fast fertig. HP dagegen war fix und fertig.

Gonzo reichte ihm ein Bier rüber, das HPs schlappen Hände kaum halten konnten. »Tüchtig«, grinste er und lehnte sich an die Motorhaube des Transporters.

»Was hältst du von einem kleinen Absacker in der Perle?«

HP lachte nur hysterisch auf. Am Abend schlief er ungeduscht auf seinem Sofa ein. Er hatte nicht mal mehr was essen können.

6

Selten hatte HP sich ein Wochenende dringender herbeigesehnt als jetzt. Diesen Freitag guckte er alle zehn Minuten auf die kitschige Wanduhr hinter der ollen Hinrichs. Er spürte jeden einzelnen seiner Knochen und hatte das Gefühl, dass die Schmerzen in seinem Körper seinen Kopf vollständig blockierten. Zum Glück hatte er heute nichts Dringendes auf dem Schreibtisch.

Die letzten drei Tage auf dem Bau waren für ihn als Sesselpuper einfach die Hölle gewesen. Schon Mittwochmorgen hatte er das Gefühl gehabt, nie wieder aufstehen zu können. Aber irgendwie war es dann doch gegangen. Gonzo, Oleg und Dieter waren zwar jeden Tag zu spät gekommen, aber trotzdem waren sie schon am Donnerstagabend bei Anbruch der Dunkelheit mit der Auffahrt und der Terrasse der Villa fertig geworden. Die übrigen Wege würden die drei heute oder am Sonnabend fertigbekommen. Der Architekt hatte sogar ein Lob für ihre Arbeit geknurrt.

Am Wochenende konnte HP dann die Rechnung fertigmachen, und er freute sich schon darauf. Noch mehr freute er sich aber darauf, den Rest des Wochenendes auf dem Sofa zu liegen und nichts zu machen.

Aber erst einmal musste er diesen Freitag um die Ecke bringen. Noch zwei Stunden durchhalten. Früher gehen war nicht drin, er hatte sich ja schon drei freie Tage in der Woche genommen. Also starrte er abwesend auf seinen Bildschirm und täuschte Arbeit vor.

»Herr Vollwert, wie war das noch mit diesen Verfügungen?«

HP brauchte ein paar Sekunden, um zu verstehen, dass die olle Hinrichs an seinem Tisch stand und ihm einen Zettel hinhielt.

»Was musste da noch in die Rechtsbehelfsbelehrung rein?«, fragte sie.

HP sah auf das Blatt Papier. Es war eine eher selten vorkommende Verfügung. Müsste er nachgucken. Die Nummer der Dienstanweisung würde ihm bestimmt einfallen, wenn er jetzt nachdenken könnte. Aber er sah nur in das eingefallene Gesicht seiner Kollegin, die ungeduldig auf die Antwort wartete. Normalerweise bekam man bei Heinz-Peter Vollwert immer gleich Antwort. Oder er suchte die Antwort schnell heraus - innerlich grollend über die Inkompetenz seiner Kollegen.

»Keine Ahnung«, sagte HP. Er war jetzt einfach zu müde. Die olle Hinrichs konnte ja auch mal selbst was nachschlagen.

Sie guckte ihn an, als hätte er sie gerade sexuell belästigt.

»Ich weiß es gerade nicht. Frag Becker«, seufzte HP unwillig.

Hinrichs zog die hängenden Mundwinkel noch etwas weiter runter und ging wortlos zur Tür hinaus. An normalen Tagen reichte so eine kleine Konfrontation aus, um bei HP höchsten Tomatenalarm auszulösen. Aber diesmal wurde er nicht rot, wahrscheinlich war er selbst dafür zu kaputt.

Er schreckte hoch, als sein Handy klingelte. Gonzo. Da war doch hoffentlich nichts schiefgelaufen auf der Baustelle?

»Alles klar bei euch?«, fragte HP besorgt.

»Was? Ja, alles lotrecht. Ich wollte Bescheid sagen: Wir müssen morgen Nachmittag nach Hamburg.« Gonzo hatte mal wieder diesen Tonfall, wenn er nicht mehr ganz nüchtern war.

»Wieso Hamburg? Seid ihr fertig?« HP konnte eine gewisse Verzweiflung nicht verbergen. Die olle Hinrichs war zurück und sah ihn verkniffen an.

»Morgen früh sind wir durch. Kannst du beim Abräumen helfen? Dann können wir rechtzeitig los nach Hamburg.« Gonzo lachte und man hörte Flaschen klirren.

»Nee, kann ich nicht. Ich muss Papierkram machen«, sagte HP und schüttelte sich bei der Vorstellung, morgen schon wieder Steine, Zementsäcke und Maschinen zu schleppen. »Und wieso Hamburg?«

Eine Pause trat ein. »Ist gut, ich hol dich um 13 Uhr ab.«

»Was soll ich in Hamburg?« rief HP. Die olle Hinrichs schüttelte missbilligend den Kopf.

»HSV gegen Frankfurt. Sag mal, hast du mein Portemonnaie zufällig mitgenommen?« Rascheln war zu hören.

»Was soll das? Ich will nicht zum Fußball!« HP schlug die freie Hand vor die Augen. Das konnte doch alles nicht wahr sein.

»Na mit Jahnke. Dachte, dass ihn das bestimmt aufmuntert. Hab schon Karten geordert.«

HP seufzte. »Aber er kann doch kaum laufen. Wie soll das gehen?«

»Geht schon«, meinte Gonzo. »Oh, ich muss Schluss machen. Bis morgen.«

HP sackte auf seinem Stuhl zusammen. Statt eines schönen Wochenendes auf dem Sofa sollte er sich mit irgendwelchen Vollprolls in einem Fußballstadion rumschlagen.

Er erinnerte sich noch zu gut an seinen ersten und einzigen Stadionbesuch. Musste in der zehnten Klasse gewesen sein, als er mit den anderen Jungs aus seiner Klasse nach Hamburg ins Stadion gefahren war. Genau genommen war er nicht mit ihnen ins Stadion gegangen, sondern hinter ihnen hergelaufen, wie immer, wenn er mal den Anschluss suchte. HP konnte sich nicht mehr genau erinnern, ob Jahnke auch mit dabei gewesen war. Jedenfalls standen sie dann auf der Tribüne und weil das Spiel so scheißlangweilig war, warf einer aus dem Nebenblock seinen halbvollen Bierbecher in hohem Bogen herüber. Dort standen mehrere hundert Leute, die der Becher hätte treffen können. Aber er traf wie selbstverständlich HP. Und weil es ein guter Wurf war, sozusagen die Mutter aller Bierbecherwürfe, war auf dem langen Flug kein Tropfen verloren gegangen und der Becher setzte mit der Bodenkante auf HPs Schulter auf, so dass sich der gesamte Inhalt vorn über das Hemd und die helle Hose ergoss. HP sah danach aus, als ob er sich in die Hose gepisst hatte und alle um ihn herum johlten. Und zu allem Überfluss hatte ein breitschultriger Typ vor ihm auch ein paar Tropfen abbekommen und schubste ihn derbe gegen ein Geländer. Die Rücktour mit scheinbar vollgepisster Hose im Bus war wahrlich kein Spaß und HP seitdem mit dem Thema Fußball endgültig fertig gewesen.

Die Hoffnung, um den Stadionbesuch herumzukommen, keimte in HP nur kurz auf, als Gonzo am nächsten Tag um kurz vor zwei immer noch nicht aufgetaucht war. Aber dann kam er doch, mit einem geliehenen 7er BMW und einem vollgekifften Jahnke auf dem Beifahrersitz. Mit Tempo 200 rasten sie Richtung Hamburg und HP versuchte schweißgebadet die Vorstellung zu verdrängen, dass Gonzo heute Morgen mit Oleg und Dieter bestimmt nicht nur Kaffee beim Abräumen der Baustelle getrunken hatte.

Sie schafften es tatsächlich noch einigermaßen rechtzeitig zum Spiel, weil Gonzo bei den Security-Typen einen Behindertenausweis gezückt und einen Parkplatz ganz in der Nähe des Stadions bekommen hatte.

»Wo hast du den her?«, fragte HP verwundert. Gleich danach ärgerte er sich schon über seine naive Frage und das dreckige Lachen von Jahnke.

»Gefunden, was sonst?«, meinte Gonzo unschuldig. Immerhin lachte Jahnke mal wieder, wenn auch auf HPs Kosten.

Eigentlich mussten sie rennen, wenn sie noch rechtzeitig zum Anpfiff auf ihren Plätzen sein wollten. Aber Jahnke stakste unsicher mit verbissenem Gesicht den Weg vom Parkplatz zum Eingang. Er hatte zwar keinen Gips mehr, war aber erschreckend klapprig. Für die fünf Treppenstufen vor dem Eingang brauchte er fast eine Minute und keuchte. Aber er ignorierte grimmig die Rampe für die Rollstuhlfahrer.

HP wartete oben an der Treppe und versuchte gleichmütig zu gucken. Er hasste solche Situationen, in denen man auf Krampf normal gucken musste. So wie vor einigen Jahren, als Becker ihn und seine Kollegen dazu vergattert hatte, bei einem Aktionstag einen »netten Tag« mit einer Gruppe Schwerst-Mehrfachbehinderter zu verbringen. Wie sie dann dämlich und verkrampft lächelnd dem sabbernden Gestammel der Behinderten zugehört hatten, weil man ja kein Mitleid haben, sondern einfach das »Anderssein« akzeptieren sollte. Und wie sie alle tierisch angespannt und schuldbewusst waren, weil es völlig unmöglich war, kein Mitleid mit diesen armen Teufeln zu haben. Und genauso stand er jetzt da und nickte Jahnke zu, der mühsam fünf lächerliche Stufen hinaufkletterte.

Im Innenraum der Tribüne besorgte Gonzo erst mal ein Bier zur Stärkung und HP war froh, dass er irgendwas in die Hand bekam. Man hörte den Anpfiff im Stadion und das Aufbrausen der Gesänge. Jahnke schwieg und führte zittrig seinen Becher zum Mund. Gonzo schwieg und auch HP sagte nichts. Er hätte am liebsten weglaufen mögen.

Sie mussten jetzt noch zwei steile Treppen zu ihren Plätzen hoch.

»Soll ich halten?«, fragte Gonzo.

»Quatsch«, knurrte Jahnke und hielt den Bierbecher noch fester in der Hand. Er machte sich an die ersten Stufen und stieg langsam und verbissen Stufe um Stufe. HP ging hinter ihm. In dem öden Betontreppenhaus konnte er nicht anders, als seinem Kumpel zuzusehen, wie er mühsam die nicht mehr richtig gehorchenden Füße Stufe auf Stufe setzte. Plötzlich blieb Jahnkes Fuß an einer Stufe hängen. Der Bierbecher fiel klatschend zu Boden und HP konnte Jahnke gerade noch auffangen, bevor der hinfiel.

»Scheiße«, fluchte Jahnke gepresst und riss sich von HP los, der ihn immer noch am Arm hielt.

HP traute sich nicht zu fragen, ob alles in Ordnung war. Gonzo schaffte es immer noch, ein unbefangenes Gesicht zu machen.

Als sie es endlich auf ihre Plätze geschafft hatten, waren bereits 20 Minuten des Spiels vorüber. Gonzo ging nochmal los, um neues Bier zu holen. Als HP gerade seine Jacke ausziehen wollte, packte ihn Jahnke am Arm.

»Bist du bescheuert. Behalt die lieber an«, sagte er und schüttelte mitleidig den Kopf.

»Wieso, ist doch warm hier.«

»Heinz-Peterle, Heinz-Peterle, wie kann man nur so blöd sein. Geht zu einem HSV-Spiel gegen Frankfurt in die HSV-Fanzone und trägt ein rotes Hemd.« Jahnke lachte spöttisch. Erst jetzt fiel HP auf, dass alle um ihn herum irgendwie in blau-weiß-schwarz gekleidet waren und dass die gegnerische Mannschaft rote Trikots trug. Er wurde so rot wie sein Hemd und sah sich unsicher um. Diese Fußballfans machten ihm Angst.

HP verstand nicht viel von Fußball. Aber nicht nur an dem anhaltenden Geraune und Gestöhne der Fans konnte er erkennen, dass es kein sonderlich gutes Spiel war. Nach HPs Gefühl hatten die Hamburger fast nie den Ball und wenn, dann bolzten sie ihn völlig unkontrolliert gleich wieder weg. Jahnke saß still und zusammengesunken auf seinem Platz und hielt verkrampft seinen neuen Bierbecher fest. Fasziniert beobachtete HP, wie Jahnkes rotunterlaufenen Augen hellwach jeder Bewegung auf dem Platz folgten und sein Gesicht beständig arbeitete.

Gonzo hatte offensichtlich trotz des schlechten Spiels seinen Spaß, denn er flachste mit einer propperen Frau herum, die vor ihm saß. Beim Lachen wippten ihre großen Brüste herum, die sich unter einem HSV-Trikot wölbten. Gonzo beugte sich vor und flüsterte ihr was ins Ohr, woraufhin sie lachend den Kopf schüttelte.

Die Halbzeit war eine Tortur. Während sich Gonzo mit der Propperen verzogen hatte, saß HP schweigend mit Jahnke herum. Verzweifelt suchte er nach einem Small-Talk-Thema, aber es fiel ihm nichts ein. Auch über das öde Spiel wusste er nichts zu sagen. Jahnke saß eingesunken da, zittrig und verbittert.

In der Zweiten Halbzeit wurde es noch grausamer, denn Frankfurt schenkte den hilflosen Hamburgern drei Gegentore ein und verballerte gefühlte weitere 20 Chancen. Irgendwann schielte HP zu Jahnke hinüber, der unbeweglich dasaß. Das Feuer in seinen Augen war erloschen und er sah teilnahmslos dem Treiben zu. Selbst Gonzo hatte aufgehört, mit der Propperen zu flirten. Quälend langsam verging die Zeit. Als der Schiedsrichter endlich abpfiff, war HP erleichtert und sprang auf. Weder Gonzo noch Jahnke fielen in das gellende Pfeifkonzert ein. Gonzo erhob sich langsam und Jahnke blieb starr sitzen.

Der Rückweg zum Auto war genauso mühsam wie der Hinweg. Auf der gesamten Rücktour sprachen sie fast kein Wort. Während Gonzo gleichmütig über die Autobahn bretterte, regte sich der völlig erschöpfte Jahnke nicht, wollte nicht mal was trinken oder rauchen.

»Das war's.« Der kurze Satz hing schwer im Innenraum des Wagens. Aber niemand sprach ihn aus.

#

HP kaute nachdenklich auf seinem Kugelschreiber und verglich nochmal die Zahlen auf den Belegen mit der Excel-Tabelle auf seinem Bildschirm. Stimmte alles. Die Zahl am Ende seiner Abrechnung war äußerst erfreulich. Selbst wenn HP mal die Rücklagen für die Vorsteuer abzog, blieb bei ihrem Unternehmen schon nach einigen Monaten ein erstaunliches Sümmchen übrig. Er schmunzelte vor sich hin. Gonzo war ein hoffnungsloser Chaot, keine Frage. Wie oft hatte er mit detektivischen Mitteln nachverfolgen müssen, wofür Gonzo was ohne Beleg ausgegeben oder eingenommen hatte. Und schon viel zu oft musste er Auftraggeber beschwichtigen, wenn Gonzo mal wieder unzuverlässig war und plötzlich für Tage verschwunden war. Aber auf der anderen Seite: Wenn Gonzo mal mit den beiden Schnapsleichen Oleg und Dieter da war, dann rockten sie jede Baustelle in irrem Tempo. Und die Auftraggeber waren bislang fast alle sehr zufrieden.

Für den Anfang hatte er Gonzo nur ein kleines Gehalt aus den Einnahmen zugebilligt. Und wie Gonzo so war, hatte er sich auch nie über Geld beschwert. Und auch Dieter und Oleg bekamen nur so viel, wie man für die Grundversorgung mit Zigaretten und Sprit brauchte.

Inzwischen konnte HP Gonzo schon mehr Geld jeden Monat zur Verfügung stellen, ohne dass der Aufbau von Eigenkapital für die Firma ins Stocken kam. Sich selbst überwies HP nur ein paar hundert Euro jeden Monat auf sein Sparkonto. Durch seinen Job bei der Arbeitsagentur brauchte er das zusätzliche Geld gar nicht. Obwohl er seit 28 Jahren nicht gerade üppig verdiente, hatte er mehrere Zehntausend Euro angespart. Das lag nicht nur an der schrecklichen Vernunft in Gelddingen, die ihm zuhause eingebleut worden war. Es war auch so, dass HP schlicht keine gute Idee hatte, was er mit dem Geld machen sollte. Eine größere Wohnung brauchte er allein nicht. Hobbys hatte er keine, wenn man mal vom gelegentlichen Kochen absah. Aber das kostete ja auch nur wenig. Und in Urlaub fahren war nicht sein Ding. Mit 18 Jahren war er wegen eines Mädchens aus dem Schützenverein einmal mit Rainbow Tours im Bus an die Costa Brava gefahren. War das totale Fiasko, weil das Mädel ihn eine Woche mit dem Arsch nicht angeguckt und er sich gleich am ersten Tag einen fiesen Sonnenbrand geholt hatte. Wegen der Bläschen auf seinem Rücken hatte er kaum T-Shirts tragen können und die restlichen Tage allein in dem Hotel verbracht, während sich die anderen Mitreisenden jeden Tag an der Strandbar hatten volllaufen lassen.

Nein, HP war einfach ein genügsamer Typ, Geld verprassen konnte er nicht. Immerhin hatte er sich neulich mal dazu durchgerungen, Klamotten shoppen zu gehen. Und zwar nicht wie sonst immer bei C&A, sondern in trendigen Modegeschäften. Er hatte sich zwar überwinden müssen, über 300 Euro für Kleidung auszugeben, aber hinterher war es gut. Statt der langweiligen Stretchjeans und kleinkarierten Hemden hatte er jetzt ein paar verwaschene und gebraucht aussehende Jeans im Schrank, coole Knitterhemden mit farblich passenden T-Shirts darunter. Und dazu lässige Turnschuhe in grün-lila. Turnschuhe hatte er zuletzt in der Schulzeit gehabt, damals allerdings immer nur die oberpeinlichen Billiglatschen von Aldi.

HP seufzte und schenkte sich ein Glas Weißwein ein. Er mochte Wein zwar nicht besonders, aber irgendwie hatte er das Gefühl, dass das ewige Biersaufen nicht gut für ihn war. Und außerdem stand Wein ihm als Unternehmer besser zu Gesicht. Er verschränkte die Arme hinter dem Kopf und sinnierte zufrieden. Doch dann holten ihn die Würgegeräusche aus dem Flur zurück in die Realität. Ein Hund, also ein richtiger Hund, das wäre ja mal etwas, was er sich gönnen könnte, dachte er, als er die Kotze von Nero wegwischte. Aber dann müsste er ihn erstmal loswerden und das war nicht so einfach. Auch wenn Nero so oft kotzte wie wahrscheinlich kein anderer Köter im Universum, war er ziemlich zäh und machte keine Anstalten zu sterben. Wahrscheinlich war das Göbeln nur eine perfide Masche, um auf sich aufmerksam zu machen. Und HP musste zugeben, dass er sich in letzter Zeit nicht gerade intensiv um den Dackel gekümmert hatte. War doch Scheiße: Entweder nervte die Töle oder sie machte einem ein schlechtes Gewissen.

HP tätschelte Neros Kopf. Ob er seine Gedanken erahnte? Jedenfalls knurrte der Hund nicht mehr, wenn er ihn anfasste. Immerhin.

HP packte die Firmenunterlagen zusammen und guckte auf die Uhr. Verdammt, der Nachmittag war schon fast wieder rum. Und heute kam er nicht mehr daran vorbei, endlich mal wieder seine Mutter zu besuchen. Auch die hatte er, seitdem er mit Gonzo befreundet war, ein wenig vernachlässigt. Aber wie Nero hatte ja auch seine Mutter nie viel für eine harmonische Beziehung getan. Aber Mutter blieb nun mal Mutter ...

Er seufzte und machte sich auf den Weg. Diesmal hatte er keine Zeitschriften dabei. Er hätte extra beim Bahnhof vorbeifahren müssen, um am Sonntag Klatschblätter zu kaufen. Dafür war es eh zu spät und irgendwie sah er das auch nicht ein. Musste sie eben mal ohne Zeitschriften auskommen.

Im Flur von der Altenwohnanlage lief er dem Arzt der Einrichtung über den Weg.

»Herr Vollwert, gut, dass ich sie treffe. Haben Sie einen Moment für mich?«, rief Doktor Winterstein ihm hinterher.

»Klar«, sagte HP und war genervt, dass er schon wieder puterrot angelaufen war, nur weil ihm einer auf dem Flur hinterhergerufen hatte.

Winterstein bat ihn in sein Büro und erklärte ihm, dass sich der Zustand seiner Mutter leider ziemlich verschlechtert habe. »Neben den Folgen des Schlaganfalls schränkt sie auch die Demenz immer deutlicher ein«, sagte der Arzt bedauernd. Seine Mutter sei immer öfter völlig orientierungslos und bekomme alltägliche Verrichtungen immer schlechter hin.

HP machte ein betroffenes Gesicht. Er konnte zwar nicht erkennen, worin jetzt genau die Verschlechterung liegen sollte, denn so wie beschrieben war seine Mutter eigentlich schon lange.

»Sie braucht mehr Pflegezeiten, das ist eindeutig. Das heißt, sie braucht nicht nur morgens, mittags und abends Betreuung, sondern fast durchgehend. Die Frage ist, ob sie sich in der Lage sehen, mehr Zeit für die Pflege ihrer Mutter selbst aufzubringen oder ob sie dafür ausschließlich auf unsere Kräfte zurückgreifen möchten.«

Der natürliche Reflex von Heinz-Peter Vollwert war eigentlich so programmiert, dass er ohne nachzudenken sofort eingewilligt hätte, mehr Zeit für die Pflege seiner Mutter aufzubringen. War ja schließlich »Mutti«. Und egal wie sie war, da war dieses Pflichtgefühl. Aber jetzt blieb der Reflex auf dem Weg von HPs Hirn zu seinem Mund stecken.

»Ich hab keine Zeit dafür, ich arbeite ja voll und habe dann noch ein Nebengewerbe. Was kostet die zusätzliche Pflege denn?«

Dr. Winterstein verzog bedauernd das Gesicht. »Ich denke, dass sie mindestens mit den doppelten Kosten im Vergleich zu jetzt rechnen müssen.«

HP wurde heiß und kalt. Er drückte schon jetzt fast 900 Euro pro Monat für den Wohnplatz seiner Mutter ab, weil ihre Mini-Rente hinten und vorne nicht reichte.

»Sie können sich das in Ruhe überlegen. Unser Büro unterstützt sie dann gern bei den Formalitäten«, sagte Winterstein gönnerhaft und erhob sich.

Als HP das muffige Zimmer seiner Mutter betrat, war sie nicht da. Normalerweise saß sie den ganzen Nachmittag auf ihrem abgewetzten Sofa und las Zeitschriften.

»Mutti?«, rief HP.

Er hörte ein Grunzen aus dem Schlafzimmer. Seine Mutter lag mit angezogenen Schuhen und schief geknöpftem Mantel auf dem Bett und kniff die Augen zu.

»Mutti?«, fragte HP vorsichtig.

»Nein Rudolf, wir müssen morgen früh hoch«, nuschelte seine Mutter und kniff weiter die Augen zu.

»Mutti, es ist Nachmittag. Wir müssen nicht schlafen«, sagte HP hilflos und legte ihr eine Hand auf die Schulter.

»Nein, Rudolf, nein«, wehrte sich seine Mutter und schüttelte heftig den Kopf.

Er wartete einen Moment und war ratlos, was er jetzt tun sollte. Schließlich ging er auf den Flur und holte eine Altenpflegerin.

Die ältere und sichtlich gestresste Pflegerin war nicht im mindesten überrascht, HPs Mutter so im Bett vorzufinden. Sie rüttelte die alte Frau kräftig und zog sie bestimmt vom Bett hoch. »Na Frau Vollwert, waren Sie wieder unterwegs? Kommen Sie man, gibt gleich Kaffee. Ihr Sohn ist da.«

HPs Mutter ließ sich ohne Widerstand den Mantel und die Schuhe ausziehen und ins andere Zimmer zum Sofa führen. Sie war jetzt wieder ganz apathisch. Ihr rechter Arm baumelte wie ein Fremdkörper an ihr herunter.

»Hallo Mutti«, sagte HP unbeholfen, aber sie schaute ihn nur entgeistert an.

»Sie hat es heute nicht so gut«, sagte die Pflegerin zu HP und tätschelte der Alten den Unterarm.

Als die Pflegerin wieder gegangen war, sah HPs Mutter plötzlich mit klaren Augen ihren Sohn an.

»Ich werde bestohlen«, krächzte sie undeutlich, wobei ihr rechter Mundwinkel hängen blieb. »Alle bestehlen mich, Rudolf, alle«, jammerte sie und packte mit ihrer linken Hand HPs Arm.

»Mutti, ich bin Heinz-Peter. Ich bin nicht Rudi«, sagte er sanft und versuchte, seinen Arm aus ihrem Schraubstockgriff zu befreien.

Ihre Augen verengten sich und sie ließ das Grunzen hören, das HP normalerweise als Gruß deutete.

»Möchtest du eine Zeitschrift?«, fragte er und griff

eine ältere Ausgabe der »Gala« von einem Stapel auf dem Wohnzimmertisch.

Sie erkannte offenbar das Ritual, nahm ihre Brille und schlug mit zittrigen Fingern das Klatschblatt auf.

»Peter Alexander«, sagte sie und deutete auf ein Foto des englischen Kronprinzen William.

HP nickte, obwohl ihn seine Mutter schon gar nicht mehr ansah.

»Ich muss dann mal wieder«, seufzte HP und tätschelte ihr die Schulter. »Ich kümmer mich drum, dass sie häufiger nach dir gucken«, ergänzte er, aber seine Mutter beachtete ihn nicht mehr und blätterte bedächtig in der Zeitschrift, die sie bestimmt schon tausend Mal durchgesehen hatte.

»Tschüss, Mutti.« HP schloss die Tür hinter sich und atmete durch. Wahrscheinlich hatte sein strenger Vater alles richtig gemacht, indem er einfach irgendwann tot umgefallen war.

»Endgültiges Aus für die Schützengilde von 1957« las HP aus den Augenwinkeln.

»Darf ich auch mal kurz in die Zeitung gucken?«, fragte er seine Kollegin, die wie jeden Tag in der Frühstückspause ihr Salatblatt knabberte, einen undefinierbar stinkenden Tee trank und die Zeitung las. Die olle Hinrichs reichte ihm den Lokalteil.

Mit einer Mischung aus Belustigung und Sorge las HP den Artikel über die Liquidierung seines ehemaligen Schützenvereins. Inzwischen war er schon über ein halbes Jahr nicht mehr dabei - zum Glück. Denn die alten

Schützenopas hatten nicht mehr Zeit gebraucht, um den Verein endgültig zu ruinieren. Nach dem Sommerfest war es zu Liquiditätsengpässen gekommen und der Vorstand geschlossen zurückgetreten. Der kommissarische neue Vorstand hatte dann nur noch eine Insolvenz des Vereins beantragen können, der mangels Insolvenzmasse nun vollständig liquidiert wurde. In dem Artikel schoss der Insolvenzverwalter scharf gegen den ehemaligen Vorstand und Willy Bahnsen rechtfertigte sich mit wirrem Gefasel von Tradition und Ehrenamt.

HP schwitzte ein bisschen. Hoffentlich musste er sich als ehemaliger Kassenwart nicht noch rechtfertigen. Er hatte die Unterlagen sorgfältig und gewissenhaft geführt, aber ob die Übergabe der Kasse ordnungsgemäß war, da war sich HP nicht so sicher. Und die Entlastung durch die Jahreshauptversammlung hatte er in diesem Jahr natürlich auch noch nicht bekommen.

Er faltete die Zeitung wieder zusammen und konnte ein gewisses Unwohlsein nicht unterdrücken. Das fehlte noch, dass er für die versoffenen Schützengreise zur Rechenschaft gezogen wurde.

Als er gerade an seinem heißen Kaffee nippen wollte, wurde die Bürotür aufgerissen und Siggi Hansen kam fröhlich pfeifend mit einem Stapel Akten unter dem Arm herein.

»Morgen«, rief Siggi und wuchtete den Stapel in den Eingangskorb. Er hörte auf zu pfeifen und betrachtete verwundert HP. »Ich glaub, unser Heinz-Peter hat da was am Start, oder Uschi?«, wandte er sich an die olle Hinrichs. »Der trägt in letzter Zeit so komische Klamotten. Das macht man doch nur, wenn man ein Eisen im Feuer hat«, flachste Siggi.

HP wurde mal wieder tomatenrot und ärgerte sich. Was ging es diesen ewigvergnügten Hiwi an, wie er sich kleidete? Und warum ließ er sich von dem immer noch aus der Ruhe bringen?

»Sieht schick aus«, nickte Siggi anerkennend. »Wenn man so wie du 25 ist«, schob er lachend hinterher.

HP grinste gequält. Siggi zwinkerte ihm zu. »Du weißt ja, ich bin nur neidisch.«

HP trank grummelnd seinen Kaffee. Typen wie Siggi Hansen konnten einem auch alles madig machen. Dabei fühlte er sich wirklich ganz ... jung. Durch die gelegentliche Arbeit auf dem Bau war sein ganzer Körper deutlich gespannter geworden. Die Plauze und die Herrentitten waren etwas geschrumpft. Er kriegte jetzt Hemden am Bauch problemlos zugeknöpft, die er vor einem Jahr noch fast gesprengt hätte. Dafür spannten einige Hemden jetzt im Schulterbereich. HP ertappte sich morgens manchmal dabei, dass er seinen Oberkörper im Spiegel inspizierte. Okay, er war nicht unbedingt eine Adonis-Kopie, aber im Vergleich zu vorher ...

Das Telefon klingelte und HP seufzte. Die Nummer kannte er nur zu gut: Heino Tramsen. Der hatte ihm ja gerade noch gefehlt. Dem würde er es jetzt aber mal zeigen.

»Moin Herr Tramsen, wie geht es Ihnen?«, rief HP munter. Am anderen Ende der Leitung nuschelte ein offenbar besoffener Tramsen etwas. HP verstand nur »Kohle« und »aufs Maul«.

»Na da wollen wir doch mal nachschauen, was Herr Tramsen?« HP tippte an seinem Rechner und pfiff vergnügt dabei. »Oh, das tut mir leid, Herr Tramsen. Da haben wir Ihnen leider, leider eine Sperrzeit geben müssen, weil sie bei dem Bewerbertraining unentschuldigt gefehlt haben.«

HP legte den Hörer auf den Tisch und nahm einen Schluck Kaffee. Als das Gebrabbel im Hörer aufhörte, nahm er den Hörer wieder auf.

»Ja, ja, verstehe. Haben Sie sonst noch eine Frage, Herr Tramsen?«

Wieder setzte unflätiges Gemotze ein. HP klemmte den Hörer ein und bearbeitete eine Akte aus dem Eingangskorb.

»Das hab ich gerade nicht ganz verstanden. Können Sie das nochmal wiederholen, damit ich Ihnen weiterhelfen kann, Herr Tramsen?«

Tramsen wurde immer lauter und HP verstand gar nichts mehr. Irgendwann war Tramsen plötzlich weg, hatte offenbar aufgelegt.

»Schönen Tag noch, Herr Tramsen. Rufen Sie mal wieder an, wenn Sie weniger Zeit haben«, sagte HP grinsend und legte den Hörer auf.

Die olle Hinrichs guckte ihn verdattert an. HP zuckte die Achseln. »Arschlecken«, sagte er und zeigte dem Telefon den Stinkefinger.

Weil er gerade ein wenig auf Krawall gebürstet war, nahm HP gleich noch ein paar Akten mit dem Buchstaben N aus seinem vollgestopften Eingangskorb, für die er nicht zuständig war. Wahrscheinlich wieder irgendwelche komplizierten Fälle, die ihm seine bequemen Kollegen aufdrücken wollten.

Er ging in das Büro von Zeidler und Arfsten, die gerade mit Siggi Hansen quatschten.

»Die sind versehentlich bei mir gelandet«, sagte HP und versuchte beiläufig zu klingen. »Neumann und

Nissen klingt nach eurer Zuständigkeit.« Er legte die Akten in den Eingangskorb.

Die drei sahen HP verblüfft an.

»Nein, bei den Fällen wollten wir dich bitten, ob du vielleicht aushelfen könntest«, sagte Zeidler schließlich.

»Kann ich gerade nicht. Ihr könnt ja mal anfangen und ich guck dann mal drauf, wenn ihr wollt. Oder ihr fragt Becker, der ist ja schließlich für sowas da.« HP pochte das Herz bis in den Hals. Scheiß Konflikte. Aber je mehr er die Panik in Zeidlers Augen vor der drohenden Arbeit sah, desto wütender und sicherer wurde er.

»Und vielleicht hat Siggi ja irgendwann auch mal das Alphabet sicher drauf«, sagte er und zwinkerte Hansen zu. Der grinste breit.

»Mensch Heinz-Peter, du bist ja ein richtiges Tier geworden«, flachste Siggi, als sie gemeinsam auf den Flur zurückgekehrt waren. »Respekt, Respekt.« Dann schob er pfeifend seinen Aktenwagen weiter.

Ein guter Tag, fand HP. Endlich hatte er es diesen ganzen Arschgeigen mal gezeigt. War zwar irgendwie anstrengend, aber auch befriedigend. Da kam es ihm gerade recht, dass ihn Becker irgendwann in sein Büro bat und sich vorsichtig darüber beklagte, dass HP nicht mehr »so gut funktioniere«, wie er das sonst von ihm kenne. Mit anderen Worten: Becker hatte gemerkt, dass HP sich nicht mehr alles gefallen ließ und alle anderen mehr arbeiten mussten. HP hörte sich das alles belustigt an und meinte ruhig, dass er sich keiner Schuld bewusst sei, und dass Becker selbstverständlich ein Disziplinarverfahren einleiten könne, wenn HP seine Dienstpflichten vernachlässigt haben sollte. Daraufhin lenkte Becker schnell und jovial ein und meinte, er habe ja nur eine gewisse Veränderung bemerkt und ansprechen wollen.

Auf dem Rückweg in sein Büro fühlte sich HP noch ein wenig größer und breiter als bisher schon. Ein guter Tag. Vielleicht sollte er das Ganze mal auf die Spitze treiben und Teilzeit beantragen. Dann könnte er sich noch mehr um die Firma kümmern. Und seine Kollegen Arschlöcher müssten noch mehr arbeiten. Schöne Vorstellung.

Krankenhäuser fand HP schon immer Scheiße. Auch wenn sich die Kliniken noch so sehr um eine Wohlfühlatmosphäre bemühten, konnte HP nicht ausblenden, dass es in Krankenhäusern immer um Schmerzen und andere unappetitliche Dinge ging. Lag wahrscheinlich daran, dass er selbst recht empfindlich war. Genau genommen war er sogar ein ziemliches Weichei, schon immer. Selbst Pflaster abziehen war für ihn als Kind ein Graus gewesen und noch heute kostete ihn sowas Überwindung. Beim Zahnarzt nahm er bei den geringsten Ausbesserungen eine Betäubung. Mit 18 hatte er einmal auf dicke Hose gemacht und auf die Spritze verzichtet. Ein Fehler, denn als der Zahnklempner das »MiniLoch« an seinem Schneidezahn ausgebohrt hatte, flennte HP wie ein Kleinkind, so dass der Arzt ihm schließlich genervt und ziemlich grob doch noch eine Betäubung gegeben hatte.

Jetzt saß HP mit Gonzo auf der Kante von Jahnkes Bett und versuchte unbefangenen Smalltalk zu halten. Die anderen drei Betten im Zimmer waren zum Glück unbelegt.

»Einzelbelegung. Nicht schlecht, was?«, sagte Jahnke. Er sah so fürchterlich aus, dass HP ihn kaum anzugucken wagte. Sein eingefallenes Gesicht hatte eine ungesunde rote Farbe und sein dürrer Arm mit den hervortretenden und zerstochenen Adern sah wie aus einem Horrorfilm ausgeschnitten aus. Am schlimmsten aber fand HP, dass die Verbitterung in Jahnkes krächzender Stimme nochmal deutlich zugelegt hatte.

»Und dass, obwohl ich nur Kassenpatient bin, der seit Jahren keine Beiträge mehr gezahlt hat«, spottete Jahnke weiter.

Gonzo grinste. Er konnte wie immer ziemlich locker mit Jahnke umgehen. »Das ist der Suizid-Bonus, mein Lieber. Muss ich mir merken: Wenn man ein Einzelzimmer haben will, schnell noch einen Selbstmordversuch hinlegen.« Beide lachten, doch verebbte das Lachen schnell wieder.

HP nestelte an seinem Kragen. Dass die beiden darüber noch Witze machen konnten. Er war schockiert gewesen, als Gonzo ihm vor einigen Tagen erzählt hatte, dass Jahnke versucht hatte, sich mit einem Medikamenten- und Drogencocktail um die Ecke zu bringen. Auch wenn Jahnke schon lange diese Möglichkeit angedeutet hatte, war das für HP immer nur Geschnacke gewesen. Oder vielleicht hatte er sich das vor lauter Schiss nur eingeredet.

Es war ein dämlicher Zufall, dass Jahnke noch lebte. Hätten die Gerüstbauer nicht zufälligerweise gerade an dem Morgen, als Jahnke sich die Überdosis gegeben hatte, damit begonnen den Wohnblock einzurüsten, wäre alles vorbei gewesen. Aber weil selbst der schlichteste Gerüstbauer erkennt, dass etwas nicht stimmt, wenn ein vollbekleideter Mann in seinem eigenen Blut und seiner eigenen Kotze liegt, war Jahnke gegen seinen Willen doch noch gerettet worden. Er war sogar noch glimpflich davongekommen, wie ihm die Ärzte versichert hatten. Nun lag er im Krankenhaus und wurde unter verschärfter Aufsicht wieder aufgepäppelt. In zwei Tagen sollte er in die psychiatrische Klinik verlegt werden.

»Schade um das Geld für den Stoff«, sagte Jahnke, dessen Finger anders als sonst gar nicht zitterten.

»Ich kann ja mal bei Dimitrij reklamieren«, flachste Gonzo.

Jahnke grinste. »Klar. Er hat bestimmt eine total verständnisvolle Service-Hotline.«

HP sah verwirrt zwischen Jahnke und Gonzo hin und her. »Dimitrij?«

Gonzo winkte grinsend ab. »Ein Bekannter.«

Jetzt ging HP ein Licht auf, und er ärgerte sich über seine Naivität. Er hatte sich zwar gewundert, als Gonzo ihn letzte Woche nach 500 Euro in bar gefragt hatte. »Ist für ein privates Geschenk für Jahnke«, hatte Gonzo gesagt. Und HP in seiner Einfalt hatte an einen Rollator oder sowas gedacht und ihn noch ermahnt, an eine Quittung zu denken. Warum checkte er sowas bloß nicht gleich. Und zugleich war er auch sauer auf Gonzo, dass er ihm nichts gesagt hatte. Gonzo war es also schon länger klar, dass Jahnke es mit dem Abkratzen ernst gemeint hatte.

HP stand auf. »Ich muss jetzt mal los. Einkaufen und den Bürokram machen«, sagte er.

Er zögerte, ob er Jahnke die Hand geben sollte, beließ es dann aber bei einem linkischen Gruß. »Mach's gut. Wir sehen uns.«

Jahnke nickte spöttisch. »In jedem Fall.«

Gonzo blieb sitzen. »Ich bleib noch einen Moment. Vielleicht melde ich mich heute Abend, okay?«

Diesen Samstagabend wollte er eigentlich ganz in Ruhe auf dem Sofa vor dem Fernseher verbringen, sich als Höhepunkt des Wochenendes eine Pizza bestellen. Ganz ruhig und ohne Stress. Er wusste nicht warum, aber er wollte jetzt vor Jahnke nicht spießig sein. Also sagte er »Klar. Bis dann.«

#

HP studierte gerade die Karte vom Pizza-Lieferdienst, als der befürchtete Anruf von Gonzo kam. Es war erst 19.30 Uhr, ungewöhnlich früh für seinen Kumpel.

»Wir müssen nochmal zu Jahnke. Kannst du mich abholen?«

HP seufzte. Das war ja 'ne tolle Idee für einen Samstagabend. Aber er verkniff sich die Frage, was zum Teufel sie nochmal im Krankenhaus sollten, wo sie doch heute schon da waren. Und war da nicht schon lange Ende der Besuchszeit?

Eine Viertelstunde später fuhr HP mit Gonzo am Krankenhaus vorbei. »Nicht auf den Parkplatz. Fahr mal da rüber in die Allee«, sagte Gonzo und deutete auf eine schlecht beleuchtete Nebenstraße.

»Hier ist gut«, meinte Gonzo, als sie unter einem großen Baum standen. Gegenüber lag dunkel ein kleines Brachgelände.

»Hier ist Parkverbot«, sagte HP kleinlaut. Sein Ordnungssinn sträubte sich.

»Macht nichts. Du bleibst hier und wartest.«

»Warten? Wieso?«

»Wir holen Jahnke ab.«

»Wieso jetzt? Ist er entlassen worden?«, fragte HP verblüfft.

Gonzo sah ihn mitleidig an.

HP wurde rot und das Herz schlug ihm wie wild. »Du bist bekloppt«, zischte er.

Jetzt wurde Gonzo ernst und sah ihn genervt an. HP schluckte. »Okay«, krächzte er.

»Wir dürfen nicht gesehen werden, klar? Wenn dich irgendjemand bemerkt, fährst du einfach weg«, schärfte Gonzo ihm ein, bevor er das Auto verließ.

HP sackte ganz tief in den Fahrersitz und spähte hektisch umher. Er versuchte nicht daran zu denken, was das alles hier nach sich ziehen konnte. Scheiße, warum musste er nur jetzt gerade so dringend pinkeln.

Es dauerte eine gefühlte Ewigkeit, bis plötzlich aus dem Schatten zwei Gestalten auftauchten und auf das Auto zugingen. HP glaubte einen Herzinfarkt zu bekommen. Gonzo öffnete die Hintertür und half Jahnke auf die Rückbank, wo er sich hinlegte. Dann schaute er sich nochmal um und stieg vorne ein.

»Nach Fahlsende. Und bau bloß keinen Unfall«, sagte Gonzo. Als sie einige Straßen weit von der Klinik weg waren, tauchte Jahnke auf der Rückbank auf. Er lachte irre. »Wow, Jungs!«, krächzte er begeistert. Im Rückspiegel sah sein Gesicht mit den tief liegenden Augen zum Fürchten aus.

Gonzo lachte und reichte ihm eine Packung Zigaretten, die Jahnke begierig nahm. HP war immer noch viel zu aufgeregt um einzuwerfen, dass in seinem Auto nicht geraucht werden durfte.

»Ich schätze, in spätestens 20 Minuten werden sie merken, dass mein Spaziergang vor die Tür ziemlich lange dauert«, meinte Jahnke.

Aus einer Plastiktüte kramte Gonzo ein paar Dosen Bier und eine Flasche mit Bulgarenschnaps. »Prost. Auf die Freiheit«, sagte er und reichte auch HP eine Dose.

Fahlsende war eine Sackgasse an der Außenseite des Hafens, an der ein Klärwerk und ein großes Getreidesilo lag. Abends eine unheimliche Gegend.

HP parkte den Wagen auf Gonzos Anweisung in einiger Entfernung zum Hafen im Schatten zwischen zwei Laternen. Jahnke saß hinten und sog begierig den Rauch seiner Zigarette ein. »Scheiße, tut das gut«, meinte er zufrieden und nahm einen großen Schluck Bier.

»Du kannst leider nicht so viel trinken. Du musst noch fahren«, sagte Gonzo zu HP. Aber ihm schmeckte es ohnehin nicht. Dafür war er immer noch viel zu aufgeregt.

»Und was machen wir jetzt?«, fragte HP nervös.

»Feiern. Was sonst?«, meinte Jahnke spöttisch. Er hörte sich jetzt wieder wie früher an. »Gib mir mal das Zeug«, sagte er zu Gonzo und langte nach der Flasche mit dem Bulgarenschnaps. Er hatte zwar Mühe den Arm zu heben, aber er zitterte gar nicht. Vermutlich hatten sie ihn im Krankenhaus mit allen möglichen Medikamenten vollgepumpt.

Jahnke trank und verzog das Gesicht. »Wie sich das Zeug wohl mit Psyochopharmaka und Nikotin verträgt?«

Gonzo nahm auch einen Schluck Schnaps und machte das Radio an. Er drehte einen Sender rein, auf dem Rockmusik aus den 60ern und 70ern lief.

HP trommelte nervös mit den Fingern.

Jahnke legte mühsam seine Hände auf die Schultern von Gonzo und HP. »Danke, Jungs. Das werde ich euch nie vergessen. Ist ja auch nicht mehr so schwer.« Er lachte dreckig.

Gonzo erzählte Jahnke, wie er letzte Woche Mittwoch im Bosporus versackt war. Das Bosporus war ein türkisches Lokal, an das sich HP nicht mal volltrunken näher als einem Kilometer herangetraut hätte.

Jahnke lachte. »Scheiß die Wand an. Im Bosporus?«

»Ich hatte auf der Straße Murat getroffen, kennst du doch«, erzählte Gonzo.

»Nee, kenn ich nicht«, erwiderte Jahnke und trank schon wieder einen großen Schluck Schnaps.

»Na jedenfalls bin ich mit Murat da rein. Die guckten erst ganz sparsam. Aber als ich behauptet hab, auch Fan von Fenerbahce zu sein, war es total nett.«

»Und jetzt hast du einen großen türkischen Freundeskreis, oder was?«

»Na ja, ich würde viele von denen wahrscheinlich nicht wiedererkennen. Aber war echt total nett.«

HP musste schmunzeln. Er konnte sich das bestens vorstellen. Gonzo als einziger Deutscher unter lauter Türken, und eine halbe Stunde später war er mit allen bestens befreundet. Der Typ hatte einfach keine Hemmungen. Und jetzt verstand er auch, warum Gonzo am Donnerstag nur so wenig auf der Baustelle bei Friedrichsens geschafft hatte.

HP kurbelte sein Fenster ganz runter, da er kaum noch Luft in dem vollgequalmten Auto bekam. Sie saßen jetzt schon drei Stunden hier. Jahnke hatte wieder heftig angefangen zu zittern und lallte mittlerweile hörbar.

»Mach mal lauter«, meinte Jahnke plötzlich und spuckte dabei Speichelfäden. Im Radio lief ein düsteres Stück. »The Doors«, stellte Gonzo fest.

»This is the end, my only friend, the end«, sang die unheimliche Stimme.

»Na das passt ja«, nuschelte Jahnke.

Sie schwiegen eine ganze Weile und hörten dem trostlosen Song zu. Jahnke nahm dabei immer wieder große Schlucke Schnaps, Gonzo guckte aus dem Fenster und rauchte.

»Also gut. Lass uns, Freunde«, lallte Jahnke.

»Was jetzt?«, fragte HP nervös.

Jahnke lachte betrunken. »Baden gehen, Heinz-Peterle. Baden gehen.« Er öffnete die Tür.

HP wurde heiß und kalt. »Halt stopp! Jahnke, jetzt hör mal auf!«, rief er entsetzt.

Jahnke sah ihn mühsam an. »Bist du ein echter Freund, oder was?«, schrie er.

Gonzo legte HP die Hand auf den Unterarm und nickte. Er gab ihm die Schnapsflasche. »Los, einen kannst du dir auch genehmigen.« HP trank widerwillig. Seine Beine wollten ihm beim Aussteigen nicht gehorchen.

Gonzo guckte sich draußen um. In der einsamen Straße war niemand zu sehen. Sie hievten Jahnke aus dem Auto und stützten ihn. Er stank nach Rauch, Schnaps und einem Rest von Krankenhaus. »Los jetzt«, kommandierte er.

HP wollte ihn unterhaken, aber Jahnke riss sich unwillig los und stolpert dabei.

»Lass den Scheiß. Ich kann das alleine«.

Gonzo hob ihn auf. »Selbst ohne Parkinson könntest du nicht mehr geradeaus laufen«, sagte er besänftigend.

»Ist doch alles scheißegal«, krächzte Jahnke und ließ sich nun stützen.

Sie gingen zum Hafen. HP staunte, wie leicht sich Jahnke anfühlte. Unter der langen Betonkante schwappte düster das Wasser. In einiger Entfernung führte ein kleiner Bootssteg ins Dunkel.

»Da hin«, kommandierte Jahnke. Auf dem Steg riss er sich los und ging auf allen Vieren. HP schaute verzweifelt Gonzo an. Der reichte Jahnke eine brennende Zigarette, die dieser liegend rauchte.

»Alles okay?«, fragte Gonzo.

Es dauerte ein paar Sekunden, bis Jahnke sich rührte.

»Bestens, alles bestens«, lallte er und rappelte sich langsam in eine sitzende Haltung. Die Glut der Zigarette glomm in kurzen Abständen auf. Er hob eine dürre Hand. Gonzo packte sie schweigend mit festem Griff.

»Scheiße«, flüsterte HP, als auch er Jahnkes Hand nahm. Die Tränen kamen ihm. Er hatte seit seiner Kindheit nicht mehr geheult. Und jetzt heulte er ausgerechnet wegen Jahnke, dem gemeinen, erbärmlichen Arschloch. Er wollte noch etwas sagen, aber es kam ihm einfach nichts in den Sinn.

Jahnke warf den Rest der Zigarette weg und brauchte ein paar Versuche, wieder auf alle Viere zu kommen. Er sah seine Freunde nicht mehr an und kroch langsam ins Dunkle.

Gonzo stupste HP an und sie gingen von dem Steg. In einiger Entfernung warteten sie. Die Sekunden dehnten sich unerträglich, dann hörten sie ein Klatschen, wildes Schlagen auf dem Wasser und Gurgeln. Dann wurde es schlagartig still. So still, wie es HP noch nie wahrgenommen hatte.

7

Der Anzug kam HP vor lauter Staub eher dunkelgrau als schwarz vor. Während der Pastor vorne etwas sagte, überlegte HP, wann er den Anzug das letzte Mal getragen hatte. Ob das bei der Beerdigung von Tante Grete gewesen war? Oder beim 75. Geburtstag von Onkel Adolf? Beides war jedenfalls schon etliche Jahre her. Vielleicht sollte er sich mal einen neuen Anzug kaufen. Als Unternehmer schadete es bestimmt nicht, einen guten Anzug im Schrank zu haben.

Der Mann in der schwarzen Robe vorne erzählte etwas von einem Markus Jahnke, der es im Leben nicht leicht gehabt hätte. In der kleinen Friedhofskapelle saßen außer HP und Gonzo noch einige ältere Leute, von denen einer wahrscheinlich Jahnke Senior war. Jedenfalls hatte er eine gewisse Ähnlichkeit. An der Seite der Kapelle saßen eine korpulente Frau und ein junger Mann. HP schielte immer mal wieder zu ihnen herüber. Während die Korpulente nur missmutig dreinblickte, presste der junge Mann verbissen die Kiefer aufeinander. Wahrscheinlich war dieser wütende junge Kerl das Gesamtergebnis, was von Jahnke übriggeblieben war. Mal abgesehen von der Urne, die vorn auf dem Altar stand. Von der anderen Frau und der Tochter war nichts zu sehen.

Bei der Beerdigung seines eigenen Vaters war HP gar nicht traurig gewesen, eher schockiert. Das fiel ihm jetzt plötzlich ein. Er erinnerte sich, dass er ein total schlechtes Gewissen hatte, weil er bei der Beerdigung keine

Tränen hatte abdrücken können. Sein Vater war ein strenger Tyrann gewesen, ewig mies gelaunt und vollständig humorbefreit. Heute konnte er das klar benennen. Aber früher traute er sich das noch nicht mal zu denken.

Jahnke war auch ein Scheißtyp, nicht nur in der gemeinsamen Schulzeit. Und trotzdem hatte HP mit ihm mehr Mitgefühl als mit seinem eigenen Vater. Arschloch hier, Arschloch da. Er schüttelte sich, sowas dachte man doch nicht bei einer Beerdigung.

Gonzo guckte fragend zu ihm hinüber. Zu dem schwarzen verbeulten Sakko, das er oft in der Kneipe trug, hatte er zur Feier des Tages ein schwarzes T-Shirt gezogen.

HP schüttelte nur den Kopf und guckte wieder nach vorn zum Pastor. Der sagte etwas, aber HP konnte dem Inhalt nicht folgen. Stattdessen ging ihm die aufregende letzte Woche durch den Kopf. Wie die Polizei bei ihm vor der Tür gestanden und ihn nach Jahnke befragt hatte. Wie er mit größter Mühe die Fassung bewahrt und gesagt hatte, dass er auch nicht wisse, wie das mit Jahnke passieren konnte. Genauso wie Gonzo es ihm aufgetragen hatte. Und nein, Jahnke hätte ihm gegenüber an dem Samstag im Krankenhaus nichts angedeutet. Wie er in seinem Zustand zum Hafen gekommen sein konnte? Keine Ahnung. Er sei ziemlich geschockt und könne sich das gar nicht vorstellen. Als die Polizisten endlich weg waren, hatte HP erst mal duschen müssen, so sehr hatte er geschwitzt.

Erst im Nachhinein wurde ihm klar, was sie da getan hatten: Sterbehilfe, bei freundlicher Interpretation. Konnte man das auch Beihilfe zum Mord nennen? Es schauderte ihn nochmal. Wenn auch nur irgendjemand Gonzo und ihn zufällig mit Jahnke gesehen hätte ...

Die Szene am Bootssteg ließ HP nicht mehr los. Sein bis dahin schlimmstes Geheimnis war gewesen, dass er als Zwölfjähriger mal den Mercedesstern vom Auto ihres Nachbarn abgebrochen hatte. Dazu hatte ihn damals Andreas, einer der Siedlungsrowdies angestiftet. HP konnte sich immer noch an das irre schlechte Gewissen erinnern, das er damals gehabt hatte, als sein Vater beim Abendbrot von dem »Verbrechen« am Nachbarsauto erzählte.

Aber nun hatte er ein Menschenleben auf dem Gewissen. Und er hatte - wie damals - niemanden, mit dem er darüber reden konnte. Außer Gonzo natürlich, aber den traute er sich nicht anzusprechen. Als fürchtete er, dass das irgendwas Unkalkulierbares auslösen könnte.

Jahnkes Urne wurde anonym bestattet. Angeblich war das sein Wunsch gewesen. HP konnte sich zwar nicht vorstellen, dass Jahnke sich das wirklich bewusst gewünscht haben könnte, aber es passte zu ihm. Er war jahrelang ganz langsam immer tiefer in die Scheiße eingesunken. So langsam, dass man es nur bemerkte, wenn man ihn länger kannte. Tja, und viele Leute hatten ihn zuletzt nicht mehr genauer gekannt. Und jetzt war er halt weg, ohne große Spuren zu hinterlassen. Arme Sau.

Sie schüttelten dem älteren Herrn, der vermutlich Jahnkes Vater war, die Hand. »Beileid«, murmelte HP verlegen. Der Alte nickte mit versteinerter Miene.

HP sah sich nach der Frau und dem jungen Mann um. Er verspürte den Impuls, ihnen zu sagen, dass Jahnke im Grunde ein netter, bemitleidenswerter ...

Saukerl gewesen war. Aber die beiden waren nicht mehr da, hatten sich offenbar aus der Kapelle gleich wieder aus dem Staub gemacht.

Als sie vom Friedhof gingen, pustete Gonzo schwer durch. Er klopfte HP derbe auf die Schulter. »So, Partner. Das war das.«

HP sah ihn irritiert an. »Wie meinst du das?«

Gonzo blieb stehen und schüttelte versonnen den Kopf: »Ich hab ja mit vielen Leuten abgefahrene Sachen gemacht, aber sowas noch nie.«

HP strich sich mit den Händen über das Gesicht. »Ich weiß nicht, ob ich stolz darauf sein soll.«

»Na ja. Er ist noch halbwegs mit Würde gegangen. Ich glaube, das ist ihm am Wichtigsten gewesen.«

HP nickte langsam. An seiner Mutter konnte er ja genau besichtigen, wie es war, wenn Krankheiten einem nach und nach die Würde nahmen. Es war zuletzt mit Jahnke ja schon nicht mehr auszuhalten gewesen. Wie wäre das wohl in einem halben Jahr gewesen?

Gonzo hatte Recht. Es war richtig, dass sie das getan hatten. Wenn er genau in sich hineinhorchte, war er sogar stolz darauf, dass ihn mit Gonzo, diesem wahnsinnigen Typen, so ein krasses Geheimnis verband.

Er hielt Gonzo die Hand zum High Five hin. »Lass uns ein Bier trinken gehen.«

In den nächsten Tagen hatte HP Mühe, sich auf seine Arbeit zu konzentrieren. Immer wieder schweifte er mit den Gedanken ab. Das öde Bearbeiten von Anträgen und Fällen kam ihm so belanglos vor, dass er sich das erste Mal in seinem Leben morgens überwinden musste, zur Arbeit zu gehen. Selbst die kleinen Sticheleien von Siggi Hansen berührten ihn gar nicht mehr. Alberner Kleinkram, unbedeutend. Zu seinem Erstaunen hörte Siggi dann ganz schnell damit auf.

Überhaupt waren alle seine Kollegen, über die er sich so viele Jahre geärgert hatte, auf Miniaturgröße geschrumpft. Sie hatten alle überhaupt keine Bedeutung mehr. Ob Becker nun was sagte oder die olle Hinrichs tratschte - scheiß drauf.

»Habt ihr Wichte schon mal einem Menschen beim Sterben geholfen?« Das hätte HP sie gern mal gefragt. Tat er natürlich nicht.

Auf der anderen Seite bedeutete ihm die gemeinsame Arbeit mit Gonzo immer mehr. Er hatte inzwischen viel mehr Bock darauf, mit Gonzo Steine zu schleppen, als diesen Scheiß in der Arbeitsagentur zu machen. Und es gab immer mehr zu tun. Das lag nicht nur daran, dass der Laden richtig gut lief. Sie gerieten phasenweise auch deshalb ganz schön in Stress, weil Gonzo halt Gonzo war. Manchmal kam er einfach zwei Tage lang nicht, war nicht zu erreichen. Dann musste HP den Feuerlöscher spielen, sich abends in Fachfragen für Angebote einarbeiten. Und zwei Tage später kam Gonzo gut gelaunt aus irgendeinem Loch hervorgekrochen und machte weiter, als sei nichts gewesen. HP regte sich kurz auf und drohte alles hinzuschmeißen, Gonzo war schuldbewusst und klotzte ordentlich rein. Und dann war wieder alles gut. Inzwischen beschäftigten sie Oleg und Dieter dauerhaft. Ein gebrauchter Mini-Bagger und ein Radlader waren die neuesten Investitionen in das Betriebsvermögen.

Eines Mittags, als HP mal wieder unmotiviert an seinem Schreibtisch in der Arbeitsagentur saß, fasste er einen Entschluss. Er würde Teilzeit beantragen, eine halbe Stelle. Sein starker Ordnungs- und Sicherheitssinn schlugen zwar heftig Alarm: Halbe Arbeitszeit bedeutete natürlich auch nur noch halbes gesichertes Einkommen. Den Rest würde er durch die Firma verdienen müssen. Noch vor einem halben Jahr wäre das für ihn ein gigantisches Risiko gewesen, dass er niemals hätte eingehen können.

Becker fiel natürlich aus allen Wolken, als HP ihm von seinem Vorhaben erzählte. Das könne er unmöglich befürworten und wo käme man denn da hin. Ohnehin fühle er sich von HP nicht mehr voll unterstützt. Das Lamentieren von Becker hörte sich für HP wie das schrille Meckern eines Zwerges an. »Es ist wegen meiner Mutter. Sie ist dement und pflegebedürftig, da muss ich mich mehr einbringen«, schnitt HP ihm in ruhigem Ton das Wort ab. Er staunte, wie seelenruhig er unaufrichtig sein konnte.

Becker grummelte vor sich hin. Vor dieser Begründung musste er natürlich kapitulieren. Und schon wenige Tage später hatte HP die Teilzeitvereinbarung: Ab nächstem Monatsanfang würde er für zwei Jahre nur noch halb arbeiten, um sich als treusorgender Sohn um seine arme Mutter kümmern zu können.

Manchmal fand HP aber auch, dass sein früheres geordnetes Leben gar nicht so schlecht gewesen war. Das dachte er besonders dann, wenn er mal wieder zu wenig Schlaf bekommen hatte und sich fix und fertig zur Arbeit schleppte. So etwas kannte er früher nicht. Da war 22.30 Uhr Schicht im Schacht gewesen und das Telefon hatte eigentlich nie geklingelt. Das hatte sich durch Gonzo gründlich geändert. An den Wochenenden und selbst an den Wochentagen war er nie sicher vor Gonzos spontanen Einfällen. Das war ja ganz schön und spannend, aber manchmal wünschte er sich einfach nur Ruhe und Ordnung. So wie jetzt gerade, als sein Handy Sonntagmorgens um drei Uhr klingelte.

Natürlich war es Gonzo. Kein anderer Mensch außer Jahnke oder Gonzo hätte ihn jemals um diese Zeit angerufen. Und Jahnke schied ja jetzt aus. Diesmal wollte sich HP nicht den Schlaf versauen lassen. Er war sowieso ganz schlecht zu sprechen auf seinen Partner. Der war nämlich seit Donnerstag mal wieder spurlos verschwunden ohne ein Lebenszeichen. Und HP hatte die planlosen Oleg und Dieter auf einer Baustelle einweisen müssen, weil die beiden Schnapsleichen ohne Gonzo nicht so recht ins Arbeiten kamen. Am Freitag hatte HP dann sogar das erste Mal in seinem Leben eine Krankheit bei der Arbeitsagentur vorgetäuscht, damit er den tobenden Bauherren morgens beibringen konnte, dass sie erst Samstag fertig werden würden. Und den gesamten Sonnabend hatte er mit Oleg und Dieter mehr schlecht als recht alles fertiggemacht, obwohl er selbst ja kaum Ahnung von der Sache hatte.

Das Handy hörte auf zu vibrieren, fing aber schon wenige Sekunden später wieder an. HP war so sauer, dass er ohnehin nicht mehr schlafen konnte.

»Es ist drei Uhr nachts!«, rief er. Am anderen Ende hörte er einige Stimmen.

»HP? Hier ist Gonzo.«

»Ach was? Wär ich ja nie drauf gekommen«, sagte HP gereizt.

»Entschuldige, aber ... kannst du uns vielleicht abholen?« Gonzo war mal wieder reichlich betrunken, das hörte HP sofort.

»Ich dich abholen? Tickst du noch ganz sauber? Du bist seit drei Tagen verschwunden! Du gehst nicht an dein Handy und meldest dich nicht einmal!«

»Ja, ist ein bisschen anders gelaufen als geplant, sorry. Dimitrij und Alexej wollten noch nach Berlin ...«

»Berlin? Du bist in Berlin?«

»Ich glaub schon. Dimitrij, ist das hier noch Berlin?« Im Hintergrund hörte HP Stimmen lachen.

HP schnappte nach Luft. »Du rufst mich allen Ernstes an, ob ich dich mitten in der Nacht aus Berlin abholen kann?«

»Ja, ist ja nur, weil mein Portemonnaie irgendwie weg ist und Dimitrij und Alexej auch nicht mehr genug haben. Ist eine irre Geschichte, weil ich nebenbei übrigens auch etwas gutes Material klargemacht habe. Ich glaub, das war bestimmt Serena, die Schlampe. Muss ich dir bei Gelegenheit mal erzählen.« Gonzo und seine beiden Saufkumpel lachten.

HP lachte nicht. Nach einer längeren Pause sagte er: »Jetzt hör mir mal zu, Andreas Kählert: sieh zu wie du nach Hause kommst. Lauf zu Fuß oder reite auf einem Eichhörnchen, es ist mir scheißegal! Am Montagmorgen um 7.30 Uhr fangen wir an, die Terrasse und Gartenwege von Edelbert Schorr zu machen. Edelbert Schorr von Schorr & Engels, dem größten Makler weit und breit. Wenn du nicht pünktlich auf der Baustelle erscheinst, schmeiß ich den ganzen Scheiß hin! Gute Nacht!« Wütend drückte er auf Auflegen und sprang aus dem Bett. Wie ein Tiger lief er durch die Wohnung und verwünschte Gonzo, diesen unberechenbaren Bekloppten. Als er sich in der Küche schimpfend hinsetzte und einen Schluck Selters trank, kam Nero mit eingezogenem Schwanz angeschlichen und winselte um ihn herum.

»Schon gut, alter Kläffer«, brummte HP und streichelte den Dackel unwillig.

Am Montagmorgen schnitt sich HP gleich zweimal beim Rasieren. Er war immer noch geladen wie eine Oberspannungsleitung. Gonzo hatte sich nicht gemeldet und im Gedanken hatte HP sich grimmige Szenarien ausgemalt, wie er die Firma HPG Gartenbau krachend zu einer Episode der Geschichte machen würde. Er würde in gar keinem Fall auf die Baustelle bei Schorr fahren und sich den Tobsuchtsanfall des Auftraggebers abholen. Es war schon ätzend genug gewesen, mit Schorr um das Angebot zu feilschen. Edelbert Schorr war so ziemlich der größte Geldsack der ganzen Gegend, aber dabei in einem grotesken Maße knauserig. Das war auch der Grund, warum HPG Gartenbau überhaupt den Auftrag für die Terrasse und die Wege in Schorrs Privathaus bekommen hatte. Die großen Fachunternehmen waren ihm alle zu teuer oder er hatte sich bereits heillos mit ihnen überworfen. Allein siebenmal hatte HP das Angebot nachbessern müssen, weil Schorr den Materialpreis für das Betonpflaster um ein bis fünf Cent nach unten gedrückt hatte oder den Preis für den Füllkies und den Transport nachgebessert haben wollte. Und das von einem Mann, der jedes Jahr wahrscheinlich mehrere Millionen auf einen großen Haufen schiss. Aber HP war klar gewesen, dass man bei Edelbert Schorr besser gute Miene machte, wenn man auch künftig in der Stadt gute Aufträge haben wollte. Also hatte er geduldig und mit irrem Zeitaufwand hin und her verhandelt.

Aber all das war ohnehin für den Arsch, wenn Gonzo jetzt nicht auftauchte.

Mit einem harten Schlag köpfte HP sein Frühstücksei. Er würde gleich morgen früh beim Amtsgericht anzeigen, dass er nicht mehr Gesellschafter der Firma ist. Und morgen Nachmittag würde er bei der Arbeitsagentur bitten, die Teilzeitvereinbarung aufzuheben. Er verspürte ein dumpfes Unwohlsein bei dem Gedanken. Aber egal.

HP ging mit Nero vor die Tür. Der Dackel spürte offenbar immer noch seine Wut. Er trottete ganz artig nebenher und blinzelte immer verängstigt zu ihm hoch.

Um 7.30 Uhr saß HP an seinem Schreibtisch in der Arbeitsagentur. Jetzt musste Gonzo bei Schorr auftauchen. Oder es würde jetzt nicht mehr lange dauern, bis sein Handy klingelte und ein ratloser Dieter oder ein wutschäumender Schorr am Apparat sein würde. Eine halbe Stunde schätzte HP, dann wäre es soweit. Höchstens eine Dreiviertelstunde.

Es dauerte bis mittags, bis Gonzo anrief. HP wollte gerade entnervt Feierabend machen. Den ganzen Vormittag hatte er so gut wie gar nichts geschafft. Der Stapel in seinem Eingangskorb war fast noch unverändert. Die ganze beschissene Zeit hatte er auf den Anruf gewartet. Und jetzt, um 12.37 Uhr, kam er endlich.

»Hi, hier ist Gonzo. Kannst du mal bei der Baustelle vorbeikommen? Es gibt Schwierigkeiten.«

»Wenn du jetzt gerade erst angekommen bist, gibt es bestimmt Schwierigkeiten«, bellte HP. Die olle Hinrichs guckte missmutig.

»Quatsch, jetzt reg dich mal ab. Wir arbeiten hier schon den ganzen Vormittag am Untergrund. Aber mit dem Typen hier, beziehungsweise seiner Frau, gibt es Probleme.«

HP seufzte. »Okay, ich komm vorbei.« Er war fast ein wenig enttäuscht, dass Gonzo rechtzeitig zur Arbeit erschienen war. Er hatte sich schon vorgestellt, wie er ihn in Bausch und Bogen zum Teufel gejagt hätte und als einsamer Cowboy in den Sonnenuntergang geritten wäre. Er grummelte. Natürlich war es so besser, wenn alles ordentlich seinen Gang ging.

Dass es aber keineswegs ordentlich seinen Gang ging, stellte HP sofort nach der Ankunft auf der Baustelle fest. Dieter und Oleg standen rauchend auf der Einfahrt. Gonzo war mit Edelbert Schorr und seiner Gattin auf dem Rasen hinter dem erstaunlich wenig protzigen Haus des Maklers. HP sah Frau Schorr zum ersten Mal: Eine aufgedonnerte Frau Anfang 50, die aber mindestens 15 Jahre jünger war als Schorr, der in seinem biederen Tweedanzug und der Kassengestell-brille als Hilfsbuchhalter bei der AOK hätte durchgehen können.

»Nein, Edelbert, nein«, stellte Frau Schorr gerade entschieden fest und sah aus, als wenn sie gleich in Ohnmacht fallen würde. »Dieses grässliche Pflaster kommt mir nicht in unseren Garten. Das ist einfach ... einfach würdelos.« Sie wedelte mit ihrer wohlpedikürten Hand in Richtung einer Palette mit Betonpflastersteinen.

»Ulla, jetzt hör aber auf. Das ist gutes Pflaster, haltbar, pflegeleicht und nicht zu teuer«, erwiderte Herr Schorr gereizt.

Gonzo sah HP an und hob fast unmerklich die Schultern.

»Aber Edelbert. Das kannst du vor eines deiner Mietshäuser hinlegen, aber doch nicht in unseren Garten. Es sieht billig aus. Und hässlich ist es auch noch dazu.«

HP kratzte sich verlegen hinter dem Ohr und begrüßte die Schorrs.

»Ah, Sie sind bestimmt der Fachmann«, rief Frau Schorr verzweifelt. »Nun sagen Sie doch mal. Ist dieses Pflaster hässlich oder nicht?«

HP lief rot an. Keine Frage: Es war zwar solides Betonpflaster, aber in der Tat potthässlich und bestenfalls für einen Aldi-Parkplatz angemessen. Aber er wusste ja, dass für den geizigen Schorr der Preis entscheidend gewesen war. Wie bekloppt war der denn, einfach das Pflaster für den eigenen Garten ohne seine Frau auszusuchen? Und nun hatten sie den Salat.

»Na ja, Pflaster ist ja immer eine Frage des Stils und wie man es in die Umgebung einfügt«, schwallerte HP vor sich hin. Um möglichst unbeschadet aus dieser Falle herauszukommen, schob er schnell eine Frage nach: »Was hätte Ihnen denn vorgeschwebt?«

»Naturstein natürlich. Runde Kopfsteinpflaster wie auf einer alten Landstraße.«

Schorr schnaubte hörbar. »Du hast mal wieder keine Ahnung, Ulla. Weißt du überhaupt, was so etwas kostet?«

»Ach, Kosten, Kosten. Was interessieren mich Kosten.« Sie machte eine wegwerfende Handbewegung und verdrehte die Augen.

HP räusperte sich. Er musste jetzt auch mal irgendwas zugunsten von Herrn Schorr sagen. »Ja, es ist nicht von der Hand zu weisen, dass Landstraßenpflaster schwer zu bekommen und recht teuer ist. Sieht aber umwerfend gut aus, da gebe ich Ihnen vollkommen recht.«

»Recht teuer? Das ist noch eine gelinde Untertreibung«, sagte Schorr grimmig. »Da hast du es gehört, meine Liebe. Du weißt, ich bin der Meinung, dass wir das Geld nicht immer mit vollen Händen zum Fenster herauswerfen können.«

Oh ja, diese Einstellung konnte HP aus den Verhandlungen bestätigen.

»Vielleicht gibt es ja einen Kompromiss«, versuchte es HP.

»Für den Preis?«, fragte Schorr scharf.

»Na ja, nicht ganz. Aber man muss ja auch nicht in die oberste Schublade greifen. Wie wäre es vielleicht mit Granit oder Basalt. Das ist Naturstein, der so teuer nicht ist.«

Frau Schorr seufzte theatralisch. »Es fällt mir ja schwer, mich von meinem Kopfsteinpflaster zu verabschieden.«

»Der runde Kopfstein ist für die Terrasse zwar todschick, aber nicht unbedingt praktisch«, warf HP vorsichtig ein. »Man hat eine ziemlich unebene Fläche, auf der Stühle und Tische nicht gut stehen.«

Frau Schorr seufzte noch einmal und ihr Mann nickte eifrig.

»Wie wäre es mit rotem Granit gemischt mit Basalt-Rundungen. Warten Sie, ich zeig es Ihnen.« HP hastete zu seinem Polo und holte einen Katalog von der Rückbank.

Frau Schorr war durchaus angetan, Herr Schorr guckte aber nur missmutig aus der Entfernung. »Das ist doch alles viel zu teuer«, murrte er.

Bevor seine Frau die nächste Runde in dem Streit einleiten konnte, mischte sich HP schnell ein. »Ich kann Ihnen das ja mal durchrechnen. Wird gar nicht so viel teurer, versprochen.« Er hielt Schorr die Hand hin.

Der Makler guckte misstrauisch. »Das kann ich mir nicht vorstellen. Sie wissen ja, der Rahmen ist eng bemessen.«

»Das kriegen wir schon irgendwie hin«, erwiderte HP, obwohl er keine Ahnung hatte, wie er hier irgendwas hinkriegen sollte, was halbwegs beide zufriedenstellen würde. »Stellen Sie sich das mal vor, Herr Schorr. Hier die Terrasse in diesem urwüchsigen Rot mit Schwarz abgesetzt und die Wege unruhig abwechselnd mit Granit- und Basaltabschnitten.«

»Oh ja, Edelbert. Stell dir das mal vor«, juchzte Frau Schorr.

»Wir werden sehen«, erwiderte der Architekt verdrossen.

Am Nachmittag saß HP dann an seinem Küchentisch und hätte sich ohrfeigen können. Er konnte es drehen und wenden wie er wollte, der Einkaufspreis für den Granit und Basalt lag immer noch meilenweit über dem Betonpflaster. Selbst wenn er das Ganze ohne Gewinn für die Firma kalkulierte, kam am Ende eine Summe raus, die er Schorr niemals würde verkaufen können.

Er rief Gonzo an und stoppte sie erstmal bei der Arbeit. Der Deal sei mit Granit und Basalt vorn und hinten nicht hinzubekommen.

Gonzo lachte. »Schade, du hast die beiden so schön versöhnt. Aber warte mal, ich hab noch eine Idee. Was kostete das Material nochmal? Ich ruf dich gleich zurück.«

Zehn Minuten später war er wieder dran. »Ich kann das Zeug besorgen. 25 Euro für den Granit, 29 für den Basalt.«

»Was? Wer verscheuert denn sowas für solche Schleuderpreise?«, fragt HP ungläubig und stutzte dann. »Nee Gonzo, nee. Kommt überhaupt nicht in die Tüte.«

Gonzo lachte. »Willst du den Preis oder nicht? Dimitrij kann das organisieren.«

»Und wie soll ich das durch die Bücher kriegen, du Scherzkeks? Soll ich da schreiben, wohltätige Spende von Dimitrij, dem seriösen Kleinunternehmer?«

»Denk dir was aus«, meinte Gonzo gleichmütig. »Das kannst du doch.«

»Na toll. Und plötzlich tauchen bei uns ein paar Tonnen Granit auf, die woanders plötzlich fehlen?«

»Ts, Ts«, machte Gonzo. »Glaubst du, Dimitrij ist ein Amateur und fährt um die nächste Hausecke, um das Zeug zu besorgen?«

Nach einer halben Stunde Gewissensbisse und einem weiteren Versuch, eine legale Kalkulation hinzubekommen, kapitulierte HP. Mit einem Materialpreis von 25 und 29 Euro würden sie immerhin mit einer roten Null aus der Nummer herauskommen. Er faxte Schorr das Angebot zu, der den Preis zunächst rundheraus ablehnte. Nachdem HP noch einmal 300 Euro runtergegangen war, biss Schorr an.

Er informierte Gonzo, dass ihr »Lieferant« möglichst schnell liefern müsste.

Einige Tage später weigerte sich HP aber mitzukommen, als Gonzo mit einem gemieteten Lkw irgendwo nach Sachsen-Anhalt fuhr, um in irgendeiner verlassenen Industriebrache die Steine abzuholen.

In den Ordnern der Firma HPG Gartengestaltung befand sich zu der Zeit schon eine zerknitterte Rechnung von einem angeblichen Natursteinhändler aus Thüringen über fünf Tonnen »gebrauchten roten Granit« und einer Tonne »gebrauchtem Basaltpflaster« zu einem Spottpreis.

Unter dem Strich machten sie bei diesem Deal ein Minus von ein paar hundert Euro. Aber HP war nur froh, die Kuh irgendwie vom Eis bekommen zu haben. Er fuhr nun täglich bei der Baustelle vorbei, um die Stimmung vor allem bei Frau Schorr auszuloten. Nicht dass die plötzlich wieder alles über den Haufen schmiss. Er war selbst überrascht, wie er die überdrehte Maklersfrau im Griff behielt, ihr schmeichelte und blöde Ideen galant ausreden konnte. Er kam sich vor wie in einem schlechten Fernsehfilm, wo er als Sascha-Hehn-Verschnitt verwöhnte Millionärsfrauen beurteilte. Dass das so gut ging, lag wahrscheinlich daran, dass er keinerlei Interesse an dieser Art Weiber hatte und deshalb einigermaßen unbefangen wirkte.

Als er zur Abnahme des Gartens erschien, herzte ihn Frau Schorr sogar und dankte ihm ganz überschwänglich für das tolle Ergebnis. »Sie sind ein Genie, Herr Vollwert. So gute Ideen und so toll gemacht.«

HP war geschmeichelt. In der Tat musste man sagen, dass Gonzo und die beiden Schnapsleichen mal wieder hervorragende Arbeit abgeliefert hatten. Er liebte diese

Momente, wenn alles fertig und alle zufrieden waren. Auch wenn das hier ein finanzielles blaues Auge hinterließ.

Sogar Herr Schorr war für seine Verhältnisse ganz aufgeräumt. Natürlich versuchte er HP gleich darauf festzunageln, dass er für einige Immobilien ebenfalls den Granit zu einem solchen Preis, vielleicht ja noch etwas günstiger, besorgen sollte.

»Wir werden sehen, was wir machen können. Aber solche Gelegenheiten gibt es nicht immer«, meinte HP ausweichend. Im Gedanken nannte er Schorr die ganze Zeit Onkel Dagobert. Er musste aufpassen, dass ihm das nicht irgendwann mal rausrutschte.

Na klar. Im Grunde genommen war es Perlen vor die Säue werfen. Aber HP hatte einfach Lust dazu gehabt, konnte man doch mal machen. Er stand in seiner kleinen Küche mit der Schürze umgebunden und schwenkte Champignons in Öl, während aus der Kasserolle der Braten schon verführerisch duftete. Zwar war sich HP ziemlich sicher, dass seine Gäste heute Abend sowas nicht richtig zu schätzen wussten, aber egal. Er freute sich darüber, endlich mal für eine Gesellschaft zu kochen, die nicht nur wie früher aus seiner nörgelnden Mutter oder deprimierenden Kontaktanzeigenbekanntschaften bestand. Er hatte alle Kollegen von HPG zum Abendessen eingeladen: Gonzo, Oleg und Dieter. HP fand, dass sie durchaus Grund hatten, es sich mal gut gehen zu lassen. Es gab ausreichend zu tun und bislang hatten sie alle Aufträge ordentlich abgearbeitet. HP hatte problemlos die Umsatzsteuervorauszahlungen leisten können, ein paar Maschinen standen jetzt in einer angemieteten alten Halle am Stadtrand. Mal abgesehen von Gonzos gelegentlicher Abwesenheit und der einen oder anderen nicht ganz astreinen Quittung in den Büchern lief es erstaunlich gut.

Die beiden neuen 450-Euro-Aushilfen hatten leider abgesagt, wobei HP den Verdacht nicht loswurde, dass sie seinen Kochkünsten nicht trauten. Er gab noch einen Schuss Rotwein in die Sauce und kostete. Bei den Jungs durfte es bestimmt noch etwas mehr sein. Er flitzte ins Wohnzimmer und legte die Servietten hin. Endlich konnte er mal mehr als zwei Garnituren des guten Geschirrs benutzen.

Mit dem Thermometer prüfte HP den Braten. Perfekt. Jetzt mussten die Jungs nur noch kommen ... immerhin war Gonzo dabei.

Gerade als er nervös werden wollte, klingelte es und Gonzo stand mit den anderen im Schlepptau vor der Tür. Er hielt HP grinsend einen großen Topf mit einer Yukkapalme entgegen.

»Was soll das denn?«, fragt HP misstrauisch.

Gonzo drängte sich an ihm vorbei in die Wohnung. Hatte er schon so eine mächtige Fahne, oder wehte die eher von Dieter und Oleg rüber?

»Nimmt man nicht Blumen mit zu so einer Einladung?«, meinte Gonzo. »Riecht ja lecker.« Er schnupperte.

Dieter und Oleg kamen rein und sahen aus wie immer. Sie hatten noch ihre Arbeitsklamotten an und ihre Augen waren glasig wie immer. Sie nuschelten einen Gruß.

»Kommt rein und nehmt Platz«, sagte HP aufgeräumt. »Was möchtet ihr trinken?« Er wies auf den Beistelltisch, wo er Rot- und Weißwein zurechtgestellt hatte.

»Bier. Und 'n Korn. Oder Wodka«, meinte Dieter und Oleg nickte. Kulturbanausen, dachte HP. Aber was hatte er auch erwartet.

Gonzo schwankte offenbar noch zwischen Rot- und Weißwein. HP seufzte. »Also los, sag es schon. Du willst auch lieber Bier, oder?«

Gonzo grinste. »Woher wusstest du das?«

HP schnappte sich die Weinflaschen und stellte sie in die Küchenabseite. Dann holte er die Kiste Bier vom Balkon und stellte sie neben den Esstisch. »Prost.«

Als er das Essen serviert hatte, war die Kiste schon halb leer und auch eine Wodkaflasche ging schon zur Neige.

Gonzo lobte den Schweinebraten überschwänglich. Auch Dieter und Oleg hauten ordentlich rein. Nur die glasierten Bohnen und den Rosenkohl rührten sie nicht an.

»Auf die beste Gartenbaufirma der Gegend«, sagte HP feierlich und hob seine Flasche.

HP betrachtete Gonzo, der sich nicht so recht begeistern ließ. Mit einem Anflug von Sorge registrierte er, dass sein Partner in letzter Zeit häufiger etwas durchhing. Wie immer kriegte Gonzo alle Sachen auf den letzten Drücker hin, aber nach HPs Geschmack war er dabei nicht mehr so unbeschwert und locker wie sonst.

»Alles in Ordnung mit dir?«, fragte HP vorsichtig, als die beiden anderen kurz weg waren, um beim Kiosk für Wodka-Nachschub zu sorgen.

»Klar, alles gut. Wieso?«, meine Gonzo grinsend.

»Ich meine ja nur. Du wirkst so ... weiß auch nicht.«

Gonzo zog eine Augenbraue hoch und lachte. »Scheiße, du klingst wie eine Freundin, die Beziehungsprobleme wälzen will.«

»Quatsch.« HP wurde rot.

Gonzo beugte sich verschwörerisch vor. »Ich hab übrigens eine ganz fantastische Frau am Start. Oder zumindest fast am Start.«

Jetzt musste HP grinsen. »Aber sie will dich nicht gleich heiraten, oder?«

Gonzo lachte schallend. »Scheiße, nein!« Dann schüttelte er versonnen den Kopf. »Nee, wegen der war ich neulich mit Dimitrij und Alexej in Berlin. Olga heißt sie. Tolle Frau.«

HP seufzte und zog die Stirn in Falten. »Olga aus Berlin?«

Gonzo kratzte sich am Kopf. »Ja, ist nicht so ganz praktisch, gebe ich zu. Ich fahr da morgen wohl nochmal hin. Mal sehen, was geht.«

HP hob die Hand. »Aber du hast auf dem Plan, dass wir Montagnachmittag ein ultrawichtiges Date mit einer neuen Kundin haben?«

»Klar, logo.« HP konnte es Gonzos Gesicht ansehen, dass er den Termin überhaupt nicht auf dem Sender hatte.

»Und lass dir nicht wieder dein Portemonnaie klauen. Ich hol dich nicht ab«, sagte HP und hielt Gonzo die Hand zum High Five hin.

Zwei Stunden später waren Dieter und Oleg immer noch nicht wieder da. »Wie kannst du denen auch Bargeld in die Hand drücken?«, fragte Gonzo scherzhaft.

»Die sitzen garantiert in irgendeiner Kneipe.«

HP brummte. War ihm eigentlich auch ganz recht, dass die beiden Schnapsleichen weg waren.

»Ich geh auch. Hab noch einen Termin«, sagte Gonzo plötzlich und suchte mal wieder nach seinem Handy.

»Nein, du hattest dein Handy nicht mit«, sagte HP. Er wunderte sich nicht mehr, dass Gonzo schon mal mitten in der Nacht noch Termine hatte. Und er wollte das auch lieber nicht im Detail wissen. Allerdings war er schon ein kleines bisschen enttäuscht, dass sein Kumpel schon ging.

»Hier soll das sein? Alter Schwede, was für ein Palast!« HP fuhr die lange, mit edlem Split angelegte Auffahrt zu der Villa hinauf. In einer Garage, in der man locker einen Jumbo parken konnte, stand ein Mercedes Coupé, dessen einzelnes Rad wahrscheinlich mehr gekostet hatte als HPs Polo.

»Wer ist das nochmal?«, fragte Gonzo.

»Frau de Bruun«, sagte HP fast ein wenig ehrfürchtig. »Das ist die Eignerin. Aber wir werden es vor allem mit dem Architekten zu tun haben. Der klingt am Telefon ziemlich arrogant.«

»Wenn man in solchen Hütten wohnt, muss man arrogant sein«, meinte Gonzo und gähnte. Er hatte sich auf HPs Bitte einen neuen Arbeitsoverall mit Firmenschriftzug angezogen, die HP extra für diesen Auftrag besorgt hatte. Denn es war der erste größere Auftrag, den nicht Gonzo, sondern HP reingeholt hatte.

Und was für einen! Frau de Bruun, stinkreiche Witwe eines Kaffeebarons, wollte ihren gesamten Garten - den Plänen des Architekten nach zu urteilen konnte man getrost auch Park dazu sagen - neu anlegen. Mit Wegen, diversen Terrassen, Pavillons, einer Brücke über einen künstlichen Bach und allem Pipapo. Anders als bei Pfennigfuchser Edelbert Schorr ging es hier nicht um jeden Cent - hier wurde in Tausenderdimensionen gedacht.

HP hatte es selbst kaum glauben können, als er einen Anruf vom dem Nobel-Gartendesigner Alfons Heidel bekommen hatte, der mit unendlicher Herablassung ein Angebot angefordert hatte. Dabei ließ er ganz klar durchblicken, dass er HPG Gartenbau nur deshalb anrief, weil Frau de Bruun persönlich darauf bestanden hatte, weil ihre gute Bekannte Frau Schorr sie wärmstens empfohlen hatte. Heidel selbst würde den Auftrag lieber an ein »bewährtes Gartenbauunternehmen« vergeben, wie er HP süffisant auf die Nase gebunden hatte.

HP rückte sich nochmal die Krawatte zurecht. Für den Auftritt bei der reichen Kaffeebohne hatte er sich extra neue Klamotten gekauft, die nach Meinung der Verkäuferin »dezente Noblesse« ausdrücken sollten.

Sie wurden von einer Bediensteten durch einen Flur und einen offenen Wohnbereich geführt, der mit dem Begriff großzügig nur unzureichend beschrieben war. HP schluckte. Gonzo dagegen schien wie immer alles nicht zu beeindrucken.

Auf der Terrasse, oder besser einem Marmorportal, erwarteten sie Frau de Bruun und Architekt Heidel. Die Terrasse sah eigentlich aus wie neu und HP fragte sich, warum zum Teufel hier eigentlich etwas verändert werden sollte.

Er gab Frau de Bruun artig die Hand und verbeugte sich ein wenig ungelenk. Die Kaffeewitwe war eine braungebrannte dunkelhaarige Frau irgendwo zwischen 45 und 55. Sie trug eine schlichte hellblaue Bluse zu einer Jeans.

»Guten Tag«, sagte sie erfreut. »Sie sind bestimmt Herr Vollwert und Herr ...« Sie nickte Gonzo zu.

»... Kählert. Moin«, sagte Gonzo und gab ihr grinsend die Hand.

HP reichte nun auch Alfons Heidel die Hand, die dieser mit einem schiefen Lächeln nahm.

»Moin, Kählert«, sagte Gonzo trocken und schüttelte Heidel betont kräftig die Hand.

So ein blöder Pisser, dachte HP grimmig. Heidel war ein Aristokraten-Typ, wie man ihn in Rosamunde-Pilcher-Filme sehen konnte. Grau meliert, braune Lederhaut, blaues Sakko mit Goldknöpfen.

»Ich freue mich riesig, dass sie da sind. Meine Bekannte Frau Schorr hat sie mir in allerhöchsten Tönen empfohlen. Und ich gebe zu, ich bin wahnsinnig neugierig«, sagte Frau de Bruun und wirkte dabei fast etwas unsicher.

HP wurde ein klein wenig rot. »Na ja. Wir freuen uns natürlich, dass wir Frau Schorr so zufrieden stellen konnten.« Er kratzte sich verlegen lächelnd am Kopf.

»Nur keine falsche Bescheidenheit. Ich kenne sehr wohl die Umstände«, sagte Frau de Bruun und lachte ein offenes Lachen, wie HP es sich bei einer so feinen Dame gar nicht erwartet hätte.

Gonzo stand mit den Händen in der Tasche am Rand der Terrasse. »Warum wollen sie den Garten eigentlich neu machen?«, fragte er mit hochgezogenen

Augenbrauen und wies über den Garten-Park mit viel Marmor, Springbrunnen, akkuraten Beeten, exotischen Bäume und Büschen.

»Das muss Sie ja nicht interessieren«, erwiderte Heidel barsch. »Sie sollen ja nur - wenn es denn dazu kommt - die Arbeiten ausführen.«

»Lassen Sie nur, Herr Heidel«, warf Frau de Bruun ein. »Es ist doch bestimmt hilfreich, wenn man bei den Arbeiten den Hintergrund ein wenig einschätzen kann.«

Sie nahm HP beim Arm und ging ebenfalls zum Ende der Terrasse, wo man den Garten überblicken konnte. »Sehen Sie, den Garten hat ganz wesentlich mein vor einigen Jahren verstorbener Mann anlegen lassen.«

HP versuchte ein bedauerndes Gesicht zu machen, aber Frau de Bruun war ganz offensichtlich nicht mehr in Trauer.

»Nun ist das hier aber nicht ... ganz mein persönlicher Stil.« Ein schelmisches Lächeln huschte über ihr Gesicht. »Um ehrlich zu sein, finde ich den Garten ganz fürchterlich. Ich kann polierten Marmor nicht leiden, mag viel lieber rustikaleres Ambiente. Verstehen Sie? Und deshalb hab ich mich jetzt entschlossen, das Ganze nach meinen Vorstellungen umzubauen.«

HP und Gonzo nickten. »Wenn Sie mich fragen, eine gute Idee. Ohne natürlich ihrem Mann zu nahe treten zu wollen«, meinte HP vorsichtig.

Der Gartenarchitekt räusperte sich unwillig. »Nun, dann wollen wir mal sehen, ob wir ins Geschäft kommen können. Es geht hier schließlich um einen nicht ganz geringfügigen Auftrag, der für ein so kleines Unternehmen vielleicht etwas zu groß sein könnte.« Er nickte HP gönnerhaft zu.

HP spürte Ärger seinen Nacken hinaufkriechen. »Größe ist ja nicht alles«, erwiderte er ebenso scheißfreundlich und reckte sich ein wenig. Er war bestimmt einen Kopf kleiner als dieser Wellness-Pinsel. »Qualität ist für uns wichtiger. Und da kann sich Frau de Bruun auf uns verlassen.« HP nickte ihr zu.

Heidel hob spöttisch die Augenbrauen und entfaltete räuspernd einen aktualisierten Bauplan auf dem Terrassentisch. Er dozierte in raschem Tempo über den Plan und warf mit Fachbegriffen, DIN-Normen und besonderen Anforderungen um sich. HP verstand nur die Hälfte und auch Gonzo schüttelte grinsend den Kopf.

»Haben Sie Fragen?«, fragte Heidel scharf und fixierte Gonzo.

Der zuckte die Schultern. »Na ja, können Sie das für einen einfachen Jungen vom Land auch auf deutsch erklären? Warum muss der Eingang zu der Teichterrasse Entrée heißen und warum nennen Sie Steine nicht einfach Steine?«

Heidel rümpfte die Nase und sah zu Frau de Bruun. Aber die lachte wieder so herzlich, dass es HP irritierte. »Also ich versteh das ehrlich gesagt auch nicht, mein lieber Heidel. Aber ich bin auch nicht vom Fach und kann mehr mit Bildern anfangen.« Sie legte HP kurz eine Hand auf den Unterarm und kicherte. Dann sah sie Heidel schuldbewusst an. »Entschuldigen Sie, Herr Heidel. Ich bin mal wieder etwas albern.«

Das braune Ledergesicht von Heidel nahm einen leicht dunkleren Ton an. Aber er beherrschte sich und lächelte gekünstelt. Dann fuhr er mit noch größerer Herablassung fort, seine Pläne zu erläutern.

Als er fertig war, pustete HP durch. »Junge, Junge. Das ist in der Tat eine Menge Arbeit.« Er sah Gonzo fragend an, der nur gelassen die Schultern zuckte. Das Ganze ging deutlich über ihre Möglichkeiten. Da konnte man im Prinzip gleich abwinken. Aber dann sah er wieder dieses höhnische Gesicht von Heidel und seine Nackenhaare stellten sich auf.

»Aber ich bin sicher, dass wir das hinbekommen. Wir werden das mal durchkalkulieren und ihnen ein detailliertes Angebot geben«, fuhr HP fort und versuchte betont optimistisch zu klingen. Dabei sah er demonstrativ Frau de Bruun und nicht Heidel an.

»Das würde mich wirklich sehr freuen«, sagte Frau de Bruun. Diese herzlichen, irgendwie immer lachenden Augen machten HP ganz fertig und verlegen. Sie gab ihm eine warme Hand.

»Das Angebot geht selbstverständlich an mich«, sagte Heidel beim Handschlag. Er konnte seine Wut nur noch schlecht kaschieren. »Ich bin ihr Auftraggeber, sie sind nur Subunternehmer - wenn es dazu kommt.« Damit hielt er HP die Pläne und Unterlagen hin. Selbst das konnte dieser Fatzke mit einer Herablassung tun, die HP wütend machte.

»Was meinst du?«, fragte HP, als sie auf dem Rückweg waren.

»Wozu jetzt? Zu der Witwe oder zu dem Job?«, fragte Gonzo zerstreut.

HP wurde rot und ärgerte sich darüber. »Na, zu dem Auftrag natürlich.«

Gonzo zuckte die Schultern. »Arbeit ist Arbeit.« HP schaute ihn unwillig an. Während ihn die ganze Sache mächtig nervös machte, guckte Gonzo teilnahmslos aus dem Fenster.

»Geht's noch ein bisschen konkreter?«, fragte HP genervt.

Gonzo seufzte. »Na ja, wir brauchen dafür einiges an Equipment: Einen größeren Bagger, Radlader, jede Menge Container, müssen wir alles längere Zeit mieten. Und das Anliefern des ganzen Materials ist da auch nicht ganz ohne. Aber machbar ist alles.«

HP nickte und pustete durch. »Ich rechne das dann mal durch, dann sehen wir weiter. Soll ich dich auf die Baustelle bringen?«

Gonzo winkte ab. »Nee, bring mich mal nach Hause. Ich will diese Verkleidung ausziehen.«

»Aber du weißt, dass wir gerade drei Baustellen gleichzeitig haben?«

»Geht klar, Chef«, meinte Gonzo matt.

Zuhause an seinem Schreibtisch machte sich HP daran, das Angebot für den Job bei Frau de Bruun zu Ende zu kalkulieren. Er hatte die letzten Tage aufgrund der Anfrage schon mal angefangen. Jetzt wurde ihm immer unwohler. Allein für das Bereitstellen des Materials und die Miete für die Geräte mussten sie alles Betriebsvermögen zusammenkratzen und fast an ihr Kreditlimit bei der Bank gehen. Wenn es bei den Arbeiten auch nur ein Problem gab ...

HP wurde heiß und kalt. Es war offensichtlich, dass dieser Auftrag mindestens zwei Nummern zu groß für sie war. Er dachte zum wiederholten Male an Frau de Bruun und hörte ihr Lachen im Hinterkopf. Sie war überhaupt nicht sein Frauentyp. In seinen Fantasien träumte er von 18-25-jährigen knackigen Frauen. Sie war eine rund 50-jährige mit breiter Hüfte und einem typischen Frauenbauch. Und Krähenfüße um die Augen hatte sie auch. Oder waren es Lachfalten? Dieses Lachen jedenfalls irritierte ihn. Und wie sie ihn am Arm berührt hatte ...

Er seufzte und widmete sich wieder den bedrohlichen Zahlen. Als er spät abends alles zusammengerechnet hatte und den üblichen Aufschlag für ihren Gewinn draufschlug, schluckte er angesichts der gigantischen Zahl, die als Bruttopreis für die Arbeiten herauskam. So viel hatten sie bislang in einem Jahr zusammen eingenommen.

Das war purer Selbstmord. Aber allein die Vorstellung, diesem Heidel, dieser Kröte, gestehen zu müssen, dass sie es nicht können, widerstrebte HP zutiefst.

Er überlegte. Um das Gesicht zu wahren, könnte er ja ein so teures Angebot abgeben, dass es abgelehnt wurde. Dann konnten Sie »Schade« sagen und friedlich ihrer Wege gehen.

In seiner Tabelle verdoppelte HP die Gewinnmarge. Das Endergebnis sah jetzt völlig abwegig aus. Zufrieden prüfte HP nochmal akribisch alle Zahlen. Dann versuchte er, Gonzo zu erreichen, um sicher zu gehen, ob er bei dem Plan auch wirklich an alles gedacht hatte. Aber Gonzo ging nicht ans Telefon. Wo der sich wohl gerade wieder rumtrieb?

Aber war eh egal. Er druckte die über zehn Seiten des Angebots aus, kontrollierte nochmal alles und legte es dann auf das Faxgerät.

War nur schade um dieses Lachen, dachte HP.

8

»Nun geh schon endlich ran!« HP trommelte mit den Fingern auf der Schreibtischplatte. Nach dem achten Klingeln ging wieder nur die Mailbox von Gonzo ran. Diesmal sprach HP was drauf: »Du musst mich sofort anrufen. Verstehst du: sofort. Es ist dringend. Wir müssen ... ach, erklär ich dir dann.« Er warf das Telefon auf den Schreibtisch und tigerte durch das Büro. Wie gut, dass die olle Hinrichs gerade nicht da war. Sonst hätte sie wieder was zu tratschen über ihn.

Bis vor zehn Minuten war es ein Dienstag wie jeder andere auch gewesen. Aber dann hatte er den Anruf von Heidel bekommen.

»Sie haben den Auftrag«, hatte der Architekten-Schnösel ihm knapp mitgeteilt. »Ich persönlich glaube ja, dass Frau de Bruun da einen schweren Fehler macht. Aber es ist ihr leider nicht auszureden.«

HP hatte sich gar nicht über die Arroganz des Gartenarchitekten ärgern können. Denn sein Körper zog erst einmal alle Alarmregister: Verkrampfter Magen, Blutleere im Kopf, trockener Mund. Er hatte nur ein »wunderbar«, krächzen können, obwohl er am liebsten laut um Hilfe gerufen hätte.

Nachdem Heidel aufgelegt hatte, nicht ohne vorher nochmal scharf auf die Verbindlichkeit von Preisen und Terminen und möglichen Konventionalstrafen hinzuweisen, war HP in seinem Schreibtischstuhl zusammengesackt und hatte nach Luft geschnappt.

Und jetzt versuchte er seit 15 Minuten Gonzo anzurufen und ihn zu informieren. Er musste das irgendwo
loswerden, verdammte Scheiße. Sonst platzte er irgendwann noch vor Adrenalin.

Was das bedeutete! Wenn Sie den Auftrag wuppten,
würden sie an einem Auftrag mehr verdienen als HP
sonst für das ganze Jahr kalkuliert hatte. Aber anders
herum: Wenn sie das Ding in den Sand setzten, waren sie
erledigt. Er würde mit Summen hantieren, von denen er
bisher nicht mal geträumt hatte. Nur ein bisschen Verzö-
gerung bei der Bezahlung und das ganze Kartenhaus
würde zusammenfallen. Und bei dem Arschloch Heidel
war es eigentlich vorprogrammiert, dass es zu Schwierigkeiten kam. Es war ein Ritt auf der Rasierklinge.

HP setzte sich und klappte die vor ihm liegende Akte
zu. Bislang hatte er seinen Job bei der Arbeitsagentur
und die Firma im Kopf ganz gut trennen können. Aber
jetzt hatte er dermaßen die Hosen voll, dass er sich beim
besten Willen nicht auf irgendwelche Anträge konzentrieren konnte.

Er nahm wieder sein Handy und rief nochmal
Gonzo an. Wieder ging er nicht ran. HP schluckte. Jetzt
saß er da mit dem Auftrag ihres Lebens und dann hatte
er einen Partner, der so zuverlässig war wie die Zugver-
bindungen in einem afrikanischen Staat. Er musste an
Oleg und Dieter denken, die auf den Spaten gestützt ihr
Frühstücksbier kippten. Worauf hatte er sich da bloß
eingelassen. Das letzte Mal, dass er so hibbelig gewesen
war, war vor der mündlichen Realschulprüfung gewesen. Sein Deutschlehrer war damals fast noch gemeiner
gewesen als seine Mitschüler und hatte ihn verarscht,
wenn er mal wieder vor Nervosität eine rote Birne be-

kommen hatte. Und zu diesem Lehrer musste er damals in die mündliche Prüfung. Das hatte sich genauso angefühlt wie die Lage jetzt. Und damals war das auch ein peinlicher Auftritt geworden, für den er sich noch heute schämte, wenn er nur daran dachte.

HP atmete tief durch. Ruhe bewahren und nachdenken. In jedem Fall brauchten sie für den Auftrag noch zwei zuverlässige Leute, die etwas von dem Handwerk verstanden. Er durchforstete im Computer die Datenbank der Arbeitsagenturkunden. Nach einer Stunde hatte er zwei Maurer gefunden, die offensichtlich nicht völlig neben der Spur waren. Den einen kannte er aus der Antragsannahme, und der schien ganz seriös zu sein.

Außerdem hatte HP sich in seinen Block noch die Telefonnummer eines Gärtnermeisters notiert, der mit seiner Firma pleitegegangen und seitdem auf Arbeitssuche war. Aber der würde wohl kaum als Geselle bei ihnen anfangen.

Am Nachmittag würde er die beiden Maurer anrufen und ihnen den Job anbieten. Er hoffte, dass sie neben ihrer ganzen Schwarzarbeit Zeit hatten, auch einem offiziellen Job nachzugehen.

Am Nachmittag machte HP früher Feierabend und fuhr noch bei ihrer aktuellen Baustelle vorbei. Die mussten sie möglichst schnell abschließen, damit sie sich um den Garten von Frau de Bruun kümmern konnten.

Die Terrasse des Neubaus war halb fertig, aber von Gonzo, Oleg oder Dieter gab es keine Spur. Es war mal gerade 15.30 Uhr.

Wütend rief HP nochmal bei Gonzo an, und tatsächlich ging er diesmal ran.

»Verdammt nochmal, hast du meine Nachricht abgehört?«, fauchte HP.

»Na klar«, sagte Gonzo entspannt.

»Und wann gedachtest du, mich endlich mal zurückzurufen?«

»Später. Ich hab gerade Besuch von einem alten Kumpel aus Südamerika gekriegt. Spannender Typ. Wir wollen heute Abend ein bisschen in die Stadt. Kommst du mit?«

HP lief rot an und patschte sich mit der freien Hand an die Stirn. »Wir haben den Mega-Auftrag bei Frau de Bruun gekriegt. Verstehst du? Wir haben diesen Auftrag«, schrie HP hysterisch.

»Frau de Bruun?«, fragte Gonzo. »Ach ja, die ...«

HP schnappte nach Luft. »Morgen früh um acht Uhr treffen wir uns bei mir zu Hause und planen das Ding durch. Da hängt für uns jetzt alles dran, alles. Und danach sieh zu, dass du die Neubau-Terrassen fertigbekommst. Für sowas haben wir keine Zeit mehr.«

HP legte auf und versuchte die aufkommende Panik in den Griff zu bekommen. Er fuhr nach Hause und machte sich systematisch an die Arbeit: Alle anderen Anfragen abblocken, Liste mit Aufgaben erstellen, Angebote für Leihmaschinen anfragen, die beiden Maurer anrufen, Materialpreise und Liefertermine fixieren, Unterlagen für die Bank vorbereiten. Als er gegen Mitternacht ins Bett taumelte, hatte er die wichtigsten Dinge angestoßen und eine Struktur gemacht. Aber trotzdem hatte er immer noch das Gefühl, einen dicken Stein im Magen zu haben. Wenn diese Sache in die Hose ging ...

Am nächsten Morgen kam Gonzo natürlich nicht um acht Uhr und war auch nicht auf dem Handy erreichbar. Erst um 10.15 Uhr kam er endlich, sichtlich verkatert und mit nur mäßig schlechtem Gewissen.

»Mein Kumpel aus Südamerika und ich sind etwas versackt,« entschuldigte er sich. Seine versoffene und verrauchte Stimme machte HP fertig. Statt ihm zum hundertsten Mal die Leviten zu lesen, versuchte er ihm klar zu machen, dass er bei dem jetzt anstehenden Auftrag bitte, bitte, bitte absolute Disziplin zeigen müsse.

»Schon klar«, sagte Gonzo zerstreut. »Hast du vielleicht eine Aspirin für mich?«

HP holte ihm eine und schluckte auch gleich eine Tablette gegen die Magenschmerzen.

Als Gonzo sich auf den Weg zur Baustelle gemacht hatte, saß HP erst einmal mutlos da. Bislang war das alles eher ein Spiel gewesen, eine nette Sache nebenbei. Aber jetzt ritten sie auf einer Rasierklinge und HP sah glasklar, warum Gonzo niemals ein erfolgreicher Unternehmer sein konnte. Aber auf der anderen Seite war Gonzo halt Gonzo. Die Begeisterung, mit der er von seinem Bekannten aus Südamerika erzählt hatte, war einfach entwaffnend. Und so hatte sich HP breitschlagen lassen, ab Abend ein Bierchen mit den beiden zu trinken. Aber nur unter der Bedingung, dass die Terrasse heute fertig würde. Das hatte Gonzo versprochen.

Als sich HP am Nachmittag auf den Weg zu Frau de Bruun machte, um Detailfragen mit Heidel zu klären, hatte er schon einen guten Teil seiner Aufgabenliste abgearbeitet. Bei der Bank hatte er so einem Jungspund die Zusage für die nötigen Kredite abgehandelt. In Niedersachsen hatte er einen Baustoffhändler gefunden, der ihm den Granit für die erste Bauphase noch einmal um einige Cent günstiger lieferte, was sich bei der großen Menge gehörig summierte.

HP klingelte bei der Villa. Frau de Bruun öffnete selbst. »Herr Vollwert, kommen Sie rein. Herr Heidel lässt sich entschuldigen, er kommt etwas später.« Ihr freundliches Lächeln ließ es HP ganz schwül werden.

»Nehmen Sie Platz. Möchten Sie etwas trinken?«

»Ein Wasser, gern«, sagte HP und nahm auf einem gigantischen weißen Ledersofa Platz. Er schaute Frau de Bruun verstohlen hinterher. Sie war wie bei ihrer ersten Begegnung ganz schlicht gekleidet. Sie hatte eindeutig nicht mehr die Figur einer 20-Jährigen. HP errötete, als er sich bei dem Gedanken ertappte. Über sowas musste ausgerechnet er nachdenken, wo er doch selbst auf die 50 zuging und nicht gerade ein Adonis war. Er versuchte, die Gedanken abzuschütteln.

»Es freut mich, dass Sie die Neugestaltung des Gartens übernehmen«, sagte Frau de Bruun und stellte ihm ein Glas hin.

»Tja, ich hatte damit ehrlich gesagt gar nicht gerechnet«, gestand HP. »Herr Heidel scheint da ja etwas andere Ansichten zu haben.«

Frau de Bruun lachte. »Ach, Sie wissen doch, wie das mit den Experten so ist. Die können sich vor lauter Fachwissen nicht auf Intuition verlassen. Ich habe aber gleich gesagt, dass ich Sie gern beauftragen möchte. Nach dem, was Frau Schorr mir erzählt hat ...«

HP wurde ganz rot. »Sie können einen aber auch verlegen machen ...«

Wieder lachte Frau de Bruun. »Na ja, ich muss ja

während der Bauarbeiten schließlich ständig auf Sie gucken. Da sollten die Leute mir schon sympathisch sein.«

HP lachte jetzt auch. Bei ihrem entwaffnend offenen Lachen konnte man ja gar nicht anders. »Oh, Sie kennen meine Kollegen noch nicht.« Er dachte an Oleg, Dieter und den verkaterten Gonzo.

»Wieso?«, fragte sie lachend.

»Na ja, unsere Jungs sind zum Teil halt ... echte Handwerker. Wenn Sie verstehen, was ich meine.«

Sie nickte langsam. »Okay. Aber Sie sind doch sicherlich auch da, oder?«

HP räusperte sich verlegen. »Ja, aber nur zum Teil. Ich bin nämlich auch noch in einem anderen Gewerbe tätig.«

»Oh, jetzt machen Sie mich neugierig.« Sie lächelte schelmisch.

»Na ja. Also neben der Gartenbaufirma habe ich noch ... mach ich noch ... also ...« Er kratzte sich an seinem roten Kopf und pustete durch. »Okay, ich gestehe. Ich arbeite auch noch als Sachbearbeiter bei der Arbeitsagentur.« Er zuckte mit den Achseln.

»Wie spannend«, sagte die sichtlich verblüffte Frau de Bruun langsam.

HP sah sie scheu an. Als er ihre ständig lachenden Augen sah, musste er laut loslachen. »Nee, nicht wirklich spannend.«

»Ich wollte nur höflich sein«, erwiderte sie schelmisch.

Er erzählte ihr, wie es zu der Gartenbaufirma gekommen war. Dabei legte sich zu seiner eigenen Überraschung seine Aufregung. Er sprach ruhig und mit Witz. Es war komisch. In der Gegenwart von Frau de Bruun fühlte er sich irgendwie ganz sicher, nicht mehr nervös.

»Wie nett«, sagte sie. »Ich kann das gut verstehen. Wissen Sie, was ich früher mal beruflich gemacht habe, bevor ich meinen verstorbenen Mann kennengelernt habe?«

Er kratzte sich an der Nase. »Schwer zu sagen ...«

»Ich war Steuerfachangestellte. Spannend, nicht wahr?«

HP nickte und versuchte ein beeindrucktes Gesicht zu machen. Dann konnte er sich aber ein Grinsen nicht verkneifen.

Sie lachten beide los. Dieses irritierend offene Lachen, dachte HP bei sich.

»Na, dann kann ich Sie ja für unsere Steuerangelegenheiten um Rat fragen«, scherzte HP.

»Ich fürchte, in den letzten 25 Jahren hat sich in dem Gebiet einiges getan«, erwiderte Frau de Bruun und wurde plötzlich ernst. »Im Nachhinein hätte ich doch weiterarbeiten sollen.«

HP räusperte sich. Jetzt wurde ihm etwas unbehaglich. »Wieso meinen Sie das?«

»Na ja. Dann hätte ich jetzt auch noch eine sinnvolle Beschäftigung.« Sie seufzte, dann kehrte das Lachen in ihre Augen zurück. »Aber was soll's.«

»Was hat ihr Mann denn gemacht?«, fragte HP und fürchtete gleich, dass er zu indiskret war.

»Geschäfte«, sagte sie geringschätzig. »Irgendwelche Geschäfte, einträgliche Geschäfte. Fragen Sie mich nicht. Ich hatte damit herzlich wenig zu tun.«

An ihrem Tonfall spürte HP, dass er ein sensibles Thema zu packen hatte. Das wollte er lieber nicht vertiefen.

»Na, wie auch immer. Wenn mich mal wieder das Finanzamt plagt, werde ich Sie bestimmt anrufen«, sagte er augenzwinkernd.

Es klingelte und Frau de Bruun ging zur Tür. Heidel kam mit säuerlicher Miene herein. Er entschuldigte sich kühl für seine Verspätung. HP ärgerte sich, dass dieser Gockel das nette Gespräch störte.

Eine halbe Stunde später waren die schweren Sorgen wieder zurück, nachdem Heidel HP mit jeder Menge Details und Forderungen zu dem Auftrag überzogen hatte. Leider war Frau de Bruun nicht mit dabei, weil sie telefonierte. Erst als HP die Villa verließ, kam sie wieder mit dazu.

»Haben Sie nicht Lust, mal auf einen Kaffee vorbei zu kommen, Herr Vollwert?«, fragte sie. »Es ist so nett, sich mit Ihnen zu unterhalten.«

HP wurde abwechselnd heiß und kalt. »Sehr gerne«, stammelte er und grinste schief.

Draußen im Auto brauchte er ein paar Minuten, um zu sich zu kommen. Das erste Mal in seinem Leben hatte ihn eine halbwegs attraktive Frau zu einem Kaffee eingeladen. Es schüttelte ihn. Frau de Bruun war zwar zu alt, nicht mehr knackig, nicht mal besonders hübsch - aber sie war umwerfend nett und in ihrer Gegenwart fühlte sich HP so merkwürdig wohl.

Am Abend fand HP wieder kein Ende am Schreibtisch. Er rief Gonzo an, dass er nicht mit in die Kneipe gehen würde. Er versuchte ihm klar zu machen, dass sie bei dem Auftrag höllisch aufpassen mussten. »Der Heidel will uns fertig machen«, sagte HP.

»Schafft er nicht. Du hast das doch wie immer alles im Griff«, meinte Gonzo munter.

»Scherzkeks«, brummelte HP. »Du solltest vielleicht auch mal wieder was im Griff haben.«

»Ja nun, da haben wir doch klare Aufgabenteilung«, lachte Gonzo. »Du regelst und ich mache.«

»Schon klar. Dann mach morgen früh mal weiter. Und dann müssen wir bei der de Bruun antanzen und loslegen. Kannst du bitte zumindest an den ersten Tagen die neuen Arbeitsklamotten mit dem Firmenlogo anziehen?«

»Klar, Chef.«

»Ich hab übrigens noch zwei Maurer für den Job angeheuert. Die kommen übermorgen auch.«

»Wow, eine richtige Kolonne was? Na, wird schon. Oh, da kommt Carlos, mein Bekannter. Wir gehen dann mal«, sagte Gonzo.

»Viel Spaß«, seufzte HP. Er nahm die Ordner mit in die Küche und rechnete weiter, während er sich eine Fertigpizza machte.

#

Wenn das Handy morgens um fünf Uhr klingelte, war HP klar, dass es nur Gonzo sein konnte. Er überlegte einen Moment ranzugehen, aber dann entschied er sich doch für das Weiterschlafen. Wahrscheinlich war Gonzo mit seinem Südamerika-Kumpel irgendwo versackt und wollte jetzt abgeholt werden. Am besten aus Kolumbien oder so. HP hob einen Arm aus der Bettdecke und streckte den Mittelfinger in Richtung des Telefons.

Dann drehte er sich seufzend auf die andere Seite. Im Halbschlaf plante er den Tag schon mal ohne Gonzo. Der würde sicher nicht in zwei Stunden auf der Baustelle auftauchen und dort wie vereinbart klar Schiff machen. HP würde sicherheitshalber selbst losfahren und sich kümmern. Hauptsache, sie hatten spätestens nachmittags den Rücken frei, damit sie bei Frau de Bruun die Arbeiten vorbereiten konnten.

Nach einer Viertelstunde stand HP genervt auf. Jetzt war er sowieso hellwach. Gonzo konnte ihn schon um den Schlaf bringen, auch wenn er gar nicht da war.

Er schlurfte in die Küche und machte sich einen Kaffee. 5:20 Uhr zeigte die Küchenuhr. HP ließ sich auf einen Küchenstuhl fallen und nahm einen Schluck. Auf dem Tisch lag das Handy und signalisierte blinkend, dass es neue Nachrichten gab. Aber statt des Handys nahm sich HP nochmal seinen Ringordner mit den Aufgaben für die Großbaustelle vor, die noch vom letzten Abend da lag. Er prüfte nochmal, ob er für die ersten Schritte auch wirklich alle Bestellungen gemacht hatte und kämpfte gegen ein diffuses ungutes Gefühl an.

Er schmierte sich ein Butterbrot und ging die Listen noch einmal durch. War schon fast zwanghaft. Am Nachmittag würden die ersten Sachen angeliefert, Maschinen, Container und so weiter. Dann musste Gonzo loslegen. Am besten blieb HP selbst auch den restlichen Tag auf der Baustelle, damit sein Kumpel auch wirklich ins Arbeiten kam.

Tja, der Gonzo-Faktor. HP zuckte seufzend mit den Schultern und nahm das Handy. Aber er hatte noch immer keinen Bock darauf, sich das schnapstrunkene Gefasel seines Kumpels anzuhören und legte das Telefon wieder weg. Stattdessen ging er erstmal duschen. Frisch in den Tag zu starten war ja nicht verkehrt.

Als Entschädigung für die kurze Nacht gönnte sich HP heute ein paar Minuten länger unter der warmen Dusche. Als er sich gerade den Kopf einschäumte, hörte er aus der Küche wieder das Handy bimmeln. Gonzos Timing war wirklich sagenhaft, dachte HP verzweifelt. »Nein, ich hole dich nicht irgendwo ab«, schrie er und spülte sich grob den Schaum ab.

In ein Handtuch gewickelt stapfte er in die Küche und nahm das Handy. Diesmal hatte Gonzo keine Nachricht hinterlassen. Wütend hörte er die Nachricht von vorhin ab.

Ein Rauschen und Rattern war zu hören, dann Gonzos wohlbekannter Tonfall, wenn er betrunken war: »Hey HP. Ich wollte kurz was mit dir besprechen.«

Im Hintergrund hörte HP eine Ansage »Volgende stop: Utrecht.« Er schlug die Hand gegen die Stirn. Das konnte doch nicht wahr sein. Gonzo war hoffentlich nicht wirklich in Holland unterwegs.

»Tja ... also ... ich wollte nur Bescheid sagen, dass ich ein paar Tage nicht da bin«, hörte er Gonzo jetzt wieder sagen und ein Lachen im Hintergrund. »Ich muss meinem Kumpel etwas helfen. Oder besser gesagt, ich kann da ein bisschen mitmachen. Erklär ich dir später. Na ja, in jedem Fall bin ich ein paar Tage weg.«

HP sprang vom Tisch auf und stoppte die Nachricht. Mit zitternden Fingern suchte er Gonzos Nummer raus und rief an. Es dauerte eine ganze Weile, bis endlich ein Freizeichen zu hören war. »Nun geh schon endlich ran, du verdammter Idiot!«, schrie HP hysterisch. Er hatte das Gefühl, dass er gleich platzen würde.

»The person you are calling, is not availiable.« vermeldete das Handy. HP ließ es auf den Tisch fallen und tigerte in Kreisen durch die kleine Küche. Das konnte doch alles nicht wahr sein. Das war ein Witz. Das konnte doch nicht mal der bekloppte Gonzo bringen!

HP lehnte sich mit dem Kopf gegen den Türrahmen. Ganz ruhig bleiben, dachte er. Nur nicht den Kopf verlieren. Er würde sich jetzt erstmal anziehen. Dann würde er nochmal Gonzo anrufen. Und diesmal bekäme er ihn bestimmt auch. Und dann würde er ihm klar machen, dass er spätestens morgen auf der Baustelle bei Frau de Bruun anzutanzen hätte. Und das würde Gonzo dann auch machen, weil er es bestimmt nur mal wieder vergessen hatte. So würde es sein, sagte HP sich. Er konnte aber nicht verhindern, dass er kaum das Hemd zugeknöpft bekam, so zitterte er.

Als HP fertig war, versuchte er weiter vergeblich Gonzo zu erreichen. In seiner Verzweiflung drückte er 20 mal die Wahlwiederholung. Er hatte das Gefühl, dass er ein minütlich wachsendes Magengeschwür hatte.

Endlich, endlich, nach fast einer Stunde nahm Gonzo tatsächlich ab. »Hi HP. Hast du schon mal versucht mich anzurufen?«, fragte Gonzo verwirrt.

HP keuchte. »Ich versuche dich seit einer Stunde anzurufen!«, schrie er schließlich, weil sich die Anspannung endlich löste.

»Jetzt schrei doch nicht gleich. Hab ich gar nicht gehört. Das blöde Handy lag unter dem Rucksack«, sagte Gonzo.

»Wo steckst du?«, fragte HP scharf.

»Wir sind in Rotterdam.«

HP schloss die Augen und atmete tief durch. »Wir

fangen heute mit der größten Baustelle unseres Lebens an.«

»Darüber wollte ich ja mit dir reden. Mein Kumpel macht in Kolumbien ein paar ganz spannende Sachen. Baut da unter anderem eine Plantage auf. Und da braucht er etwas Hilfe. Und ... na, ja ... ich helf ihm halt ein bisschen. Kann man sogar richtig gut Geld bei verdienen. Bin auch nicht lange weg, nur ein paar Tage ... na ja.«

HP atmete schwer durch. »Darf ich dich daran erinnern, dass du hier gewisse geschäftliche Verpflichtungen hast, die du schlecht von Kolumbien aus erledigen kannst?« Es gelang ihm nicht ganz, die Hysterie niederzuhalten.

Gonzo schwieg ein paar Momente und seufzte schwer.

»Ja ja. Aber ... wir machen das mit der Gartenfirma ja schon eine ganze Zeit ... Und ich merk immer mehr, dass ich ... zwischendurch dringend mal wieder was anderes machen muss«, sagte Gonzo. HP konnte das Unbehagen seines Kumpels deutlich hören. »Ewig das Gleiche machen liegt mir einfach nicht.«

HP schluckte schwer. »Hör zu, lass uns darüber in Ruhe reden. Setz dich bitte in den nächsten Zug und komm zurück. Dann bequatschen wir das.«

»Das ist gerade schlecht«, meinte Gonzo zögerlich. »Wir legen gerade ab.« Gonzo seufzte hörbar.

HP blieb der Mund offenstehen. Es dauerte eine Weile, bis die Information in sein Bewusstsein durchgedrungen war. Sein Partner saß auf einem Frachter in Richtung Kolumbien.

HP konnte nicht mehr. »Dir ist klar, dass wir da nicht mal locker aussteigen können? Dir ist klar, dass wir Material, Maschinen und Personal im dreistelligen Bereich bestellt haben? Dir ist klar, dass wir finanziell am Arsch sind, wenn das Ding platzt? Dir ist klar, dass ich ohne dich nicht mal einen Schweinestall pflastern kann? Dir ist klar, dass du uns mit deiner Sprunghaftigkeit bis zum Hals in die Scheiße reitest?« HP war immer lauter geworden, die letzten Sätze schrie er regelrecht.

Gonzo schwieg erst. Dann meinte er kleinlaut: »Weiß ich alles. Tut mir auch wirklich leid. Dauert aber echt nicht lange. Fangt schon mal ohne mich an. Ich stoß dann dazu.«

Ein Wortschwall wollte aus HP herausbrechen, aber dann hielt er inne. Jetzt erkannte er den Fehler in der Gleichung, den er von Beginn an hätte sehen müssen. Zwischen Gonzo und dem Begriff Verlässlichkeit stand schon immer ein Ungleich-Zeichen. Während HP sich ein ganzes Stück verändert hatte, war Gonzo immer noch der gleiche unstete Typ mit der abgewetzten Lederjacke, der er schon immer gewesen war.

HP raufte sich mit der freien Hand die Haare. »Du bist einfach ...«

»Sorry, Mann. Ich weiß, dass das blöd ist ... aber ich kann nicht anders. Ich melde mich wieder.« Die Verbindung wurde beendet.

HP starrte aus dem Fenster und die Hand mit dem Handy fiel auf den Küchentisch. Er spürte seinen Körper nicht mehr, er war nur noch eine leere Hülle. Er wartete auf einen Gedanken in seinem Kopf, aber da kam lange Zeit nichts. Und dann quälte sich langsam wie zäher Sirup die Erkenntnis durch die Windungen seines Hirns: Alles im Arsch. Er war erledigt. Ohne Gonzo konnte er einpacken. Fertig. Finito. Wie hatte er auch glauben können, dass ihm der ganz große Coup als Unternehmer gelingen könnte? Ihm, dem kleinen Sachbearbeiter bei der Arbeitsagentur, an dem noch jeder kleine Azubi auf der Karriereleiter vorbeigezogen war.

Nero kam aus dem Flur herein und setzte sich vor den Küchentisch und guckte fragend. Klar, will sein Frühstück haben, dachte HP. Selbst von seinem blöden Kläffer ließ er sich ja diktieren was zu tun war. Von wegen tougher Unternehmer.

Nero guckte immer noch. Immerhin war er nicht mehr so frech wie früher. Da hatte er geknurrt, fies geguckt oder vorsorglich in den Flur gekotzt. Jetzt guckte die Töle nur noch fragend. Immerhin, dachte HP bitter. Seine Persönlichkeit war soweit gereift, dass ein alter Rauhaardackel ein Mindestmaß an Respekt vor ihm hatte. Tolle Wurst.

HP stemmte sich mit Mühe hoch und gab dem Dackel Futter. Dann ging er in sein Büro, das auch sein Schlafzimmer war. Er hatte den dicken Ordner mit den Unterlagen für den Mega-Auftrag aus der Küche mitgenommen. Wo sollte er jetzt anfangen? Gonzo war weg. Was sollte er jetzt tun?

Er sah auf die Liste mit den anstehenden Dingen, die er heute hatte abarbeiten wollen. Vor allem die Arbeitsverträge mit den beiden Maurern hätten noch unterschrieben werden müssen. Und jetzt? Alles für die Katz. Vor den beiden Handwerkern stand er jetzt ja schön da, die hatten sich für den Job freigehalten. Er wurde jetzt schon ganz schwitzig, wenn er an die Gespräche dachte.

Er nahm den Zettel mit den Telefonnummern der

beiden unter der Schreibtischunterlage hervor. Besser, er brachte es gleich hinter sich.

Aber dann musste er an Oleg und Dieter denken, die beiden ollen Schnapsleichen. Er hatte sich so an sie gewöhnt und ... ja ... er mochte die beiden zuverlässigen Handwerker inzwischen sogar. Was würden Sie tun, wenn er alles hinschmiss? Würden die beiden tüchtigen Alkis nochmal einen Job bekommen? Wohl kaum.

Nein, das konnte er nicht machen. Er war als Chef ja auch für seine Jungs verantwortlich. Er packte die Telefonnummern der Maurer wieder unter die Unterlage. Sollte er es nicht doch allein versuchen? Mit der Hilfe von Oleg und Dieter musste das doch irgendwie zu machen sein.

Er blätterte durch die Materialbestellungen und sah nochmal auf die horrend großen Zahlen in seiner Kalkulation. Es war aberwitzig, es war der reinste Selbstmord. Er hatte genau genommen von dieser ganzen Steinsetzerei nicht die geringste Ahnung. Das war Gonzos Part gewesen.

HPs Magen krampfte sich zusammen. Es war zwecklos ohne seinen Partner. Er musst daran denken, dass er jetzt alle Lieferanten anrufen musste, um die Bestellungen zu stornieren. Die würden ihn lang machen und ohne Gnade blankziehen. Und dieser ganze Scheiß nur wegen Gonzo. Oder besser gesagt, weil er Volldepp so naiv gewesen war zu glauben, dass man mit Gonzo etwas aufbauen könnte. Jetzt war er weg und nichts blieb übrig außer über einem Jahr Zeitverschwendung.

HP ging zurück in die Küche um sich einen Kaffee zu holen. Auf dem Fensterbrett lag noch eine von Gonzos Zigarettenschachteln, die er ständig irgendwo vergaß. HP schüttelte den Kopf. Typisch.

Plötzlich musste er an Jahnke denken, die arme Sau. Den hatte er zusammen mit Gonzo Sterben lassen. Er seufzte und trank etwas Kaffee. Nein, er war nicht mehr der gleiche, mit dem alle machten was sie wollten. Er war stark genug gewesen, ein Menschenleben mit zu beenden. Er hatte mit Gonzo Sachen gemacht, von denen all diese spießigen Biedermänner da draußen nicht mal träumen würden. Er hatte den Schützen-Opas die rote Karte gezeigt, hatte seine Kollegen und sogar seinen Chef in die Schranken gewiesen. Es war nicht mehr so wie früher.

Er knallte die Tasse auf den Küchentisch und ging entschlossen wieder ins Büro. Er hatte schon ganz andere Sachen gewuppt, da musste er das hier jetzt auch irgendwie hinbekommen. Er setzte sich an seinen Schreibtisch und überlegte, was er jetzt zuerst tun sollte. Er griff zum Handy und rief Dieter an. Er sollte mit Oleg schon mal die bisherige Baustelle abräumen, er käme nachher mit dem Pritschenwagen um sie abzuholen. Nein, Gonzo käme heute nicht.

Nachdem er aufgelegt hatte, fühlte HP sich besser. Etwas tun statt rumjammern. Er würde das auch ohne Gonzo hinbekommen. Gonzo und Jahnke waren eine Episode gewesen. Er schluckte. Gonzo und Jahnke waren auch seine einzigen Freunde gewesen. HP starrte aus dem Fenster. Er dachte an die wilden Unternehmungen mit Gonzo. Mit diesem bekloppten Zelten hatte es angefangen, dann die skurrile Tour nach Polen, die vielen Abende in merkwürdigen Kneipen, finstere Gestalten, die Schützenvereinsfeier ... alles vorbei.

HP fühlte sich plötzlich bleischwer. Wie sollte das alles allein gehen? War doch zwecklos, warum sollte er sich etwas vormachen. Mit einem Stich im Herzen kam ihm in den Sinn, dass er auch noch Frau de Bruun anrufen musste. Sie würde schwer enttäuscht sein. Er hörte nochmal ihr fröhliches Lachen und spürte ihre Hand auf seinem Arm. Nein, es nützte nichts. Er konnte ihr nichts vormachen und sie am Ende enttäuschen. Besser, er sagte ihr gleich, wie es ist, statt es zu versuchen und sie dann noch schwerer zu enttäuschen. Das hatte sie nicht verdient. HP musste schwer seufzen.

Auf einmal kam ihm die Arbeitsagentur in den Sinn. Sein Magen krampfte sich wieder zusammen, wenn er daran dachte, dass er da wahrscheinlich wieder voll arbeiten müsste. HP stand auf. Der Gedanke machte ihn wütend, dass er sich wieder jeden Tag mit der ollen Hinrichs, dem ahnungslosen Becker und dem frechen Siggi Hansen würde rumärgern müssen.

»Scheiße!«, schrie er so laut er konnte und haute mit der Faust an die Wand. Dann atmete er schwer durch. Es nützte ja alles nichts.

Er nahm die Visitenkarte von Gartenarchitekt Heidel vom Schreibtisch. Selbst diese Karte war schon so blasiert, dass er hätte kotzen können. Er las die Nummer und sah verdrossen zum Telefon. Scheißspiel. Er sah schon Heidel vor seinem inneren Auge. Dieser Fatzke, dieser Gockel. Den Triumph des Gartenarchitekten konnte er sich lebhaft in allen Farben vorstellen. Er würde HP genüsslich auseinandernehmen und seine Einzelteile in den Dreck treten. Das war das Allerschlimmste an der ganzen Sache.

Mit zusammengebissenen Zähnen setzte er sich wieder an den Schreibtisch. Er rotierte die Karte durch die

Finger und mit der anderen Hand trommelte er auf dem Telefon.

»Fick dich«, stieß er schließlich hervor und steckte die Visitenkarte unter die Schreibtischunterlage. Er blätterte in seinem Block nach einer Telefonnummer und wählte.

»Guten Morgen, Herr Ketelsen. Ich bin Geschäftsführer von HPG Gartenbau. Sie sind doch Gartenbaumeister. Hätten Sie Interesse an einem gut bezahlten Job?«

9

»Ich kümmer mich drum ... Ja, Herr Heidel ... natürlich
war das so nicht geplant ... wie gesagt, ich kümmer mich
gleich heute Nachmittag ...« HP warf wütend sein Handy auf den Schreibtisch.

»Scheiße«, fluchte er leise. Die olle Hinrichs sah in
entrüstet an.

HP machte sich einige Notizen. Dann versuchte er,
sich wieder seiner Arbeit zu widmen. Das war extrem
schwierig geworden, seitdem sie im Garten von Frau de
Bruun losgelegt hatten. Auch wenn Gärtnermeister
Ketelsen ein zuverlässiger und guter Handwerker war,
gab es doch ständig eine Menge nebenbei zu regeln, so
dass HP zumindest gedanklich fast ständig auf der Baustelle war. Seinen Job bei der Arbeitsagentur erledigte er
inzwischen auf einem so niedrigen Niveau, dass es ihm
peinlich war. Er schaffte nicht mehr einen Bruchteil
dessen, was er früher erledigt hatte. Gegenüber Becker
und den Kollegen schob er immer seine Mutter als
Grund für sein Leistungstief vor. Aber zumindest die
olle Hinrichs kriegte durch die vielen Telefonate mit,
dass er nebenbei mit Dingen beschäftigt war, die nichts
mit seiner kranken Mutter zu tun hatten. Und damit
wussten es im Grunde natürlich alle.

Mittags fuhr HP rüber zu Frau de Bruun. Ketelsen
war mit Oleg, Dieter und den beiden neu engagierten
Maurern damit beschäftigt, große Granitpalisaden in
einem geschwungenen Bogen aufzustellen. Dabei hatten

sie leider den Plan nicht genau genug studiert und den Schwung in die falsche Richtung geführt. Heidel hatte deshalb mal wieder einen Riesenaufstand gemacht.

»Gucken Sie mal hier, Herr Ketelsen. Da stehen doch die genauen Maße«, sagte HP und deutete auf die Zeichnung. Ketelsen setzte seine Lesebrille auf. »So'n Schiet. Das kann man aber auch anders lesen«, sagte er ruhig. »Aber nützt ja nix. Da müssen wir vier Meter nochmal zurücknehmen.«

»Ja bitte, und das am besten gleich. Sonst steigt uns Herr Heidel noch mehr aufs Dach.«

»Och der ...«, meinte Ketelsen und verzog gleichgültig das Gesicht.

HP mochte Ketelsen. Der Gärtnermeister war durch nichts aus der Ruhe zu bringen und passte perfekt zu dem aggressiven Heidel. Und als Chef für Oleg, Dieter und die beiden Maurer war er auch gut. Als Unternehmer hatte Ketelsen ganz sicher zu wenig Energie und Kreativität. Deshalb war es auch kein Wunder, dass er mit seiner eigenen Firma den Bach runtergegangen war. Aber er war gewissenhaft und angenehm unkompliziert, wie HP fand. Er machte solide seinen Job, schob aber alle Entscheidungen und allen Ärger mit Heidel konsequent an HP weiter.

HP seufzte. Die Korrektur des Fehlers dauerte einige Stunden und kostete wieder mal etwas zusätzliches Material. Das war in den ersten Tagen einige Male passiert. Mal mussten irgendwelche Bäume mit Brettern geschützt werden, mal Stahlplatten für die schweren Maschinen auf den Fußwegen besorgt werden. Das läpperte sich ganz schön. Und HP wusste genau, dass sich Heidel über jedes Detail freute, das er nicht bedacht hatte. Zum Glück war der Architekt jetzt nicht da.

»Ich helfe ein bisschen mit. Hab meine Arbeitsklamotten im Auto«

»Wenn Sie meinen, dass das hilft«, sagte Ketelsen achselzuckend.

HP wusste natürlich, dass er auf dem Bau nicht der entscheidende Faktor war. Aber es war ihm lieber, etwas zu tun als nur dabei zu stehen. Als er sich umgezogen hatte, schnappte er sich eine Schaufel und buddelte den zum Glück noch nicht ausgehärteten Mörtel von den Palisaden. Schweigend arbeiteten sie, bis es langsam dunkel wurde. Das war anders als mit Gonzo, wo sie zwischendurch auch mal rumgeflachst hatten. Oleg und Dieter waren ja nicht gerade Stimmungskanonen. Die redeten keine zehn Worte am Tag. Timo und Sascha, die beiden Maurer, waren zu jung als dass man sich mit ihnen gut hätte unterhalten können. Außerdem war er jetzt hier ja der Chef, und die anderen hielten etwas Distanz zu ihm. HP musste schmunzeln. Der Chef stand mit verschwitzter Bombe neben seinen Leuten und hatte selbst am wenigsten Ahnung von allen.

»Tüchtig«, lobte Ketelsen. »Das machen Sie ja nicht jeden Tag. Sieht man.«

HP sah ihn forschend an. Wollte der Gärtner ihn etwa verarschen? Aber Ketelsen meinte das wohl ernst. Und er hatte ja recht.

Inzwischen hatten sie die falsch gesetzten Palisaden wieder ausgebuddelt und den halbgebundenen Mörtel auf einen Haufen geschippt.

»Da brauchen wir wohl noch einen Container«, meinte Ketelsen.

»Ich bestell gleich morgen früh einen«, seufzte HP. Wieder ein paar hundert Euro weg. Er setzte sich auf eine Palisade.

»Guten Abend, Herr Vollwert. Ich habe sie und ihre Leute schuften sehen und dachte, ich bring ihnen mal was zu trinken.« Frau de Bruun stand auf der Terrasse mit einer Kühltasche. »Kommen Sie nur, es ist doch bestimmt ohnehin gleich Feierabend.«

HP nickte seinen Kollegen zu und sie holten sich bei der Witwe ein Bier ab. Sogar eine Flasche Korn hatte sie hingestellt, die sich Dieter und Oleg gleich angelten.

»Danke, sehr nett. Uns ist da ein kleines Malheur passiert, das wir schnell noch korrigieren wollten.« HP wischte sich mit dem Ärmel über die schweißnasse Stirn.

Frau de Bruun lachte und die anderen grinsten.

»Was ist?«, fragte HP verunsichert.

»Jetzt sind sie ganz grau im Gesicht.« Da war wieder dieses offene Lachen von ihr.

HP sah auf seinen Ärmel, der voll mit Zementstaub war.

»Mist«, sagte er und wischte mit den Händen über die Stirn.

»Machen Sie es nicht noch schlimmer«, sagte sie. »Ich hol ihnen gleich einen Lappen.«

HP lief rot an. Früher in der Schule war er mal einen ganzen Tag lang mit einer eingesauten Hose rumgelaufen, als er sich auf einen Joghurt gesetzt und es nicht bemerkt hatte. Alle sahen die weiße Schleimspur auf seinem Hintern und lachten sich schlapp. Nur gesagt hatte es ihm natürlich keiner.

Er zuckte mit den Schultern und trank einen Schluck Bier. »Wir machen dann Feierabend«, sagte er zu seinen Leuten. Es wäre ihm lieber gewesen, wenn sie nicht mitangesehen hätten, wie Frau de Bruun ihm wie einem kleinen Kind mit einem Lappen das Gesicht abwischte. Zu allem Überfluss kam auch noch gerade in diesem Moment Heidel um die Ecke der Terrasse gebogen. Er hob nur spöttisch die Augenbrauen und sah sich um. Er blickte stirnrunzelnd auf den Mörtelhaufen und die ausgegrabenen Palisaden. Dann setzte er ein höhnisches Lächeln auf.

»Sie kennen ja den Terminplan, Herr Vollwert?«

HP ballte die Faust in der Tasche. »Natürlich«, knurrte er.

Heidel wies lächelnd auf die Palisaden und zuckte dann die Schultern. »Na, sie haben das ja bestimmt im Griff.« Er wandte sich an Frau de Bruun. »Dürfte ich Sie kurz in ein paar Detailfragen sprechen?«

Nachdem Heidel mit Frau de Bruun ins Haus gegangen war, stand HP immer noch brodelnd da.

Ketelsen stand auf eine Schaufel gestützt da. »Gockel«, meinte er, ohne eine Miene zu verziehen.

Am nächsten Morgen hatte HP einen Entschluss gefasst. Da ihm die Baustelle eh keine Ruhe ließ, würde er voll mit einsteigen. Er rief in der Arbeitsagentur bei Becker an und erzählte ihm was von einem Schlaganfall, den seine Mutter erlitten habe. Deshalb müsse er sich unbedingt sofort um sie kümmern und er bitte deshalb um zehn Tage unbezahlten Urlaub.

Das Argument mit der Mutter konnte Becker nicht entkräften, obwohl HP fürchten musste, dass er von der ollen Hinrichs schon Wind davon bekommen hatte, was er wirklich in seiner freien Zeit tat. »Herr Vollwert, ich weiß ja wie sehr sie sich für ihre Mutter aufopfern. Aber achten Sie auch ein bisschen auf sich selbst«, sagte Becker.

Idiot, dachte HP. Als wenn es seinem Gruppenleiter auch nur im Geringsten um ihn oder seine Mutter gehen würde. Ihm ging nur die Düse, weil HP für ihn nicht mehr die Kohlen aus dem Feuer holte.

»Nützt ja nichts«, meinte HP.

»Tja, da kann ich wohl schwer nein sagen, wie?« Als HP nichts sagte, seufzte sein Chef. »Dann machen Sie mal den Antrag fertig. Ich hoffe, dass Sie möglichst bald wieder voll da sind.«

Von wegen, dachte HP. Er würde die maximalen zehn Tage unbezahlten Urlaub nehmen, noch etwas krankfeiern und dann den schon lange eingetragenen normalen dreiwöchigen Urlaub nehmen. So konnte er sich eineinhalb Monate für den Bau bei Frau de Bruun freimachen. Dabei verlor er zwar eine ganze Stange Geld, aber das war immer noch besser, als vor diesem Arschloch von Heidel in die Knie zu gehen.

HP saß auf der Kante des gigantischen Ledersessels, der locker sein ganzes Wohnzimmer ausgefüllt hätte. Frau de Bruun stellte ihm einen Kaffee in einer modern geschwungenen Tasse auf den Glastisch und setzte sich in eines der Sofas.

»Schön, dass sie mal Zeit für einen Kaffee haben. Sie haben ja reichlich zu tun«, sagte Frau de Bruun und lächelte.

»Ja, das kann man so sagen«, meinte HP und versuchte nicht an die ganzen Schwierigkeiten zu denken, die sie mit den Arbeiten in Frau de Bruuns Garten hatten. Er sah draußen Ketelsen, Oleg und Dieter schwere Platten mit einem langarmigen Bagger legen. Der Bagger kostete eine irre Miete und war in der ursprünglichen Kalkulation nicht vorgesehen. Ebenso wenig wie die dicken Holzbohlen, auf denen der Bagger stand.

HP seufzte und versuchte ebenfalls zu lächeln. »Aber für einen Kaffee reicht es ja immer.« Er pustete verlegen in sein Getränk.

»Lecker«, sagte er höflich nach dem ersten Schluck und nickte anerkennend zu dem supermodernen Edelstahl-Kaffeeautomaten, der auf einer Anrichte stand.

Frau de Bruun lächelte bekümmert. »Das freut mich. Wenn ich ehrlich bin, kann ich mich an diesen Automatenkaffee immer noch nicht gewöhnen. Ich mag guten alten Filterkaffee lieber.«

HP grinste. »Oh, dann sollte ich Sie vielleicht mal zum Kaffee einladen. Ich hab noch die gute alte Melitta-Kaffeemaschine mit Glaskanne, die ich bei meinem Auszug damals gekauft habe. Mit meinem neuen Kapselautomaten werd ich auch nicht so richtig warm.«

Frau de Bruun lachte. »Tja, ich hätte wahrscheinlich auch noch eine richtige Kaffeemaschine, wenn mein Mann nicht unbedingt so einen protzigen Apparat hätte haben wollen.«

»Gibt aber ordentlich was her, so ein Teil.«

»Alles Fassade«, meinte sie seufzend. »Ich lebe ja nun schon viele Jahre hier, aber ich fremdele immer noch etwas damit. Die kleinen Verhältnisse, aus denen man stammt, hat man irgendwie in jeder Faser.«

HP schmunzelte. »Stimmt, kriegt man nie wieder

raus. Ich ärgere mich auch manchmal, was für komische Angewohnheiten ich von meinen Eltern übernommen habe.«

Sie zeigte um sich. »Das Ganze hier ist ganz überwiegend mein Mann. Und obwohl der nun schon einige Jahre tot ist, schaff ich es trotzdem nicht, mich hier richtig sichtbar zu machen.«

»Außer im Garten, hoffe ich«, meinte HP.

Sie lächelte. »Ja, das ist das Erste, was meins ist. Obwohl ich mir niemals so einen großen Garten zugelegt hätte.«

HP kratzte sich verlegen am Kopf.

»Ich bin in einem Mini-Siedlungshaus auf dem Dorf aufgewachsen. Ist mir heute noch rätselhaft, wie meine Eltern mit mir und meinen beiden Schwestern darin wohnen konnten, aber es ging. Wir hatten so einen riesigen Gemüsegarten, gab immer alles aus eigener Ernte.«

HP nickte. »Wie sind Sie denn dann in ein Steuerbüro gekommen?«, fragte er.

»Na ja. Nach der Realschule hab ich keine Lehrstelle gefunden und bin dann weiter zur Schule gegangen. Und mit dem Fachabitur hab ich dann eine Stelle im Steuerbüro ergattert. Obwohl ich da nicht wirklich Lust zu hatte.«

»Was wären Sie denn gern geworden?«

»Gute Frage. Kann ich gar nicht genau sagen.« Sie machte eine Pause. »Aber in jedem Fall nicht Steuerfachgehilfin.«

HP schüttelte amüsiert den Kopf. »Ist schon komisch. Ich hab auch nie darüber nachgedacht, was ich denn mal werden will. Ich hab Bewerbungen geschrieben und das genommen, was als erstes kam. Ich hätte auch Verkäufer bei Hertie werden können oder Sanitärkaufmann. Können Sie sich das vorstellen?« Er musste lachen, wenn er sich selbst mit Hemd und Krawatte Kurzwaren im Kaufhaus verkaufen sah.

Er räusperte sich. »Woran ist ihr Mann denn eigentlich gestorben?« Die Frage war ihm unangenehm, aber sie musste ja irgendwann mal gestellt werden.

»Herzschlag. Auf einer Dienstreise in China«, sagte sie überraschend schnell und emotionslos.

»Oh«, meinte HP und nickte.

»Genau genommen war das auch keine Überraschung. Sein Arzt hatte ihn schon seit Jahren gewarnt. Aber wie das so ist bei Workaholics. Ob der Arzt was sagt oder gar die Ehefrau ...«

HP machte nur ein bekümmertes Gesicht. Er wusste nicht was er sagen sollte.

»Na ja, aber lassen wir das Thema«, sagte Frau de Bruun und trank ihren Kaffee aus. »In jedem Fall bin ich so in ein ganz komfortables aber etwas fremdes Leben reingerutscht. Und nun versuche ich schon seit einigen Jahren, mich selbst wiederzufinden.«

»Verstehe«, sagte HP und wurde etwas verlegen, als sie ihn fragend ansah. »Ich meine: ich weiß auch nicht so genau, was ich eigentlich bin. Ist der Arbeitsagentur-Sachbearbeiter meine echte Persönlichkeit oder bin ich tatsächlich ein Unternehmer?«

»Ist das entscheidend? In jedem Fall sind Sie herrlich normal, was ich sehr angenehm finde.« Sie lächelte und HP wurde richtig rot.

»Also doch eher Sachbearbeiter«, meinte er lachend.

Frau de Bruun stand auf und holte noch einen Kaffee. Wenn HP sie jetzt so betrachtete, fand er sie eigentlich doch ganz attraktiv.

»Ich habe ihren Partner lange nicht gesehen«, sagte sie, während der Kaffeeautomat zischte.

HP seufzte. »Herrn Kählert? Der ist mit leider abhanden gekommen.«

»Oh. Gab es Ärger?«, fragte sie. »Ich weiß, das geht mich nichts an ...«

»Nein, schon gut. Herr Kählert betreibt inzwischen eine Plantage in Kolumbien. Fand er wohl spannender ...«

»Eine Plantage in Kolumbien? Sie wollen mich auf den Arm nehmen.« Sie kam lachend mit den Tassen zurück und setzte sich.

»Leider nein. Herr Kählert ist ein wenig ... eigenwillig, um es vorsichtig auszudrücken.« HP musste wieder seufzen. »Und ein ziemlich guter Freund von mir«, schob er hinterher.

Sie sah ihn prüfend an.

»Ach, es ist kompliziert. Gonzo, also Herr Kählert, ist ein Chaot, aber ohne ihn ist es nicht mehr das Gleiche. Einerseits bin ich froh, dass er nicht mehr irgendwelche verrückten Dinge anstellt, aber andererseits vermisse ich das auch.« Er rührte gedankenversunken in seinem Kaffee und erzählte, wie er Gonzo nach Jahren wiedergetroffen hatte und wie er HPs Leben in vielen Dingen auf den Kopf gestellt hatte.

»Oh je, das ist schwierig«, meinte sie. »Ich kann verstehen, dass so ein Mensch eine gewisse Faszination ausübt. Aber für mich wäre das nichts. Ich brauche eher geordnete Bahnen. Zugegebenermaßen ist der Grat zwischen Ordnung und Langeweile ziemlich schmal.«

HP nickte seufzend. »Ich weiß es auch nicht, wie ich das Ganze finden soll. Aber langweilig ist mir mit ihrer Baustelle hier gerade gar nicht.« Er lächelte mühsam.

»Muss ich mir Sorgen machen?«, fragte sie ernst.

»Nee, das wird schon«, sagte HP schnell, obwohl er sich da alles andere als sicher war.

Am Abend war HP komisch unruhig und konnte sich nicht auf den Bürokram konzentrieren. In einer Laune entschloss er sich, mal wieder in die Perle zu gehen. Einfach mal wieder raus, ein oder zwei Bier trinken, ein wenig abschalten.

Doch schon auf dem Weg in die Kneipe verließ ihn der Elan wieder. Und als er allein mit seinem Bier am Tresen saß und sich umsah, wurde ihm schmerzlich bewusst, wie sinnlos das alles war. Er kannte die Situation, allein dazusitzen und zu warten. Wie oft hatte er das im letzten Jahr getan? Aber jetzt war klar, dass er umsonst wartete. Es würde kein Jahnke um die Ecke kommen und auch kein Gonzo. Und die anderen Leute hier kannte er nicht und würde sie auch nicht kennenlernen. Ohne Gonzo war die ganze Stadt für ihn wieder verschlossen, so wie früher.

Er ließ sein Bier stehen und zahlte. War doch besser, noch ein wenig an den Schreibtisch zu gehen. Oder an die netten Gespräche mit Frau de Bruun zu denken.

HP schwitzte und hätte am liebsten alles hingeworfen. »Ich kümmere mich darum«, sagte er immer wieder in den Wortschwall von Heidel hinein. »Ja, ich kenne die vereinbarten Termine«, bellte er schließlich und legte einfach auf.

Verdammte Scheiße, dachte er und zog einen Ordner aus dem Regal. Er verglich Auftrag, seine Bestellung und Lieferschein. Es gab keinen Zweifel: Er hatte eine falsche Sorte Steine geordert. Woher sollte er auch wissen, dass es von diesen blöden Steinen so viele Sorten gab und dass der führende Buchstabe bei der Bezeichnung so einen Unterschied ausmachte. Er war einfach noch kein Fachmann.

HP rief beim Baustoffhändler an, der ihn rüde abbügelte, dass er die Steine nicht tauschen könnte, weil sie extra für ihn bestellt waren. Locker mal 7.000 Euro in den Sand gesetzt.

Nach drei Stunden Telefonieren hatte er einen Händler aufgetan, der ihm gegen einen unverschämten Aufpreis die richtigen Steine kurzfristig liefern konnte.

Bei der Bank kriegte er aber keine Zusage für weitere Kredite, sondern wurde zu einem Beratungsgespräch geladen, »um die Gesamtsituation einmal zu beleuchten«. Wenn die Bank ihm den Hahn zudrehte, war spätestens in zwei Wochen Feierabend, weil Heidel sich mit dem Bezahlen der Abschlagsrechnungen aufreizend Zeit ließ.

HP legte den Kopf in die Hände. Warum hatte er sich nur auf diesen Wahnsinn eingelassen? Warum hatte er nicht einfach zugegeben, dass das alles viel zu groß für ihn war? Dann würden sie jetzt irgendwo irgendwelche langweiligen Auffahrten pflastern und ein paar Büsche pflanzen - ganz überschaubar und sicher.

Das Telefon klingelte. Er wollte am liebsten gar nicht rangehen. Die Wahrscheinlichkeit, dass es schlechte Neuigkeiten gab, war im Moment einfach zu groß.

Er blinzelte zwischen den Fingern auf die Nummer. Es war keine bekannte Nummer, also immerhin nicht Heidel oder Ketelsen mit schlechten Nachrichten.

»Vollwert«, meldete er sich müde.

Es war das städtische Krankenhaus mit der nächsten schlechten Nachricht des Tages. HPs Mutter hatte einen erneuten Schlaganfall erlitten und lag im künstlichen Koma auf der Intensivstation.

»Ich komme«, sagte HP tonlos und legte auf. Er schlug wieder die Hände vor das Gesicht. Er konnte einfach nicht mehr. In der Firma ging alles den Bach runter und jetzt auch noch sowas. Gerade jetzt.

Er rief Ketelsen an, dass er heute nicht mehr auf die Baustelle kommen würde, weil er ins Krankenhaus müsse.

Eine Stunde später saß HP in einem winzigen Büro im Krankenhaus. Ein müder Arzt erklärte ihm die Situation. Man hatte seine Mutter in ein künstliches Koma versetzt und sie musste beatmet werden. Die Risiken einer Gehirnoperation seien beträchtlich. Es sei auch dann sehr fraglich, ob seine Mutter wieder den Normalzustand erreiche, meinte der Arzt mit routiniertem Mitgefühl. »Ausschließen kann man natürlich nichts, aber die Wahrscheinlichkeit ist gering«, sagte der Arzt.

»Und womit muss man rechnen?«, fragte HP.

»Nun, zunächst einmal müssen wir sehen, ob sich die Vitalfunktionen stabilisieren, dass sie selbständig atmen kann und der Herzschlag funktioniert. Dann sehen wir weiter.«

»Wie lange wird das dauern?«

Der Arzt hob die Schultern. »Das wissen wir nicht. Das kann in wenigen Tagen passieren ... oder gar nicht.«

HP lachte verbittert auf. Er konnte nichts dagegen tun. Als pflichtschuldiger Sohn hätte er jetzt kummervoll in Tränen ausbrechen sollen. Aber er war nicht traurig, er war einfach nur sauer. Sauer auf diesen ganzen Mist, der ihn im Moment fertigmachen wollte. Und sauer auf seine Mutter. Warum musste sie gerade jetzt zusammenklappen, als er ohnehin bis zum Hals in der Scheiße steckte? Jahrelang war nichts passiert. Und jetzt kippte sie einfach um. Und das machte sie dann noch nicht mal richtig. Umkippen - zack - den Löffel abgeben - fertig. Das wäre in Ordnung gewesen. Aber nein, sie ließ ihn mal wieder in einer blöden Hängesituation zurück, damit er möglichst viel Aufwand damit hatte.

HP spürte, dass er vor Wut glühte. »Entschuldigung«, stieß er hervor und sah den Arzt schuldbewusst an.

Der Mediziner nickte verständnisvoll. »Es tut mir leid Ihnen keine besseren Perspektiven aufzeigen zu können. Hat ihre Mutter bei Ihnen eine Patientenverfügung hinterlegt? Der Hausarzt ihrer Mutter hat keine vorliegen.«

HP schüttelte den Kopf.

»Bedauerlich. Aber immerhin hat ihre Mutter schon vor vielen Jahren bei dem Hausarzt ein Schreiben hinterlassen, dass sie ihren Sohn als Bevollmächtigten einsetzt, falls sie selbst nicht mehr entscheiden kann.«

»Was bedeutet das?«

»Das heißt, dass Sie den Willen ihrer Mutter ermitteln müssen, ob und wie lange wir lebenserhaltende Maßnahmen ergreifen, ob eine extrem schwierige Operation vorgenommen werden soll oder nicht usw.«

HP schluckte. »Also muss ich jetzt praktisch entscheiden, wann sie stirbt?«

Der Arzt wog den Kopf. »Sie sollen nachempfinden, wie ihre Mutter bei vollem Bewusstsein wohl entschieden hätte. Das ist eine bedeutsame Angelegenheit. Lassen Sie sich Zeit.«

HP schnaufte wieder. Na toll, jetzt musste er auch noch so eine Entscheidung fällen. Seine Mutter ersparte ihm aber auch gar nichts. Erst hatte sie ihn sein Leben lang gegängelt und jetzt kippte sie ihm einfach dreiviertel tot vor die Füße. Bitte schön, dann mach mal, mein Junge. Verdammte Scheiße. Da hatte er echt keinen Bock drauf.

Aber er war nun mal als Sohnemann erzogen worden. Und das hieß, dass man seiner eigenen Mutter nicht einfach den Hahn abdrehen konnte. HP konnte die Spießigkeit seiner Eltern tausendmal verfluchen, aber sowas machte man einfach nicht. Was würde man von ihm denken?

#

Der Banker mit dem akkuraten Seitenscheitel ging HP gewaltig auf die Nerven. Wenn man die Typen einmal brauchte, dann drehten und wanden sie sich, als wenn sie sich die Kohle aus den eigenen Rippen schneiden müssten.

»Ja, Herr Vollwert, das ist leider nicht so einfach«, schnurrte der Banker mit Mitleidsmiene. »Wir haben ihre Kreditlinie schon weit über den Punkt hinausgeschoben, die unsere Richtlinien eigentlich zulassen.« Er tippte mit spitzen Fingern in seinem Computer und hob dann, da er offenbar zu keiner anderen Einschätzung gekommen war, entschuldigend die Schultern.

HP dachte grollend an seinen 12. Geburtstag, als er bei der Bank sein erstes eigenes Girokonto eröffnet hatte. Der damalige Filialleiter war der Vater eines Klassenkameraden. Wobei der Begriff Kamerad natürlich gelogen war, denn der Junge hatte ihn wie alle anderen auch immer gehänselt. Und wie sein Sohn war auch der Filialleiter ein arrogantes Arschloch gewesen. Er hatte HP jedes Mal, wenn er am Weltspartag ein paar Mark auf sein Konto einzahlte, herablassend geraten, dass er mal schön weiter sparen sollte. Sein Sohn hätte sogar schon ein paar eigene Aktien in seinem Depot.

Und nun saß HP wieder bei so einem Arsch, der ihn am langen Arm zappeln ließ. Am Morgen hatte er beim Blick auf das Firmenkonto festgestellt, dass immer noch alle drei Abschlagsrechnungen von Heidel offen waren. Und das Konto war voll am Anschlag. Nächste Woche waren die Gehälter für Ketelsen und die vier anderen fällig. HP hatte keine Idee, wovon er das bezahlen sollte.

»Sie müssen sehen, dass sie ihre Außenstände hereinbekommen. Sprechen Sie mit ihren Auftraggebern«, meinte der Banker schleimig.

Witzig, dachte HP. Heidel hatte ihn am Telefon blasiert abgewimmelt. Bei der Erstellung des Angebots und dem Vertrag hatte HP nicht gewusst, dass man Abschlagszahlungen am besten detailliert schriftlich fixiert. Und so hatte er nur grobe Schritte angegeben. Und Heidel behauptete nun, dass immer noch kleine Details fehlten, weshalb er bedauerlicherweise noch nicht zahlen könnte.

Bevor HP bei Heidel »Bitte bitte« sagte, würde er lieber Insolvenz anmelden. Das hatte HP sich geschworen. Und nun war er dicht davor.

Der Banker erhob sich. »Es tut mir wirklich leid, aber mehr können wir zurzeit nicht für sie tun.«

HP erhob sich schwerfällig. Warte nur ab, dachte er wütend. Wenn er irgendwie die Kurve kriegte, dann würde er ihm zum Abschied genüsslich auf den Schreibtisch scheißen.

Auf dem Weg nach Hause fasste HP einen Entschluss. Er fuhr zu der Villa von Frau de Bruun und klingelte. Als niemand öffnete, ging er in den Garten, wo Ketelsen und die anderen schon Feierabend gemacht hatten. Weil er nicht wusste, was er jetzt tun sollte, räumte er ein wenig auf. Der Müllcontainer war schon wieder fast voll. Nachdem HP den Schutt besser in die Ecken geschaufelt hatte, passte jetzt doch noch eine ganze Menge hinein.

»Guten Abend, Herr Vollwert. Sie sind so spät noch fleißig?« Frau de Bruun stand in sportlichen Klamotten auf der Terrasse.

»Guten Abend. Ja, ich räum nur ein wenig auf«, sagte HP schwitzend und klopfte sich Staub aus seiner Jacke, die eigentlich nicht für das Arbeiten bestimmt war.

»Bei dem herrlichen Herbstwetter kann man ja auch gut draußen sein. Ich war gerade mit einer Bekannten über drei Stunden im Wald walken«, berichtete sie.

HP nickte anerkennend.

»Na dann will ich mich mal frisch machen. Und sie sollten auch Feierabend machen.« Sie lächelte und drehte sich zum Gehen.

»Frau de Bruun ...« rief HP unsicher.

Sie drehte sich ihm wieder zu.

HP war rot und schwitzte. »Ich wollte fragen ...«

Sie guckte freundlich.

»Ich wollte fragen ... also ... ob ich Sie vielleicht mal zum Essen einladen darf.« HPs Herz schlug rasend wild und er musste sich zusammenreißen, damit er nicht vor lauter Anspannung schreiend weglief.

Sie schaute ihn sichtlich überrascht an. Dann lächelte sie langsam. »Gerne. Wann ... dachten Sie denn?« Sie steckte sich eine Haarsträhne hinter das Ohr.

»Vielleicht heute Abend, wenn es Ihnen passt«, stammelte er.

»Gleich heute Abend«, sagte sie etwas unsicher und überlegte. »Okay, ich denke das geht.« Wieder war ihr Lächeln da und HP fiel eine ganze Ladung Granitsteine vom Herzen.

HP war in seinem ganzen Leben nur ein einziges Mal in einem anspruchsvollen Restaurant gewesen. Das war vor ewigen Jahren zu Onkel Helmuts 50. Geburtstag gewesen, als der einzige wohlhabende Typ der Vollwert-Sippe alle Verwandten eingeladen hatte. Ansonsten war HP eigentlich fast nie Essen gegangen. Und wenn, dann zu einem Billig-Pizzabäcker.

Das »Da Alfredo« am Hafen war aus HPs Perspektive ein richtig gediegener Laden. Sein kleiner Polo auf dem Parkplatz war ihm fast ein bisschen peinlich. Ohnehin schwankte er beständig zwischen Hochgefühl und Panik, weil er noch nie eine Frau zum Essen ausgeführt hatte. Und schon gar nicht so eine. Frau de Bruun sah trotz ihrer üppigen Figur in ihrem schlichten schwarzen Kleid und der edlen Strumpfhose sehr attraktiv aus, fand HP. Er selbst hatte in einem Panikkauf trotz seiner angespannten Finanzlage kurz vor Ladenschluss noch ein teures dunkelblaues Hemd bei einem Herrenausstatter gekauft, weil sein Kleiderschrank nur schrecklich langweilige Sachen enthielt. Er musste mal wieder in seine Garderobe investieren, wenn ... tja wenn er irgendwie aus den finanziellen Schwierigkeiten kommen sollte.

Ein feiner Kellner wies ihnen einen Tisch am Fenster zu, so dass sie auf die Lichter des abendlichen Hafens schauen konnten.

»Entschuldigen Sie nochmal, dass ich noch nicht ganz fertig war, als Sie mich vorhin abgeholt haben«, sagte Frau de Bruun. »Meine Mutter hat mich angerufen. Sie hat ein Talent dafür, immer im falschen Moment anzurufen.«

HP hob die Hände. »Kein Problem. So ist das eben manchmal mit Müttern.«

Sie lachte. »Na ja, aber ich will mich nicht beklagen. Meine Eltern sind trotz ihres Alters noch ziemlich aktiv. Meine Mutter schmeißt immer noch den kompletten Landfrauenverein in dem Dorf, aus dem ich stamme.«

HP nickte, ohne zu lächeln.

»Haben Sie ihre Eltern noch?«, fragte sie vorsichtig.

HP wog den Kopf. »Ein halbes Elternteil noch. Oder vielleicht auch nur ein Viertel.« Er erzählte vom frühen Tod seines Vaters und von dem Koma seiner Mutter und der Entscheidung, die er zu treffen hatte.

Frau de Bruun sah ihn ernst an und legte ihre Hand kurz auf seine. Er bekam eine leichte Gänsehaut. »Das tut mir leid«, sagte sie.

»Ach, was soll man machen«, meinte er und lächelte. »Es war auch nicht immer leicht mit meiner Mutter.« Er erzählte einige Begebenheiten mit seiner Mutter und war froh, dass er damit die Stimmung wieder etwas auflockern konnte. Das herzliche Lachen von Frau de Bruun über seine peinlichen Jugendmomente störte ihn gar nicht. Er konnte sogar ein bisschen über sich selbst schmunzeln. »Wenn man es genau nimmt, ich war eine ganz schön arme Wurst«, meinte er schließlich grinsend.

Sie sah ihn übertrieben mitfühlend an. »Also wirklich.« Er fand es schade, dass sie ihre Hand wieder weggenommen hatte.

Sie schwiegen wieder eine Weile und Frau de Bruun wurde wieder ernst. »Sie sollten in jedem Fall eine Entscheidung treffen, die auch gut für sie selbst ist. Ich finde, dass Dankbarkeit für ihre Eltern auch ihre Grenzen haben muss. Wenn der jetzige Zustand für Sie erträglich ist, dann ist es gut. Wenn nicht ...«

Er sah sie nachdenklich an und schluckte. Dann nickte er langsam. »Tja, mal sehen ...«

Sie drehten beide gedankenversunken ihre Weingläser, bis das Essen kam. Das Steak auf dem gigantischen Teller wirkte winzig, aber HP lief das Wasser im Mund zusammen. Er versuchte nicht daran zu denken, was das ganze Essen hier kostete - und damit war er bei dem unangenehmen Thema angekommen.

»Es ist mir sehr unangenehm ... aber ...«, setzte er an.

Sie sah ihn fragend an.

Er tupfte sich den Mund ab und senkte den Blick. »Ich wollte sie auch in einer geschäftlichen Angelegenheit ansprechen.« Er druckste herum und gestand ihr dann von der finanziellen Klemme, in der sich seine Firma durch die verweigerten Zahlungen von Heidel befand. Am liebsten wollte er im Erdboden versinken und spürte fast die Ohrfeigen, die ihm sein Vater und seine Mutter für seine Jammerei über Geld gegeben haben würden.

»Ich weiß mir keinen Rat. Vielleicht könnten Sie Herrn Heidel einmal bitten, zumindest die ersten beiden Abschlagszahlungen zu begleichen, auch wenn er immer noch minimale Nacharbeiten von uns erwartet?« Er starrte beschämt auf seinen Teller. Der Appetit war ihm vergangen.

»Ich mische mich eigentlich nie in solche geschäftlichen Dinge ein, aber so geht das natürlich nicht. Ich werde Herrn Heidel gleich morgen einmal ansprechen«, hörte er sie sagen. Unsicher blinzelte er auf. Und als er sah, dass sie nicht pikiert guckte, sondern ihn anlächelte, atmete er tief durch. »Entschuldigen Sie, dass ich das angesprochen habe. Jetzt wirkt es sicher so, als hätte die ganze Einladung nur diesen Grund, aber ...« Er zuckte hilflos die Schultern.

Sie schüttelte amüsiert den Kopf. »Herr Vollwert, man merkt, dass sie auch nicht mit Geld groß geworden sind. Sie glauben gar nicht, wie schamlos Leute in Finanzdingen werden, wenn sie wohlhabend sind. Ich habe das ausgiebig kennenlernen dürfen.«

Er schnaufte erleichtert. »Man ist eben das Kind seiner Eltern. Mein Vater hätte mir eine gelangt, wenn er unser Gespräch mitbekommen hätte.« Und dann erzählte er ihr noch ein paar Anekdoten über seinen alten Herren, dem er immer ganz penibel die paar Pfennig Taschengeld hatte abrechnen müssen. Sie gluckste vor Lachen und erzählte, dass es für ihre Eltern immer ein Traum gewesen war, dass sie mal bei der Deutschen Bank arbeiten würde. Und dass die beiden enttäuscht waren, als sie »nur« im Steuerbüro gelandet war.

Als HP Frau de Bruun spät abends nach Hause brachte, fühlte er sich das erste Mal seit Tagen wieder wohl in seiner Haut. Er winkte ihr zum Abschied hinterher und genoss den Schwips durch den Wein, der ihn so schön lockergemacht hatte. Er sah ihr versonnen nach, als sie in der Haustür verschwand. Es war schon komisch. Hätte ihm vor ein paar Monaten jemand gesagt, dass er eine üppige 50-Jährige mal ganz attraktiv finden würde, hätte er denjenigen für bekloppt erklärt. Aber Frau de Bruun gefiel ihm wirklich gut. Und das lag nicht nur daran, dass er keine Vergleichsmöglichkeiten hatte.

10

»So funktioniert das aber nicht, Herr Heidel!«, brüllte HP ins Telefon. Er war außer sich und jetzt musste das mal raus. »Was liegt Ihnen eigentlich daran, uns unbedingt fertig machen zu wollen?«

Heidel brüllte zurück. Es bereitete HP eine gewisse Genugtuung, dass er ihn so aus der Reserve gelockt hatte. »Mäßigen Sie Ihren Ton, Herr Vollwert! Liefern Sie ordentliche Arbeit ab, dann kriegen Sie selbstverständlich auch ihr Geld.«

»Aber Sie können uns nicht wegen ein paar Quadratmeter Kopfsteinpflaster sämtliches Geld vorenthalten.«

»Ach ja?«, höhnte Heidel. »Ihr Rechtsanwalt kann das gern mit meinem klären. Gezahlt wird, wenn alle Arbeiten des Abschnitts geleistet sind.«

HP versuchte sich zu beruhigen. Heidel wusste natürlich ganz genau, dass er sich keinen Rechtsstreit leisten konnte. »Herr Heidel, wir warten auf etliche Zehntausend Euro von Ihnen. Ich kann kein Kopfsteinpflaster besorgen, wenn Sie nicht wenigstens einen Abschlag zahlen.«

»Das ist ihr Problem. Ich habe ja gleich gesagt, dass der Auftrag für eine so kleine Firma viel zu groß ist. Ich erwarte, dass das Kopfsteinpflaster übermorgen liegt, dann zahle ich selbstverständlich sofort. Wenn Sie zurücktreten wollen, lassen Sie es mich wissen. Schönen Tag noch, Herr Vollwert.« Heidel legte auf.

HP schnappte nach Luft. Er war sich sicher, dass Frau de Bruun mit Heidel geredet hatte, bevor sie für ein paar Tage zu ihren Eltern gefahren war. Aber dieses Arschloch trieb es trotzdem auf die Spitze. Wegen zehn Quadratmeter Kopfsteinpflaster, die noch an dem Pavillon am Teich fehlten. Und HP bekam nirgendwo mehr Geld. Auch sein Privatkonto war restlos überzogen.

Er stand auf der Terrasse und schaute sich um. Sie waren schon so weit gekommen. Und dann das.

Ketelsen, Oleg und Dieter standen rauchend um ihn herum. Aber keiner fragte was. Die drei warteten auf ihr Geld für den letzten Monat, die beiden anderen Maurer hatte HP schon länger nach Hause geschickt, weil er sie nicht mehr bezahlen konnte.

HP musste an Gonzo denken. Wenn der jetzt da wäre, würde ihm bestimmt was einfallen.

»Wir machen Schluss für heute«, sagte er schließlich resigniert. »Morgen früh sehen wir weiter.«

Die drei gingen. Wenn nicht mal mehr Ketelsen ein beruhigender Spruch einfiel, war die Lage wirklich ernst.

HP stieg in seinen Polo. Die Tankanzeige piepte beim Starten. Er konnte nicht mal mehr tanken. In spätestens 60 Kilometern war Schluss. Also nahm er lieber den gammeligen Pritschenwagen der Firma. Da waren immerhin noch ein paar Liter Diesel drin.

Im Postkasten zu Hause lagen zwei Briefe von Baustoffhändlern. HP warf sie ungeöffnet auf den Tisch. Er konnte sich denken, dass es sowieso nur erneute Mahnungen waren.

Statt an den Schreibtisch setzte sich HP auf das Sofa und trank ein Bier aus der Kiste, die er noch zu Gonzos Zeiten besorgt hatte. Er bemitleidete sich selbst und verfluchte Gonzo für seine Treulosigkeit. Die Erinnerung an die vielen wilden Unternehmungen kam ihm in den Sinn. Das Zelten, das Auto in Polen und ...

HPs Augen weiteten sich. Er schluckte. Er überlegte und sein Puls ging plötzlich schneller.

Was soll's, dachte er. Er steckte schon so knietief in der Scheiße, da kam es jetzt auch nicht mehr drauf an.

Er zog sich die Arbeitsklamotten an und fuhr mit dem Pritschenwagen los. Nachdem er vier Kneipen vergeblich durchsucht hatte, fand er schließlich Oleg und Dieter bei einem »Feierabendgetränk« in einer Spelunke. »Ich brauch eure Hilfe, jetzt«, sagte HP. Dieter sah ihn nur aus glasigen Augen an und verzog keine Miene. Er kippte seinen Korn runter und stand auf. Oleg drückte seine Zigarette aus und folgte.

Zwanzig Minuten später saßen die drei im Pritschenwagen und fuhren durch die Dunkelheit. Oleg und Dieter hatten beide eine so üble Fahne und rauchten, dass HP das Fenster trotz der Kälte offenließ. Die beiden redeten kein Wort. Als HP außerhalb der Stadt in die kleine Nebenstraße fuhr, die mal ein Teil der alten Bundesstraße gewesen war, machte er das Licht aus und fuhr an das unbeleuchtete Ende der Sackgasse.

»Hier nehmen wir die zehn Quadratmeter Kopfsteinpflaster auf«, sagte er und stieg aus. Dieter und Oleg folgten zögerlich. Sie sagten auch jetzt nichts, aber HP spürte durch die Dunkelheit ihre fragenden Blicke.

»Na los. Lasst uns schnell machen. Oder habt ihr eine bessere Idee? Sonst ist übermorgen endgültig Feierabend.« HP schwitzte und sein Puls raste. Als sie mit den Spitzhacken die ersten Steine lösten, war er sich sicher, dass man die Geräusche bis ins Stadtzentrum hören konnte. An der Kreuzung am Ende der Sackgasse hielt ein Auto und leuchtete genau in die Straße. Die drei gingen hinter dem Wagen in Deckung. HP hielt die Luft an. Er stellte sich vor, wie man ihn, den Geschäftsführer von HPG Gartenbau spät abends beim Klauen von Pflastersteinen entdeckte.

Nach einer gefühlten Ewigkeit bog das Auto ab und fuhr weg.

»Los, weiter«, trieb HP die beiden anderen an. Ohne Rücksicht auf das laute Poltern wuchteten sie die alten Kopfsteine auf in den Wagen. Immer wenn Autos in der Ferne auftauchten, hielt HP den Atem an.

Als sie nach einer gefühlten Ewigkeit die zehn Quadratmeter zusammenhatten, spannte HP schnell die Plane über die Ladefläche. Als er gerade losfahren wollte, bog vorne an der Kreuzung ein Auto in den Seitenweg. Die drei duckten sich im Fahrerhaus. HP sah das Ruckeln der entgegenkommenden Scheinwerfer über sich an der Decke. Die Wahrscheinlichkeit, dass diese Sache nicht rauskam, kam HP plötzlich so verschwindend klein vor. Wenn der Wagen bis zu ihnen kam, waren sie erledigt. Ein Pritschenwagen und ein riesiges Loch im Pflaster. Da musste nur einer eins und eins zusammenzählen. Plötzlich war das Licht weg. HP lugte vorsichtig über das Lenkrad. Im Dunkeln konnte er den Umriss des Autos etwa 200 Meter weiter erkennen. Es stand da, Motor aus

Verdammt, was machte der da, dachte HP panisch. Zivilbullen, die sie beobachteten?

Eine ganze Weile passierte nichts und HP konnte die Spannung kaum noch aushalten. Die drei setzten sich wieder normal hin. Dieter und Oleg ließen einen Flachmann kreisen, sogar HP nahm einen Schluck.

Immer wieder spähte er hinüber zu dem »feindlichen« Auto. Dann sah er, dass es zu schaukeln begann.

HP fiel die Kinnlade herunter. »Ich glaub das nicht. Die ...«

Der Wagen wippte immer mehr. HP schlug den Kopf auf das Lenkrad. »Gerade wenn wir hier mal was machen, müssen die hierherkommen und im Auto rammeln!« Er unterdrückte ein hysterisches Lachen. Oleg und Dieter tranken und rauchten.

Irgendwann hörte das Wippen des Autos auf und HP und die anderen gingen wieder in Deckung. Nach unendlich langen Minuten wendete der Wagen und fuhr langsam davon. HP stürmte aus dem Lieferwagen, um zu pinkeln. Seit über einer Stunde hatte er es kaum noch halten können.

Er fuhr unbeleuchtet aus der Sackgasse und schaltete erst 500 Meter weiter das Licht wieder ein. Auf der gesamten Rückfahrt schwiegen sie. Dieter und Oleg rauchten. Und HP wurde klar, was er gerade getan hatte. Okay, mit Gonzo hatte er auch schon grenzwertige Sachen gemacht, aber da war er nur der Helfer gewesen. Jetzt hatte er aus eigenem Antrieb seine zwei Angestellten zu einer Straftat angestiftet. Wie viele Jahre Knast das wohl gab? Er stellte sich das Gesicht seiner Mutter und seines Vaters vor, wenn sie das noch erleben müssten. Heinz-Peter Vollwert ein Krimineller, ein Dieb und Betrüger.

Er ließ Dieter und Oleg an einer Kneipe raus und entschuldigte sich, dass er ihnen kein Trinkgeld geben konnte. »Wenn wir das Zeug Freitag liegen haben, wird alles besser«, versprach er.

Zu Hause parkte er den Lieferwagen ein paar Straßen weiter. Die ganze Nacht konnte HP nicht schlafen und glaubte ständig Polizeisirenen zu hören.

Es war alles unglaublich. Was würde Gonzo wohl jetzt sagen?

HP atmete ganz tief durch. Nervös wie selten zuvor hatte er an diesem Montagmorgen sein Notebook aufgeklappt und die Konten überprüft.

Heidel hatte tatsächlich gezahlt - und zwar gleich alle drei fälligen Abschlagsraten. Donnerstag und Freitag hatte er mit Ketelsen, Dieter und Oleg das geklaute Kopfsteinpflaster verlegt und gemörtelt und auch die anderen Kleinigkeiten erledigt, die Heidel moniert hatte. Danach hatte er den Architekten zur Übergabe einbestellt. Heidels Frage, wo er denn so schönes Kopfsteinpflaster habe kaufen können, ignorierte er. Zu seinem Glück war auch Frau de Bruun wieder zu Hause und kam mit dazu. Dadurch sah sich Heidel trotz seines überheblichen Gemäkels so in die Enge getrieben, dass er Frau de Bruun versprach, das Geld an HP sofort anzuweisen.

Und jetzt war es da.

HP hatte das Gefühl, als wenn ihm abrupt jemand einen Stein vom Magen gezogen hätte. Die plötzliche Leichtigkeit ließ ihn ein wenig zittern. Er nahm den Stapel unbezahlter Rechnungen und machte sich an die Überweisungen. Als erstes zahlte er die Gehälter an seine drei Mitarbeiter aus, dann die dringendsten Rechnungen. Er konnte immer noch nicht alles bezahlen, aber immerhin konnte er das Ganze wieder in geordnete Bahnen lenken. Wenn Heidel in der nächsten Woche die letzten drei Abschläge bezahlte, waren sie über den Berg.

Das erste Mal seit Wochen traute sich HP wieder, die Gesamtkalkulation auf den aktuellen Stand zu bringen. Unter dem Strich würden sie bei dem Riesenauftrag praktisch nichts verdienen. Die Zinsen für die Überbrückungskredite fraßen so gut wie alles auf. Aber das machte nichts, HP war trotzdem guter Laune. Er hatte es Heidel gezeigt. Er hatte diesem arroganten Arschloch den Stinkefinger hingehalten. Er hatte es trotz aller Widerstände gewuppt. Und das fast ganz allein, ohne Gonzo. Na klar, seine geduldigen Leute hatten super mitgemacht. Aber HP war stolz, dass er gute Nerven bewiesen hatte. Andere hätten wahrscheinlich vorher aufgegeben. Er hatte das nicht. Er hatte das Unternehmen durch die Hölle geführt und bewiesen, dass er sowas konnte. Das fühlte sich verdammt gut an. Er wünschte sich, er könnte das Gefühl mit jemandem teilen. Am Abend ausgelassen einen saufen zu gehen, darauf hatte er Lust. Aber mit wem?

Er seufzte und schüttelte den Kopf. Statt zu saufen sollte er lieber darüber nachdenken, wie es jetzt weiterging. Mit Ketelsen verstand er sich gut, auch Dieter und Oleg waren eine Macht auf ihre Art und Weise. Er war sich sicher, dass er mit der Mannschaft solide weitermachen könnte. Aber es blieb dieser Schatten: Ketelsen war halt nicht Gonzo. Ohne den fehlte einfach etwas.

Eines stand fest: Seinen Job bei der Arbeitsagentur vermisste HP trotz der bedrohlichen Erfahrung mit der

Selbständigkeit kein bisschen. Theoretisch musste er in zwei Wochen wieder an seinen Schreibtisch, wenn sein maximaler Urlaub vorbei war. Aber er hatte sich längst entschieden: Den Job würde er nie wieder aufnehmen, er würde kündigen. Das stand mal fest. Allein beim Gedanken an Becker, die olle Hinrichs oder Siggi Hansen zog sich sein Magen zusammen.

Es war an der Zeit, alte Zöpfe abzuschneiden. Er war lange genug der Willi gewesen, den alle rumschubsten. Und er war lange genug der Sohnemann gewesen, der sich von seinen Eltern gängeln ließ.

HP nahm entschlossen den Aktendeckel mit den Krankenhausunterlagen seiner Mutter. Er las nochmal den ganzen juristischen Kauderwelsch, den er eh nicht richtig verstand. Dann öffnete er sein Schreibprogramm und fing an zu tippen. Auf eineinhalb Seiten legte er dar, warum er als Patientenvertreter sicher sei, dass seine Mutter nicht länger künstlich beatmet werden wolle. Er dachte sich frühere Äußerungen seiner Mutter aus. Ihn erstaunte die merkwürdige innere Ruhe, mit der er das Todesurteil seiner eigenen Mutter schrieb. Er seufzte. Nützte ja nichts.

Nachdem HP noch einmal auf der Baustelle vorbeigeschaut und seinen Leuten die guten Nachrichten verkündet hatte, fuhr er in das Krankenhaus. Unter dem Beatmungsgerät und den ganzen Schläuchen konnte man das Gesicht seiner Mutter kaum erkennen. Aber die tiefen Furchen in ihrem verbitterten Gesicht waren auch jetzt noch da.

Das hatte man sich so auch nicht unbedingt vorgestellt, dass man mal so voneinander Abschied nehmen würde. HP atmete tief durch. Im Grunde hatte er sich nie eine Vorstellung davon gemacht, wie es ist, wenn seine Mutter stirbt. Obwohl sein Vater ja schon so früh einen Abgang gemacht hatte, war HP nie bewusstgeworden, dass auch seine Mutter irgendwann mal dran sein würde. Selbst nach ihrem ersten Schlaganfall war er nie auf die Idee gekommen, dass sie irgendwann mal nicht mehr da sein könnte. War schon komisch. Und nun sorgte er persönlich dafür, dass es soweit war.

HP versuchte herauszufinden, welche Gefühle in ihm dominierten. Aber neben einer ziemlich mickrigen Grundtraurigkeit war da nicht viel. In Filmen würde man jetzt schluchzend zusammensinken und die Hand der Sterbenden nehmen. Man würde innige Geständnisse und Entschuldigungen sagen. Als liebender Sohn musste man jetzt einfach von Gefühlen überwältigt werden. Aber HP guckte nur. Am ehesten hätte er lachen mögen. Es war absurd.

»Lass gut sein, Mama«, sagte er schließlich und musste kopfschüttelnd in sich hineinlachen.

Er stand auf und ging ins Stationszimmer. Nach einiger Wartezeit wurde er zu dem behandelnden Arzt gebracht, dem er das Todesurteil aushändigte. Der Mediziner nickte bedeutungsschwer. Anders als HP es erwartet hatte, stellte er aber kaum Nachfragen. Er nahm das einfach so zur Kenntnis und drückte HP zum Abschied mitfühlend die Hand. Ganz unspektakulär.

Vor dem Krankenhaus stand HP unschlüssig herum. Es war ziemlich kalt, die Luft kam ihm herrlich klar vor. Er fühlte sich so merkwürdig leicht, dass es ihm fast peinlich war. Tja, hatte er mal eben seine Mutter um die

Ecke gebracht. So wie vorher schon mal Jahnke. War ja schon fast Routine. Was sollte er als nächstes tun?

Er rief aus einem Impuls heraus Frau de Bruun an.

»Ich hab gerade meine Mutter ... also, die Geräte werden abgestellt«, sagte er aufgekratzt.

Sie seufzte. »Eine schwere Entscheidung. Hut ab, dass Sie das konnten. Geht's Ihnen gut?«

»War gar nicht schwer, war sogar leicht. Ist das nicht verrückt?«

»Erleichternd, kann ich mir vorstellen.«

»Wollte ich Ihnen nur erzählt haben, weil wir uns neulich darüber unterhalten haben.« HP merkte plötzlich doch einen Kloß in seinem Hals. Er konnte nicht deuten, ob das nun an seiner Mutter oder an Frau de Bruun lag. »Ich muss dann mal wieder. Wir sehen uns«, sagte er schnell.

HP war froh, dass die Beerdigung seiner Mutter »in aller Stille« erfolgte, so wie sie es in einem Testament verfügt hatte. Das Abschalten der Maschinen und die Einäscherung hatten sich noch etwas hingezogen. Außer ihm waren nur der Pastor und ein Gehilfe dabei. Weil seine Mutter in ihrer Familie eine Nachzüglerin gewesen war, gab es keine weiteren direkten Verwandten mehr. Und sein Bruder Peter war nicht wie in einem kitschigen Spielfilm plötzlich zur Beerdigung aufgetaucht.

HP stand still an der kleinen Grube für die Urne. Auch jetzt befanden sich seine Trauer und Erleichterung in einem krassen Missverhältnis. Wie gut, dass die ollen Onkel und Tanten schon alle vor seiner Mutter gestorben waren. So brauchte er sich zumindest nicht dafür zu rechtfertigen, dass ihn der Abgang seiner Mutter eher froh stimmte. Wenn er allein an die biestige Tante Inge dachte, die ihn früher bei Besuchen immer geknufft und fest gepackt hatte. Bekloppte Sippe, dachte HP. Und nun war gar keiner mehr da. Ende Gelände. Zu den wenigen Cousinen und Cousins hatte er so gut wie keinen Kontakt. War auch gut so. Alte Zöpfe abschneiden.

Er hatte das Zimmer seiner Mutter im Seniorenheim einmal flüchtig durchgesehen und bis auf ein paar Fotos und Unterlagen alles in den Müll geworfen. Tabula Rasa.

Tabula Rasa konnte HP nun auch auf der Baustelle bei Frau de Bruun machen. Er wurde ein bisschen rot, dass er ausgerechnet bei der Beerdigung seiner Mutter zufrieden daran dachte, dass sie morgen die Baustelle endgültig abräumen konnten. Und dann musste Heidel den Rest bezahlen und sie wären aus der Nummer raus.

Er lächelte versonnen bis er bemerkte, dass der Pastor ihn beobachtete. Schnell setzte er eine ernstere Miene auf und war froh, als die Zeremonie endlich zu Ende war. Schon auf dem Weg zum Auto nahm er die schwarze Krawatte ab.

Oleg und Dieter standen ein wenig verloren an dem Bistrotisch mit der weißen Tischdecke. HP hatte ihnen extra für diesen Auftritt neue Arbeitshosen und –jacken besorgt. In der sauberen Kleidung sahen sie ein bisschen verkleidet aus. Aber vielleicht kam HP das auch nur so vor, weil er sie sonst noch nie anders als in ihren immer gleichen staubigen Klamotten gesehen hatte.

HP schaute sich zufrieden um und nippte an einem Glas Sekt. Von der geräumigen Terrasse hatte man einen schönen Blick auf den fertigen Garten von Frau de Bruun. Man sah natürlich deutlich, dass alles neu angelegt worden war, aber das Ergebnis konnte sich wirklich sehen lassen. Das milde Licht des Spätherbstnachmittags verlieh dem Ganzen eine schöne Stimmung. Selten hatte sich HP in seinem Leben so leicht gefühlt.

Frau de Bruun trat an HP heran und hakte sich bei ihm ein. »Ich bin immer noch ganz begeistert«, sagte sie und strahlte über das ganze Gesicht. HP sah sie schmunzelnd von der Seite an. »Das haben Sie wirklich ganz toll hinbekommen«, sprach sie weiter und deutete mit dem freien Arm über den Garten.

HP wurde mal wieder ein bisschen rot. »Na ja, das Lob gebührt ja in erster Linie Herrn Heidel. Sind ja schließlich seine Ideen«, meinte er.

»Ja, den hab ich auch schon ausreichend gelobt«, sagte sie und zwinkerte HP zu. »Aber zu viel Lob ist gar nicht gut für ihn.«

HP grinste. »Na ja ...«

Frau de Bruun lachte. »Wissen Sie was? Jetzt, wo sie nicht mehr für mich arbeiten, müssen wir ja nicht mehr so förmlich sein, oder? Ich bin Birgit.« Sie sah ihn fröhlich an.

HP zögerte und öffnete den Mund, schloss ihn dann aber wieder und lachte.

Sie musterte ihn irritiert. »Natürlich nur, wenn Sie mögen.«

»Doch gerne. Es ist nur ... ich mag meinen Vornamen nicht so gern. Nennen Sie mich wie alle meine

Freunde HP.« Er kratzte sich verlegen am Kopf. Genau genommen gab es nur einen einzigen Menschen auf der Welt, der ihn HP genannt hatte: Gonzo. Alle anderen Bekannten und Freunde hatten ihn immer gehässig Heinz-Peter, Heinzi oder wie Jahnke Heinz-Peterle genannt. In der Schule war irgendjemand mal auf den Spitznamen »Volli« gekommen, woraus dann aber schnell »Vollidiot« geworden war.

»HP?«, fragte sie.

Er seufzte. »Heinz-Peter, wenn Sie … wenn du es genau wissen willst.«

»Heinz-Peter ist aber … nett«, meinte Sie mit deutlicher Mühe, die Contenance zu wahren. »Macht aber nichts. Birgit ist ja auch nicht viel besser.«

Er zuckte die Schultern. »Na, hast du eine Ahnung. Was hätte ich dafür gegeben, Birgit zu heißen.«

Jetzt prustete sie los und HP spürte das angenehme Beben ihres Körpers an seinem Arm.

Herr Heidel löste sich von einer kleinen Besuchergruppe und kam zu ihnen herüber. »Habe ich etwa einen guten Witz verpasst?«, fragte er mit spöttischer Miene, aus der HP eine Spur Argwohn herauszuhören glaubte.

»Nein, nein. Wir freuen uns nur über das sensationelle Ergebnis ihrer Arbeit«, sagte HP und lächelte übertrieben. »Ich danke Ihnen noch einmal für das grenzenlose Vertrauen in unsere Leistungsfähigkeit. Ich hoffe, wir haben Sie nicht enttäuscht?«

Birgit de Bruun und HP sahen ihn erwartungsvoll an. Heidel räusperte sich und sagte schließlich säuerlich lächelnd. »Nein, alles zufriedenstellend, danke.«

HP nahm Heidels Hand und schüttelte sie heftig. »Sie wissen gar nicht, was das Lob eines so bedeutenden

Architekten wie Ihnen für unser kleines Unternehmen bedeutet.« Er kostete den Triumph über dieses geleckte Arschloch genüsslich aus. Obwohl Heidel ihm nur Schwierigkeiten gemacht hatte, war er am Ende als Sieger vom Platz gegangen. Er musste Heidel ja nicht erzählen, dass der gesamte Auftrag für HPG Gartenbau sogar ein Verlustgeschäft war. Nach Abzug aller Kosten hatte HP rund 4.500 Euro zubuttern müssen. Aber das war ihm dieser Moment wert. Und außerdem bedeutete der Erfolg bei dieser Sache für die Firma einen enormen Durchbruch. Sie waren jetzt als fähige Gartenbauer bekannt und auch bei anspruchsvolleren Sachen im Geschäft.

»Darf ich Sie einmal bitten?«, fragte Heidel und verbeugte sich in Frau de Bruuns Richtung. »Ich möchte Ihnen gern Herrn Hagemann vorstellen, den Geschäftsführer von Hagemann & Partner.«

Sie nickte lächelnd und ließ HPs Arm los.

»Wir sehen uns, Birgit«, rief HP ihnen nach und er genoss das verblüffte Gesicht, das Heidel ihm zuwandte. HP winkte und ging an den Tisch zu seinen Leuten, wo jetzt auch Ketelsen stand. Der Gärtnermeister schien von dem ganzen noblen Glanz der vielen wichtigen Leute nicht im Mindesten beeindruckt. »Mehr als drei Scheiben Brot können die Brüder auch nicht zum Abendbrot essen«, meinte er und nahm einen Schluck Bier.

»Haben Sie mal über mein Angebot nachgedacht?«, fragte HP.

»Ja«, erwiderte Ketelsen gedehnt. »Hab ich.« Er ignorierte HPs fragenden Blick und biss in ein Lachsbrötchen.

»Und?«, fragte HP ein wenig genervt.

»Bin noch nicht fertig. Könnte aber was draus werden. Wir schnacken nächste Woche.«

HP nickte zufrieden. Er hatte Ketelsen schon vor zwei Wochen das Angebot für eine feste Zusammenarbeit gemacht. Er brauchte einen zuverlässigen Fachmann an seiner Seite. Dann ging alles seine geregelte Bahn und sie konnten ganz solide die Firma führen. In den letzten Tagen hatte HP tatsächlich seinen Job bei der Arbeitsagentur endgültig an den Nagel gehängt. Er hatte auf das öde Kleinklein und auf die Heino Tramsens dieser Welt überhaupt keine Lust mehr. Stattdessen würde er lieber bei Ketelsen in die Lehre gehen und alles über Gartenbau und Steinsetzen lernen.

»Ich soll denn mal los«, sagte Ketelsen und leerte sein Bier. »Morgen ist ja auch noch ein Tag.« Er schüttelte HP die Hand und ging. Oleg und Dieter folgten ihm gleich. HP sah den dreien versonnen nach. Was für Typen.

HP lehnte sich auf den Bistrotisch ließ den Blick über die Gäste wandern. Er nickte Herrn und Frau Schorr zu, die in einiger Entfernung in einer kleinen Gruppe mit Herrn Wohlenberg standen. Wohlenberg war ein Bauunternehmer, der auf einem ehemaligen Marinegelände sündhaft teure Appartements und Reihenhäuser baute. »Wir müssen uns dringend mal unterhalten«, hatte der derbe Baulöwe ihn zu Beginn des Empfangs vielsagend angesprochen.

Dann sah HP zwischen den ganzen Gästen plötzlich diese vertraute Gestalt. Das knitterige Sakko über dem grauen Hemd, diese etwas ungelenken Bewegungen. HP schüttelte sich und sah nochmal hin.

»Gonzo!«, rief er ungläubig.

Tatsächlich. Gonzo sah ihn und kam grinsend an den Tisch. »Moin HP.« Er reichte ihm die Hand, die HP ungläubig schüttelte.

»Was machst du denn hier?«, fragte HP aufgekratzt. »Ich denk, du bist in Kolumbien.«

Gonzo wühlte in seinen Taschen und wollte gerade etwas sagen, als HP lachend dazwischen ging: »Nee, ich hab deine Zigaretten nicht mehr. Die hast du zwar bei mir in der Küche liegen gelassen, aber die hab ich inzwischen weggeschmissen.«

Gonzo sah ihn grinsend an, zog dann aber aus der Sakkotasche doch noch eine Packung Zigaretten und hob sie triumphierend hoch. Als er die erste Qualmwolke in die Luft geblasen hatte, nickte er anerkennend in Richtung Garten. »Gute Arbeit, die ihr hier abgeliefert habt.«

»Ja, gut und zuverlässig – jeden Tag«, erwiderte HP trocken.

Gonzo nickte und verzog das Gesicht. »Okay.«

»Ohne dich kann man ja deutlich strukturierter und termingerechter arbeiten«, sagte HP und machte eine Pause.

Gonzo nickte und runzelte die Stirn. HP ließ ihn noch ein wenig in dem Schweigen zappeln. Dann knuffte er seinem Freund mit dem Ellenbogen derbe in die Rippen. »Aber es macht zugegebenermaßen nicht halb so viel Spaß ohne dich.«

Gonzo zuckte die Schultern und HP schüttelte belustigt den Kopf. Diesem Typen war einfach nicht beizukommen. Er konnte es drehen und wenden, wie er wollte: Er freute sich riesig, seinen Freund wiederzusehen.

»Nun erzähl schon: Wie ist es in Kolumbien?«

Gonzo winkte ab. »Ach das. War nicht so doll.«

»War?«, fragte HP belustigt.

»Ich bin da schnell wieder ausgestiegen. Die Plantagen waren ... na ja. Da hat mir mein Kumpel ganz schönen Mist erzählt.«

HP musste lachen. Er konnte sich das alles bildlich vorstellen. Gonzo in der kolumbianischen Wildnis vor ein paar trostlosen Kaffeepflanzen.

»Und nun? Willst du etwa wieder bei uns anfangen?«, fragte HP. Dieser Gedanke ließ sein Herz einen Luftsprung machen.

Gonzo winkte entschuldigend ab. »Nee, ich hab schon was Anderes. Darüber wollte ich mit dir sprechen.«

Die Enttäuschung piekste HP kurz. Eine Rückkehr von Gonzo zur Firma wäre auch zu unglaublich gewesen.

Gonzo schaute sich um, als wenn er sichergehen wollte, dass sie niemand belauscht. »In Weißrussland brauchen sie dringend Ersatzteile für Autos.«

»Autoersatzteile? Weißrussland?« fragte HP ungläubig.

»Genau. Da gibt es einen enormen Markt, weil das kaum einer macht. Und wenn man da bestimmte Kanäle und Lücken ausnutzt, kann man da richtig Geld verdienen. Dimitrij ist da auch mit im Boot, der kennt sich in der Ecke ja bestens aus. Aber um so ein Geschäft richtig aufzuziehen, braucht man halt auch jemanden, der die Fäden zusammenhält und sich mit diesem ganzen Bürokram auskennt.«

HP wusste nicht, ob er nicken oder den Kopf schütteln sollte. Also tat er beides abwechselnd.

Gonzo grinste und klopfte ihm auf die Schulter. »Und da hab ich halt an dich gedacht. Ich kenn keinen, der das besser kann. Und die Sache ist absolut legal. Man wird damit zwar nicht total reich, aber spannend ist das Geschäft bestimmt. Bist du schon mal in Weißrussland gewesen?«

»Nee.« HP musste lachen.

»Ich schon. Da kann man eine Menge bewegen, wenn man die richtigen Leute kennt und an der richtigen Stelle mal ein paar Euro liegen lässt.«

HP seufzte und strich sich über das Gesicht. Er drehte sich um und blickte über den tollen Garten. Er sah Birgit de Bruun an einem Stehtisch in einer Runde von Gästen lachen.

»Und was sagst du?«, hörte er Gonzos muntere Stimme. Er drehte sich zu ihm und sah in das begeisterte Gesicht seines Kumpels.

HP lachte und legte den Arm auf Gonzos Schulter. »Komm, du durchgeknallter Typ. Lass uns an den Tresen gehen und einen trinken.«

Ebenfalls von Hannes Scholly erhältlich:

Der Tod & andere Komplikationen

Kai hat die Schnauze voll: Von der Freundin betrogen, beruflich am Ende und die Eltern in den Tod geschickt. Also runter von der Brücke – und gut ist es. Von wegen! Weil sein Lotse ins Jenseits einen kleinen Fehler macht, bleibt Kai in der Bürokratie am Jenseits hängen. Und die hat es verdammt in sich. Weil es keine passende Vorschrift für seinen Fall gibt, wird Kai in zwei Tagen als Sondermüll ins Universum verklappt. Gemeinsam mit den Lotsen muss er schnell eine andere Lösung finden ...

„Eine bitterböse Geschichte über Bürokratie – frech und gar nicht so weit von der Wirklichkeit entfernt"

ISBN 9 783744 892858